Oetinger

Die Bände der großen Meermädchen-Saga:

*Alea Aquarius. Der Ruf des Wassers*
*Alea Aquarius. Die Farben des Meeres*
*Alea Aquarius. Das Geheimnis der Ozeane*
*Alea Aquarius. Die Macht der Gezeiten*

Fortsetzung folgt!

Alle Bände der Serie sind ebenfalls als Hörbuch bei Oetinger audio erschienen.

Oetinger Foto-Fun

Hol dir hier dein kostenfreies *Alea-Aquarius*-Fun-Foto!

Weitere Informationen zur Serie unter **www.alea-aquarius.de**

Bei **Tanya Stewner** und den Büchern war es keine Liebe auf den ersten Blick. Nachdem ihre Grundschullehrerin gesagt hatte, Tanya würde wahrscheinlich niemals richtig lesen und schreiben lernen, entdeckte sie ihre Leidenschaft fürs Schreiben erst spät, mit zehn Jahren. Doch ab diesem Zeitpunkt begannen die Geschichten nur so zu fließen. Geboren 1974, studierte Tanya Stewner Literaturwissenschaften und arbeitete mehrere Jahre als Übersetzerin und Lektorin. Inzwischen widmet sie sich ganz der Schriftstellerei. Ihre Kinderbuchserien *Alea Aquarius* und *Liliane Susewind* und ihre *Hummelbi*-Trilogie sind sowohl in Deutschland als auch international große Erfolge.

TANYA STEWNER

# Alea Aquarius

## Der Ruf des Wassers

Verlag Friedrich Oetinger · Hamburg

Für Mo

MIX
Papier aus verantwortungsvollen Quellen
FSC® C014496


Umschlagillustration und Vignetten: Claudia Carls
Lektorat: Simone Hennig, Hamburg
Satz: Dörlemann Satz, Lemförde
Druck und Bindung: GGP Media GmbH,
Karl-Marx-Straße 24, 07381 Pößneck
Printed 2018
ISBN 978-3-7891-4747-0

www.oetinger.de
www.alea-aquarius.de

# Inhalt

Hamburg 9

Die Alpha Cru 27

Abenteurer 48

Aleas Geschichte 63

Schlechte Nachrichten 80

Ein neues Leben 92

Sturm 106

Freunde 125

Regen 146

Amsterdam 160

Der Gitarrenspieler 178

Unter der Brücke 187

Skorpion 199

Der Gesang der Wale 215

Regennacht 224

Hilfe aus dem Meer 233

Geheimnisse 248

Windstille 261

Das Meermädchen 271

Herren der Sandbank 276

Der Stachel des Skorpions 287

Möwenfestung 295

Renesse 300

Nachricht aus einer anderen Welt 309

*Sie sah das Wasser auf sich zukommen.*

*Sie schrie.*

*Dann stürzte sie hinein.*

*Der Aufprall war hart, als würde sie im vollen Lauf gegen eine Tür rennen, doch schon im nächsten Augenblick öffnete sich die Tür und ließ sie ein.*

*Das eiskalte Wasser schlug über ihr zusammen. Verzweifelt begann sie, mit den Beinen zu strampeln und mit den Armen zu rudern. Ihr Verstand sagte ihr, dass ihr Tod kurz bevorstand. Doch ihr Herz schien zu widersprechen. Es schlug laut und schnell, rasend schnell, aber es raste nicht aus Angst. Plötzlich hatte sie das überwältigende Gefühl, dass ihr Herz aus Freude so schnell schlug.*

# Hamburg

Der Fluss wirkte heute grauer als sonst. Grau und traurig, aber das empfand Alea wahrscheinlich nur so, weil sie selbst traurig war. Mit hängenden Schultern stand sie am Hafen und starrte auf das Wasser. Die Elbe war ein gigantischer Fluss, ein Wasserkoloss, der sich machtvoll ins Land hineinpflügte. Wie oft hatte sie schon hier gestanden und die Elbe beobachtet, ihrem leisen Rauschen gelauscht und ihre Geheimnisse zu enträtseln versucht? Geheimnisse, die sie niemals ergründen würde, denn sie durfte dem Fluss nicht zu nahe kommen – der Elbe nicht und auch keinem anderen Fluss.

Alea warf einen Blick auf ihr Handy. Keine verpassten Anrufe. Natürlich nicht. Wie hätte sie auch einen Anruf verpassen sollen, so angespannt, wie sie immer wieder auf das Display starrte?

Alea verlagerte ihr Gewicht von einem Bein auf das andere. Sie stand schon lange hier, und sie war müde. Seufzend schaute sie sich nach einem Sitzplatz mit ausreichend Abstand zum Wasser um, in dessen Nähe sich keine Pfützen befanden, mit denen Vorbeigehende sie nass spritzen könnten. Aber Pfützen gab es heute ohnehin nicht, denn es hatte seit Tagen nicht geregnet.

Sie entdeckte eine passende leere Bank, die ihre Bedingungen erfüllte. Eine Zeit lang saß sie nun einfach da, hielt ihr Handy umklammert und sah den Menschen zu, die an ihr vorübermarschierten – Touristen und Einheimische, Arbeiter und Leute, die sich mit einem Lunchpaket auf die Kaimauer setzten. Hier war viel los, so wie an jeder von Hamburgs unzähligen Anlegestellen. Alea kannte alle. An jeder hatte sie schon gestanden und aufs Wasser geschaut. Doch diesen Anleger mochte sie besonders gern. Hier fühlte sie sich zu Hause, und ein Gefühl von Zuhause brauchte sie heute dringender denn je.

Alea holte tief Luft und versuchte, die Angst zu unterdrücken, die sich gerade wieder in ihr ausbreiten wollte. Das, was heute geschehen war, war jedoch zu ernst. Ihre Pflegemutter hatte an diesem Morgen einen Herzinfarkt gehabt. Alea war gerade gut gelaunt aufgestanden und hatte überlegt, was sie an ihrem ersten Sommerferientag anstellen würde, als sie Marianne in der Küche entdeckt hatte – kreidebleich und schweißgebadet. Alea hatte sofort den Notarzt gerufen, der ihre Pflegemutter wenig später ins Krankenhaus brachte. Sie war fünfundsechzig Jahre alt und litt schon lange an Herzproblemen, aber Alea hatte immer die Augen davor verschlossen, dass etwas Schlimmes passieren könnte. Denn Marianne war alles, was sie hatte. Falls sie nicht mehr in der Lage wäre, sich um Alea zu kümmern, oder gar sterben sollte, würde das Jugendamt eine neue Pflegefamilie für sie suchen. Und dann müsste sie zu fremden Leuten, die sie nicht kannte und die nichts über ihre Krankheit wussten. Bei dem Gedanken zog sich alles in Alea zusammen. Allein aus Angst vor dem Jugendamt saß sie hier und nicht im Krankenhaus an Mariannes Bett …

Alea spürte, wie das mulmige Gefühl langsam ihren Rücken hinaufkroch. Marianne hatte gesagt, sie würde anrufen, sobald sie telefonieren konnte. Das Handy würde bestimmt jeden Moment klingeln. Jeden Moment …

Sie wischte sich eine Träne aus dem Augenwinkel. Sie wollte nicht weinen, aber sie fühlte sich einfach hilflos – und allein.

Ihr Blick fiel auf ihre Hand. Die einzelne Träne, die sie gerade fortgewischt hatte, glitzerte auf ihrem schwarzen Lederhandschuh. Einen Moment lang schien es ihr, als sähe sie etwas in der Träne, als leuchtete darin etwas blau und grün. Aber dann sickerte die Träne in einen Riss im Leder und war verschwunden.

Alea ballte und öffnete ihre Faust mehrmals. Wie bei all ihren Handschuhen hatte sie die Fingerspitzen abgeschnitten, damit sie ihre Hände normal benutzen konnte, aber heute störten sie die Handschuhe trotzdem. Es herrschten siebenundzwanzig Grad, und Alea schwitzte unter dem Leder.

Sie richtete sich auf und versuchte, ruhig zu atmen. Sie musste sich zusammenreißen! Konzentriert ließ sie den Blick über den Hafen schweifen. Vielleicht konnte sie sich mit irgendetwas ablenken, während sie auf Mariannes Anruf wartete. Vertäute Boote schaukelten auf dem Wasser, ein riesiger Verladekran ächzte am anderen Ufer …

Da bemerkte Alea ein uriges, altes Segelschiff, das gerade am Kai anlegte. Am Bug prangte ein fast verwitterter Schriftzug: *Crucis*. Sie kniff die Augen zusammen und schaute genauer hin, denn das Schiff sah interessant aus. Es hätte dringend einen Anstrich nötig gehabt. Die hellgrüne Farbe an den Seiten blätterte schon ab. Eigentlich wirkte das Boot regelrecht heruntergekommen, sodass man sich fragte, ob es überhaupt noch seetauglich war, aber Alea konnte nicht aufhören, es anzustarren. Obwohl sie nicht hätte sagen können, woran das lag, hatte sie das Gefühl, etwas Außergewöhnliches vor sich zu haben.

Ein kleiner Junge sprang von Bord und machte die Leinen fest. Er war höchstens neun oder zehn Jahre alt. Als er fertig war, hüpfte er wieder aufs Boot und verschwand unter Deck.

Wenig später trat aus dem Deckshäuschen des Schiffes ein Jugendlicher, der die *Crucis* offenbar gesteuert hatte. So wie der kleine Junge sprang auch er mit einem geübten Satz vom Boot auf den Kai. Er war vielleicht achtzehn Jahre alt, und er sah nett aus. Er war braun gebrannt und hatte ein freundliches Gesicht. Seine Haare waren wild verstrubbelt wie bei einem Rockstar, und im Ärmel seines T-Shirts prangte ein Loch. Außerdem trug er einen Gitarrenkoffer in der Hand.

Alea war dankbar für alles, was sie vom Grübeln und Warten ablenkte, und so beobachtete sie, was der ältere Junge tat. Jetzt spazierte er an ihr vorbei, offenbar in Richtung eines nahe gelegenen Cafés.

Alea merkte, dass sie großen Durst hatte. Sie kramte in ihrem Rucksack, doch dann fiel ihr ein, dass sie ihre Thermoskanne zu Hause liegen gelassen hatte. Normalerweise hatte sie die Kanne immer dabei. Aber nach Mariannes Herzinfarkt hatte sie die Wohnung so überstürzt verlassen, dass sie nicht nur ihre Thermoskanne, sondern auch ihren Regenschirm vergessen hatte – und das war wirklich dumm! Der Himmel war momentan zwar wolkenfrei, aber falls es doch regnen sollte, würde sie ohne Schirm ein ernstes Problem bekommen.

Nun sprang auch der kleinere Junge, der die *Crucis* soeben festgemacht hatte, leichtfüßig von Bord und machte sich mit einer abgewetzten Trommel unter dem Arm auf den Weg zum gleichen Café wie der Rockstar-Junge. Als der Kleine an ihrer Bank vorbeikam, trafen sich ihre Blicke, und er lächelte sie an. »Ahoi!«, sagte er und zeigte ein breites Zahnlückengrinsen. Alea lächelte verdutzt zurück, da war er schon vorübergegangen.

Sie stand auf. Ohne die Thermoskanne musste sie sich wohl oder übel etwas Warmes zu trinken kaufen. Mit dem

Handy in der Hand machte sie sich auf den Weg zum Café. Dort angekommen, entdeckte sie sogleich den kleinen und den großen Jungen, die zusammen an einem Tisch saßen und Limonade tranken. Alea setzte sich an einen freien Tisch in ihrer Nähe. Sie hatte bemerkt, dass der kleinere Junge barfuß war, und das gefiel ihr, obwohl sie selbst niemals mit nackten Füßen herumlaufen würde. Aber diese Jungs schienen ein bisschen freakig zu sein, und sie mochte Freaks. Schließlich war sie irgendwie selbst einer.

Eine Kellnerin kam, und Alea bestellte Tee. »Muss nicht heiß sein, nur warm«, erklärte sie.

Die Kellnerin zog die Augenbrauen zusammen. »Möchtest du vielleicht einen Eistee?«

Alea winkte ab. »Auf keinen Fall!«

Die Kellnerin starrte auf Aleas schwarze Handschuhe. Alea konnte förmlich hören, was sie dachte: *Es ist viel zu warm für Handschuhe! Und erst recht für Tee!*

Alea lächelte angestrengt, und die Kellnerin hob die Achseln. »Einmal lauwarmen Tee«, fasste sie zusammen und verschwand.

Da bemerkte Alea, dass die Jungs zu ihr herübersahen. Der Kleine rief: »Cooles Outfit!«

Alea zuckte überrascht zusammen, und als sie merkte, dass sie rot wurde, zog sie ihre Schirmmütze tiefer ins Gesicht. Sie trug eine altrosafarbene Seidenjacke, ein Männerunterhemd, mehrere lange Ketten, eine zerrissene Jeans, schwere Boots, ihre meerblaue Lieblingsmütze und eben ihre Handschuhe. Sie wusste, dass das ein ziemlich cooles Outfit war – das war ja auch der Sinn der Sache. Schon vor Jahren hatte Alea damit angefangen, sich extrem ausgefallen anzuziehen, und das aus einem einzigen Grund: um davon abzulenken, dass sie jeden Tag Handschuhe trug. In der Nachbarschaft oder in der Schule wusste niemand etwas von ihrer Krankheit. Ihre Mitschüler und Lehrer glaubten, die Handschuhe wären nur einer von ihren vielen Modeticks. Und Alea fand es weitaus besser, für flippig als für krank gehalten zu werden. Nur Marianne wusste, wie sehr die Krankheit Alea in ihrem täglichen Leben einschränkte und wie viel von ihrer Freiheit sie ihr raubte. Niemand sonst sollte das erfahren, denn Alea wollte kein Mitleid.

»Danke«, nuschelte sie nun und spürte, wie ihre Wangen noch heißer wurden.

Glücklicherweise begannen die Jungs, sich zu unterhalten, und blickten nicht mehr herüber. Unter dem Tisch packten beide belegte Brote aus und bissen immer dann hinein, wenn die Kellnerin nicht in ihre Richtung schaute.

Alea musste lächeln und stellte fest, dass sie am liebsten auch so ein belegtes Brot gehabt hätte. Seit dem Frühstück hatte sie nichts mehr gegessen.

Die Kellnerin brachte ihr den Tee. Er war brühend heiß, und Alea musste ihn erst einmal stehen lassen.

An den Tisch der beiden Jungs trat ein Mädchen. Sie hatte schwarze Haut und lange Dreadlocks, die sie zu einem hohen Zopf zusammengebunden hatte. Darüber hinaus trug sie ein Akkordeon vor der Brust.

»Hallo, Tess«, begrüßte der kleine Junge sie.

»Hi«, gab sie zurück, während sie sich setzte.

»Hast du die Bordtür abgeschlossen?«

Das Mädchen – Tess – schnitt eine Grimasse. »Das habe ich vergessen«, erwiderte sie mit seltsamem Akzent. »Ich geh noch mal zurück.«

Der Junge winkte ab. »Nee, lass ruhig, unseren alten Kahn klaut schon keiner. Wir haben dir was übrig gelassen«, fügte er hinzu und steckte dem Mädchen unter dem Tisch ein Käsebrot zu.

Alea wunderte sich. Das Mädchen war auch an Bord der *Crucis* gewesen? Waren die drei Geschwister? Nein, bestimmt nicht. Tess hatte schwarze Haut, der kleine Junge war käsebleich und hatte rote Haare, der Rockstar-Junge hellbraune, und ähnlich sahen sie sich alle nicht.

Tess trank das Limonadenglas des älteren Jungen in einem Zug leer. Dann fragte sie: »Seid ihr so weit?«

Die Jungs bejahten. »Da drüben ist ein guter Platz«, erklärte der große Junge und wies auf eine Stelle vor dem Café. Er legte einen Fünfeuroschein auf den Tisch und nahm seine Gitarre aus dem Koffer. Der kleine, rothaarige Junge zückte seine alte Trommel, zog aus ihrem Inneren einen zerknautschten Herrenhut und setzte ihn sich auf den Kopf. Tess schleppte währenddessen ihr Akkordeon vor das Café. Dort stellten sich die drei auf, brachten ihre Instrumente in Position und begannen zu spielen. Sie spielten einen bekannten Rocksong, der durch das Akkordeon ungewöhnlich klang und das Interesse der Leute zu wecken schien. Und dann fing Tess an zu singen. Alea klappte vor Überraschung das Kinn herunter. Tess war eine richtige Rockröhre! Sie schmetterte das Lied mit unbändiger Kraft und einem lässigen Kratzen in der Stimme. Ganz offensichtlich war *sie* hier der Rockstar! Der größere Junge hatte zwar die entsprechende Frisur und spielte außerdem, wie es Alea schien, recht gut Gitarre – aber Tess stahl ihm komplett die Show. Alle Köpfe drehten sich zu ihr herum. Unterdessen lächelte der Junge an der Gitarre zufrieden und wissend, so als hätte er dies schon öfter erlebt und freute sich darüber.

Als das Lied vorüber war, erklang begeisterter Applaus. Alea klatschte ebenfalls. Der kleinere Junge ging mit seinem Herrenhut herum und sammelte Geld ein. Viele Leute gaben ihm Ein- oder Zweieuromünzen. Als er vor Alea stand, musste sie jedoch den Kopf schütteln. »Tut mir leid, ich muss noch den Tee bezahlen«, sagte sie.

»Aber du hast zugehört!«, rief der Kleine. »Und du fandest es gut! Das hab ich dir angesehen.«

Alea konnte nicht widersprechen. »Ja, aber ich bin total pleite.«

»Sind wir auch immer.« Der Junge grinste. »Trotzdem musst du mir irgendwas geben.«

Sie runzelte die Stirn. »Was denn?«

»Wie wäre es mit deiner Mütze?«

Alea hob abwehrend die Hände. »Kommt nicht infrage! Das ist meine Lieblingsmütze!«

Der Junge überlegte. »Dann deine Handschuhe.«

Alea zuckte zusammen. »Das geht nicht.«

»Warum denn nicht?«, fragte der Junge und blickte sie interessiert an. »Was ist denn mit den Handschuhen?«

»Dann nimm lieber meine Mütze!«, rief sie, statt ihm zu antworten. Rasch zog Alea sie vom Kopf und achtete sorgsam darauf, dass ihre langen, schwarzen Haare nicht zu weit zurückgezogen wurden und dass jene Stellen hinter ihren Ohren verborgen blieben, die unter allen Umständen verborgen bleiben mussten. »Hier«, sagte sie und hielt dem Jungen die Mütze hin.

Der nahm sie verwundert entgegen. »Das ist ja der Hammer! Du gibst mir deine Mütze? Danke!« Strahlend lief er zu den anderen zurück, um ihnen die Mütze zu zeigen. Tess und der ältere Junge schauten erstaunt zu Alea, die ihnen kurz zunickte und dann schnell woanders hinsah. Mist, das war ihre Lieblingsmütze! Aber ihre Handschuhe hätte sie dem Jungen keinesfalls geben können. Sie hätte ihm einfach eine ihrer Halsketten anbieten sollen! Warum hatte sie nicht daran gedacht?

Da kam ein Mann zu Tess und den Jungs und sprach heftig auf sie ein. Der große Junge rief beschwichtigend: »Ist ja gut, wir gehen!« Anscheinend durften sie hier keine Musik machen. Die drei packten zusammen und schlurften mit langen Gesichtern davon. *Schade,* dachte Alea, *wirklich schade.*

Sie trank von ihrem Tee. Er war immer noch heiß, aber sie hatte wirklich Durst. Während sie trank, blickte sie abermals auf ihr Handy. Keine verpassten Anrufe. Alea spürte wieder die Angst ihren Rücken hinaufwandern. Wie es Marianne wohl ging? Hatte sie Schmerzen? Kümmerte man sich gut um sie? Würde sie bald wieder auf den Beinen sein? Und was, wenn nicht?

Alea schluckte. Würde vielleicht schon jemand vom Jugendamt auf sie warten, wenn sie nach Hause käme? Falls Marianne für ein paar Wochen im Krankenhaus bleiben musste, würde man Alea dann noch heute woandershin bringen? Gequält presste sie die Lippen zusammen, aber dann zwang sie sich, vernünftig nachzudenken. Es war früher Nachmittag. Sie würde einfach hierbleiben. Sie konnte den ganzen restlichen Tag am Hafen verbringen und auf Mariannes Anruf warten. Sie *musste* sich doch irgendwann melden …

Alea leerte die Teetasse, bezahlte und schlenderte langsam davon, zurück zu ihrer Bank. Dort setzte sie sich wieder und schaute ziellos umher. Dabei fiel ihr Blick erneut auf die *Crucis,* die noch immer vertäut am Kai lag. Alea betrachtete das Schiff genauer. Es war zwar renovierungsbedürftig, aber auf dem Dach des Deckshäuschens waren Solarpaneele angebracht, was bestimmt nur bei modernen Schiffen der Fall war. Alles war ein wenig schräg an diesem Boot und passte nicht recht zusammen, und gerade das mochte Alea.

Tess betrat das Deck. Alea schirmte ihre Augen vor der Sonne ab und beobachtete sie. Tess trug irgendetwas Großes, das sie am Heck des Schiffes aufstellte. War das eine Dartscheibe auf einem Holzständer? Zwei Minuten später kam der kleine Junge zum Heck, gefolgt von dem größeren Jungen, der sich aufmerksam umsah. Alea duckte sich instinktiv, als er in ihre Richtung schaute, doch sobald sein Blick vorübergeglitten war, beugte sie sich wieder vor. Was machten die drei denn da? Langsam stand Alea auf und spazierte so unauffällig wie möglich näher an das Schiff heran, bis sie fast daneben stand. Sie konnte nun sogar hören, was gesprochen wurde. »Los!«, forderte Tess den Kleinen gerade auf und klebte etwas über die Dartscheibe. Eine Landkarte.

Der kleine Junge nahm einen Dartpfeil und warf ihn auf die Karte. Im nächsten Augenblick jubelte er. »Finnland! Da waren wir ja schon ewig nicht mehr!«

Der Größere antwortete: »Super gedartet, Sammy. Jetzt im Juni ist Finnland am schönsten.«

Alea staunte. Hatten die drei etwa mit einem Dartpfeil ihr nächstes Ziel festgelegt? Sie warfen einfach einen Pfeil auf eine Karte und segelten dorthin? Alea spürte, wie ihr Herz bei dieser Vorstellung schneller zu schlagen begann. Einfach drauflossegeln, mit dem Wind aufs Meer hinaus … frei sein. Alea hörte sich selbst seufzen.

In diesem Moment zog der ältere Junge auf einmal den Kopf ein. »Dahinten ist der Hafenmeister«, sagte er warnend zu den anderen. »Ich geh schnell hin und bezahle die Hafengebühr. Ihr haltet die Köpfe unten und lasst euch nicht blicken, verstanden?«

»Aye, aye, Käpten!«, erwiderten Tess und Sammy – der Kleine – und gingen auf Tauchstation. Doch gleich darauf hob Sammy noch einmal den Kopf. »Ben?«, rief er dem Großen hinterher. »Meinst du, an dem Kiosk dahinten kann man Schokoriegel kaufen?«

Der Junge, der anscheinend Ben hieß, blickte Sammy streng an. »Ich hab gesagt, Kopf runter!«

»Also ja?«, hörte Alea Sammys Stimme hinter der Reling.

»Nein!«, zischte Ben, sprang vom Schiff und lief zum Hafenmeister, um ihm die Gebühr zu geben. Alea schaute ihm dabei zu und schlussfolgerte, dass Ben offenbar der Älteste an Bord war. Oder befanden sich auch Erwachsene auf der *Crucis,* die sich noch nicht hatten blicken lassen? Tess und Sammy hatten Ben »Käpten« genannt, außerdem bezahlte er gerade die Hafengebühr. Alles deutete darauf hin, dass diese drei allein auf dem Schiff waren! Die Vorstellung faszinierte Alea. Tess schien nicht viel älter zu sein als sie selbst, vielleicht dreizehn, und Sammy war … neun oder zehn? Wie konnte es sein, dass sie ohne Eltern auf einem Segelschiff unterwegs waren? War so etwas überhaupt erlaubt?

Da begriff Alea, dass Ben wahrscheinlich genau deswegen gesagt hatte, die beiden Jüngeren sollten sich verstecken – damit dem Hafenmeister nicht auffiel, dass sich auf diesem Schiff keine Erwachsenen befanden …

Alea war nun regelrecht elektrisiert. Tess, Ben und Sammy segelten nicht nur, wohin der Dartpfeil sie gerade führte, sondern lebten außerdem ganz allein auf dem Schiff!

Da kam Ben zur *Crucis* zurück. »Unter Deck«, sagte er knapp zu den anderen beiden, die sich offenbar noch immer versteckt hielten, und Alea hörte es rumpeln und rascheln. Dann war alles still.

Mit fliegenden Gedanken setzte sich Alea auf eine kleine Mauer in der Nähe. Sie war plötzlich furchtbar aufgeregt. Es war schon immer ihr Traum gewesen, zu reisen, unterwegs zu sein, etwas von der Welt zu sehen. Wegen ihrer Krankheit hatte sie zwar nie von einem Schiff geträumt – ganz bestimmt nicht! –, aber das, was diese drei da allem Anschein nach machten, war genau das, was Alea sich insgeheim schon immer gewünscht hatte. Sie waren frei. Sie waren da draußen.

Alea ließ den Kopf in ihre Hände sinken und verlor sich in Tagträumereien, die sie davon abhielten, ständig ihr Handy zu überprüfen.

Innerhalb der folgenden fünf Stunden geschah gar nichts. Alea hockte auf der Kaimauer und stierte vor sich hin. Marianne meldete sich nicht, und aus Aleas Angst wurde langsam Panik. Sie hatte mittlerweile mehrere Male bei Marianne angerufen und zusätzlich Nachrichten geschickt, aber keine Antwort erhalten. Was war nur los? Marianne war doch wohl nicht etwa …

Alea sprang hektisch auf. Die Angst war auf einmal so stark, dass sie am liebsten geschrien hätte.

»Hey«, sagte plötzlich jemand. Alea fuhr herum. Sammy stand neben ihr! Er trug ihre meerblaue Schirmmütze. »Alles okay bei dir?«

Alea starrte ihn an. Er schleppte einen prall gefüllten Einkaufsbeutel über der Schulter. Offenbar war er im Supermarkt gewesen. »Äh, ja, alles okay«, erwiderte Alea schnell, obwohl gar nichts okay war.

»Na, dann …«, sagte Sammy, blickte sie noch einmal fragend an und kletterte flink wie ein Äffchen aufs Schiff.

Kaum, dass er unter Deck verschwunden war, ärgerte Alea sich, dass sie nicht irgendetwas anderes geantwortet hatte. Zum Beispiel: *Mein Leben gerät gerade völlig aus den Fugen* oder *Ich hab so viel Angst, dass ich gleich anfange zu heulen.* Das wäre die Wahrheit gewesen. Aber nein, so etwas würde sie nicht sagen – zu niemandem. Alea war es nicht gewohnt, sich anderen anzuvertrauen. Sie hatte nur wenige Freunde in der Schule, und darunter war niemand, mit dem sie je über ihre Ängste und Sorgen gesprochen hätte. Niemand, den sie jetzt, heute, hätte anrufen können. Sie war ganz allein.

Jetzt sah sie, dass sich auf der *Crucis* etwas tat. Sammy

war mit einem Tablett an Deck gekommen und stellte es auf einem Tisch am Heck ab. Dort befand sich eine kleine Sitzecke, wo er nun Kissen auslegte und, zu Aleas Erstaunen, eine Lichterkette aufhängte. Tess folgte ihm und deckte den Tisch. Anscheinend wollten die drei an Deck zu Abend essen. Bei dem Gedanken rumorte es schmerzhaft in Aleas Bauch. Sie hatte furchtbaren Hunger.

Kurz darauf erschien Ben mit einem großen Topf, den er zum Heck trug und auf dem Tisch abstellte. Wachsam sah er sich um. »Der Hafenmeister müsste schon Feierabend gemacht haben«, überlegte er laut und setzte sich zu Sammy und Tess, die sich über den Topf hermachten.

»Nudelsuppe ist Bestsuppe!«, rief Sammy, und Tess sagte: »Ich mag Tomatensuppe lieber«, während sie sich mehrere Kellen Nudelsuppe auf den Teller schöpfte.

Alea konnte die Suppe riechen, und ihr wurde vor Hunger übel. Sie musste dringend etwas essen. In ihrer Geldbörse waren noch genau vierundsechzig Cent. Vielleicht hatte Sammy recht, und man bekam dafür am Kiosk einen Schokoriegel? Einen kleinen? Einen halben?

»Hallo, du!«, hörte sie auf einmal eine Stimme.

Alea blickte überrascht zur *Crucis,* denn von dort schien die Stimme zu kommen.

Ben stand an der Reling. »Hast du Hunger?«

Alea staunte ihn an. »Ich?«

»Ja, du siehst aus, als ob du gleich umkippst. Willst du was essen? Dann komm an Bord.«

*An Bord kommen?* Alea schnappte nach Luft, und ihre Gedanken überschlugen sich. Ja! Ja, sie wollte an Bord kommen!

Nein! Nein, auf keinen Fall.

»Das … geht nicht.«

»Warum nicht?« Ben sprang an Land und kam zu ihr.

Aleas Herz schlug schneller. Was sollte sie tun?

»Du kannst mit uns zu Abend essen, wenn du magst«, sagte Ben, der nun direkt vor Alea stand und sie musterte. »Du bist blass wie ein Gespenst. Ich glaube, du brauchst Nudelsuppe.«

Alea nickte langsam. Doch dann schüttelte sie den Kopf. Nicht nur, dass er sie auf ein SCHIFF einlud! Man musste zu dem Schiff auch noch hinüberspringen! Zwischen der Anlegemauer und der *Crucis* klaffte ein Abstand von mindestens einem Meter. Was, wenn sie beim Springen ins Wasser fiel? Nein, nein, nein! Das Risiko war viel zu groß!

Ben fragte: »Wovor hast du Angst?«

»Davor, ins Wasser zu fallen.«

»Ach so!« Ben lachte. »Dann legen wir die Gangway aus.«

»Die *Gangway?*« Dieses Wort hatte Alea noch nie gehört.

»Das ist eine Art Holzplanke, die man zwischen das Schiff und das Ufer legen kann. Wir sind meistens zu faul, um sie rauszuholen. Für dich würden wir es aber machen.« Er lächelte. »Gangway!«, rief er Sammy zu, der an der Reling hing und neugierig zu ihnen herüberspähte. Sammy setzte sich in Bewegung, und kurz darauf verband eine Gangway die *Crucis* und das Festland. Eine Brücke. Alea starrte mit klopfendem Herzen auf das Ding. War es stabil? Würde es halten?

»Ich helfe dir«, sagte Ben und nahm ihre Hand. Behutsam zog er Alea zum Schiff. Sie folgte ihm mit zögerlichen Schritten, während in ihrem Inneren ein Kampf tobte. Etwas in ihr wollte unbedingt auf dieses Schiff. In den vergangenen Stunden hatte sie sich immer wieder dabei ertappt, wie sie sich vorgestellt hatte, sie würde selbst an Bord dieses Segelbootes leben. Doch das war dumm. Sie musste sich um jeden Preis von Wasser fernhalten! Kaltes Wasser war für sie lebensgefährlich. Auf ein Schiff zu gehen, war einfach völlig bescheuert.

»Okay«, flüsterte Alea und tat den ersten Schritt.

# Die Alpha Cru

Alea überquerte die Gangway und hielt Bens Hand dabei fest umklammert. Ben stützte sie und gab ihr durch seinen festen Griff das Gefühl, er würde sie halten, falls sie das Gleichgewicht verlieren sollte.

»Kannst du nicht schwimmen?«, fragte er, während er vor ihr herging.

Alea murmelte nur »Nein« und stöhnte erleichtert auf, als sie ihre Füße auf das Schiff setzte. Das Herz klopfte ihr bis zum Hals, aber sie hatte es geschafft!

Sammy trat vor sie. »Willkommen auf der *Crucis*«, sagte er und machte eine tiefe Verbeugung.

»Danke«, hauchte Alea.

»Ich heiße Samuel«, erklärte er. »Samuel Draco. Aber du kannst mich Sammy nennen.«

Da merkte Alea, dass der Boden schwankte. Erschrocken hielt sie sich an der Reling fest.

»Ein Boot schaukelt immer ein bisschen.« Sammy nickte, als wollte er sich selbst zustimmen. »Auf See noch viel mehr als hier im Hafen.«

Bei dem Gedanken wurde Alea beinahe wieder übel. »Aber es kann doch nichts passieren, oder?«

Sammy lachte. »Was soll denn hier im Hafen passieren? Mach dir mal keine Sorgen. Selbst als Nichtschwimmerin bist du hier sicher.«

Etwas in seiner Stimme beruhigte Alea. Vorsichtig ließ sie die Reling los. So schlimm war das Schwanken eigentlich gar nicht. Doch der Gedanke an das ganze Wasser unter dem Boot versetzte sie in allerhöchste Alarmbereitschaft, und ihr rasendes Herz schien ihr sagen zu wollen, dass sie wohl den Verstand verloren hatte.

»Wir essen da drüben.« Ben wies auf die Sitzecke am Heck. Dort saß Tess und löffelte unbeirrt Nudelsuppe. »Aber nur, falls Tess uns was übrig lässt«, fügte er hinzu.

»Die wird sonst kalt«, nuschelte Tess, ohne aufzublicken.

*Kalt wäre schlecht,* dachte Alea. *Wenn die Suppe kalt ist, darf ich sie nicht essen.*

Ben ging wieder voran, und Sammy folgte ihm. Alea schlich mit butterweichen Knien hinterdrein.

Sammy drehte sich zu ihr um und betrachtete sie ungeniert. »Du bist ziemlich hübsch«, stellte er fest.

Alea senkte den Blick und spürte, dass sie schon wieder rot wurde.

»Du hast ein richtiges Märchengesicht. Du bist ganz schön blass und siehst mit den langen, schwarzen Haaren aus wie Schneewittchen.«

Tess lachte mit vollem Mund.

Sammy musterte Alea weiter. »Und deine Augen sind irgendwie … krass.«

»Grün«, sagte Alea schnell. Sie hatte schon öfter gehört, dass ihre Augen irritierend wären. Was daran genau, hatte ihr noch nie jemand sagen können, aber manchmal sah Alea es selbst, wenn sie in den Spiegel schaute. Im Grün ihrer Iris glitzerte etwas. Manchmal schien es Alea, als wäre dort etwas eingesperrt, das herauswollte, etwas Helles, Leuchtendes. Auf diesen Gedanken folgte jedoch meist die Angst, dass es etwas mit ihrer Krankheit zu tun haben könnte und das Glitzern womöglich auf eine Fieberneigung oder Schlimmeres hinwies. »Meine Augen sind grün.«

»Meine sind braun!«, rief Sammy und schien sich über diesen Umstand sehr zu freuen. »Und meine Haare sind rot!«, fügte er strahlend hinzu.

»Ja, das … sieht man«, sagte Alea.

Ben wies ihr einen Platz an dem kleinen Tisch zu, und sie setzten sich.

Tess nickte Alea kauend zu. »Ich bin Tess«, sagte sie. Wieder fiel Alea ihr Akzent auf, aber sie konnte ihn einfach nicht einordnen.

»Ich bin Ben«, erklärte Ben.

»Alea«, stellte Alea sich vor und spürte, dass sie langsam ruhiger wurde.

»Cooler Name«, sagte Sammy. »Du bist überhaupt irgendwie cool.«

Alea wusste nicht, wie sie mit so vielen Komplimenten umgehen sollte. »Ähm«, war alles, was ihr dazu einfiel.

Ben lachte. »Sammy ist ein eher überschwänglicher Typ.«

»Gar nicht!«, wehrte Sammy ab. »Ich bin genau richtig.«

Ben grinste. »Ich hab ja gar nichts anderes behauptet.« Er sah Sammy so liebevoll an, dass Alea nun sicher war, dass die beiden wohl doch Brüder waren.

»Jetzt iss mal was«, forderte Ben Alea auf und füllte ihren Teller mit Nudelsuppe. Alea wunderte sich über den vierten Teller, der bereitgestanden hatte. Hatte Ben von vornherein vorgehabt, sie zum Essen einzuladen? War ihm aufgefallen, wie lange sie auf der Kaimauer gesessen hatte?

Hungrig griff sie nach dem Löffel und probierte. Die Suppe war zum Glück noch fast heiß. Alea legte los. Sie hatte solch großen Hunger, dass sie am liebsten in die Suppe hineingesprungen wäre. Sie nahm sich kaum Zeit, die Nudeln zu kauen, sondern schlang alles hastig hinunter.

»Wow, du bist ja richtig ausgehungert«, stellte Ben fest. »Wann hast du denn zum letzten Mal was gegessen?«

»Heute Morgen«, erwiderte Alea zwischen zwei Löffeln.

»Bei dir zu Hause?«, hakte Ben nach.

Alea blickte auf. Das war eine merkwürdige Frage.

»Ben versucht herauszufinden, ob du eine Ausreißerin bist«, erklärte Tess, ohne aufzublicken.

Sammy lächelte Alea fragend an.

»Nein, ich bin nicht ausgerissen«, entgegnete sie und fragte sich, ob das stimmte. Immerhin hatte sie in den vergangenen Stunden immer wieder mit dem Gedanken gespielt, nicht mehr nach Hause zu gehen und dem Jugendamt auf diese Art zu entwischen. Obwohl sie noch keinen festen Entschluss gefasst hatte, war sie wohl so etwas wie eine Fast-Ausreißerin.

Ihre Antwort schien Ben nicht richtig zu überzeugen. »Du musst uns nichts erzählen, wenn du nicht willst.«

Es entstand eine Pause, und Aleas Neugier siegte über ihre Schüchternheit. »Seid ihr denn Ausreißer?«, fragte sie und schaute in die Runde. Einen Augenblick lang herrschte Stille. Hatte sie ins Schwarze getroffen?

Ben sah sie ernst an. »Wenn wir dir etwas über uns erzählen, darfst du das niemandem verraten.«

Alea runzelte die Stirn. »Warum nicht?«

»Weil wir dich sonst erschießen müssten«, sagte Tess.

Sammy kicherte.

Ben schüttelte jedoch den Kopf. »Versprich es einfach.«

»Okay. Ich verspreche, nichts weiterzuerzählen.«

Ben schien zufrieden. »Gut.«

»Ausreißer sind wir nicht«, erklärte Sammy. »Ben und ich leben auf der *Crucis*. Schon ziemlich lange.«

Ben nickte.

»Ben und ich sind Brüder, auch wenn wir nicht so aussehen«, fuhr Sammy fort. »Ich bin ja viel hübscher als Ben, aber –«

Ben verpasste Sammy eine Kopfnuss.

Alea musste lächeln. Sammys Gesicht war eher sympathisch als hübsch. Zu der großen Zahnlücke kamen zwei gewaltige Segelohren. Ben hingegen sah recht gut aus, und das nicht nur wegen seiner verwuschelten Rockstar-Frisur.

Sammy erklärte: »Wir wohnen auf diesem Schiff, seit unsere Eltern vor vier Jahren gestorben sind.«

»Oh.« Alea hörte auf zu essen. »Ihr seid Waisen?«

»Ja, aber wir haben einen super Onkel«, erwiderte Sammy. »Onkel Oskar. Er hatte schon jahrelang auf der *Crucis* gelebt, und als unsere Eltern bei dem Unfall damals starben, hat er uns adoptiert. Wir sind seitdem immer auf See gewesen.«

Alea staunte. »Ihr lebt schon seit vier Jahren auf diesem Schiff? Was ist denn mit der Schule?«

Sammy zwinkerte. »Homeschooling. Onkel Oskar hat uns unterrichtet.«

Ben bemerkte leise: »Mal mehr und mal weniger.«

»Onkel Oskar wollte immer, dass wir was von der Welt sehen.« Sammy nickte eifrig. »Und das haben wir. Wir haben schon alle Weltmeere durchsegelt!«

Tess warf ein: »Ben spricht acht Fremdsprachen. Sammy vier.«

Sammy reckte stolz das Kinn vor, während Ben abwehrend den Kopf schüttelte. »Mein Isländisch ist ziemlich löchrig, und mein Arabisch ist auch noch nicht so toll.«

Sammy machte eine wegwerfende Handbewegung. »Bis wir irgendwann wieder so weit nach Osten segeln, kannst du bestimmt perfekt Arabisch.«

Alea fragte: »Wo ist denn euer Onkel? Ist er auch an Bord?«

»Nein, er macht jetzt was anderes«, antwortete Sammy.

»Er ist Schriftsteller«, erläuterte Ben. »Wahrscheinlich hast du aber noch nie etwas von ihm gehört – Oskar Walendy?«

Alea musste verneinen.

»Er schreibt verrückte kleine Bücher.« Ben aß weiter, während er redete. »Jedenfalls hat Onkel Oskar sich vor einem halben Jahr entschieden, in ein tibetisches Kloster zu gehen, um da zu meditieren und sein neues Buch zu schreiben.«

»Vor einem halben Jahr ist Ben achtzehn geworden«, sprach Sammy weiter. »Onkel Oskar wusste, dass wir auch gut allein zurechtkommen, während er bei den Mönchen ist.«

Ben nickte. »Er hat uns alles beigebracht, was wir wissen müssen.«

Alea überlegte. »So richtig erlaubt ist es aber nicht, dass ihr allein mit diesem Schiff unterwegs seid, oder?«, traute sie sich zu fragen.

Sammy zog ein Gesicht. »Gute Frage.«

»Das wissen wir nicht so genau«, gestand Ben. »Dadurch, dass wir so viele Jahre unterwegs waren, sind wir nirgendwo richtig gemeldet. Ob ich Sammy unterrichten darf und ob ich als großer Bruder sorgeberechtigt bin, weiß ich nicht genau, aber ich denke schon. Wir wollten allerdings nicht bei einem Amt nachfragen und schlafende Hunde wecken …«

»Müsste euer Onkel so etwas nicht wissen?«, fragte Alea.

Ben zuckte die Achseln. »Er hat sich um solche Dinge nie groß gekümmert.«

Alea verstand nun, warum sie mit dem Hafenmeister und im Café so vorsichtig gewesen waren. Keine unnötige Aufmerksamkeit zu erregen, war in dieser Situation bestimmt das Beste.

»Die *Crucis* ist übrigens über vierzig Jahre alt«, sagte Ben, und in seiner Stimme schwang Stolz mit.

»Und warum heißt sie *Crucis?*«, fragte Alea, die gern noch viel mehr erfahren wollte. Ihr eigenes Leben war im Vergleich zu diesem Piraten-Dasein absolut eintönig.

Ben nahm sich eine Scheibe Brot, und während er sie butterte, antwortete er: »Das Schiff ist nach einem Sternbild benannt, dem *Kreuz des Südens.* Kennst du das?«

Alea schüttelte den Kopf. Von Sternbildern hatte sie keinen blassen Schimmer.

»Unser Großvater, der damals das Boot mit unserem Vater und Onkel Oskar gebaut hat, konnte nach den Sternen navigieren. So wie die Seefahrer in alter Zeit.«

Alea war erstaunt. »Wie geht denn so was?«

»Man kann sich an den Sternen des Nachthimmels orientieren, sie weisen einem den Weg. Wenn du einen Sextanten hast, sagen sie dir ganz präzise, wo du bist und wo du langmusst.«

Alea wusste nicht, was ein Sextant war, aber das Leuchten in Bens Augen gefiel ihr.

»Onkel Oskar lernte das Navigieren nach Sternen von unserem Opa, und er hat es uns beigebracht«, erklärte Ben.

»Was?« Nun war Alea wirklich beeindruckt. »Ihr könnt das auch?«

Ben nickte, als wäre es etwas ganz Normales.

Sammy grinste allerdings von einem Ohr zum anderen. »Ich verwechsle zwar ständig *Kassiopeia* mit der *Eidechse,* aber ansonsten kenne ich den Himmel in- und auswendig!«

Tess, die sich ganz aufs Essen zu konzentrieren schien, machte ein Geräusch, als wollte sie das bestätigen.

»*Crucis* ist ein toller Name«, sagte Alea. »Er gefällt mir. Er ist ja ziemlich ungewöhnlich und fast genauso auffällig wie das Schiff …«

»Du findest es auffällig?«, fragte Ben alarmiert.

Alea machte eine abwägende Handbewegung. »Es ist mir heute Mittag jedenfalls sofort ins Auge gesprungen.«

Sammys Blick fiel auf ihre Hände. »Ziehst du die Handschuhe eigentlich nie aus? Auch nicht beim Essen?«

Alea verschluckte sich fast.

Zum Glück sagte Ben gerade: »Wir haben die *Crucis* absichtlich nicht neu gestrichen. Im Grunde ist sie ein superschönes, ganz besonderes Schiff, aber wir lassen sie ein bisschen herunterkommen, damit sie keinem im Gedächtnis bleibt. Was genau ist dir denn an ihr aufgefallen?«

»Ich weiß nicht.« Alea überlegte. »Sie sieht nach Abenteuer aus. Nach Freiheit.«

Sammy strahlte. »Na, das passt ja auch. Wir sind Abenteurer!«

Ben verdrehte die Augen. »Hör nicht auf ihn«, sagte er zu Alea. »In Wahrheit mühe ich mich ab, damit hier alles so wenig abenteuerlich wie möglich abläuft.«

Alea hatte eigentlich den Eindruck, dass Ben das freie Leben am Rande des Erlaubten durchaus mochte.

Sammy bestätigte ihren Eindruck. »Klar magst du Abenteuer, Ben! Du liebst Abenteuer!« Er lachte unbeschwert. So, als machte er sich keine Sorgen. Um nichts. Dann zog er die Butterdose zu sich heran, nahm sich ein Messer und begann, sein Brot von beiden Seiten mit Butter zu bestreichen. Als er herzhaft hineinbiss, bemerkte er Aleas Blick. Mit vollem Mund sagte er: »Warum soll nur eine Seite gut schmecken, wenn man beide Seiten buttern kann?«

Alea grinste.

Sammy grinste zurück.

»Bist du eine Abenteurerin?«, fragte Tess Alea unvermittelt.

Alea überlegte. Sie hatte noch nie ein Abenteuer erlebt.

Durch ihre Krankheit hatte sie sich in erster Linie immer als Patientin gesehen und nicht als jemanden, der interessante Dinge erlebte. Die Antwort, die sie Tess nun gab, überraschte sie selbst. »Ich glaube, ja.«

Tess schaute sie prüfend an, dann aß sie weiter.

»Ich auch!«, rief Sammy überflüssigerweise. »Wir alle! Deswegen sind wir ja auch eine Bande.«

Alea hob die Augenbrauen. »Ihr seid eine Bande?«

Ben nickte.

»Ich wollte schon immer eine Bande haben«, erklärte Sammy. »Aber es waren ja lange nur Oskar, Ben und ich an Bord. Dann sogar nur noch Ben und ich. Seit Tess bei uns ist, sieht das Ganze aber schon anders aus!«

Alea sah zu Tess. »Seit wann bist du denn –«, begann sie.

Sammy sprach allerdings schon weiter. »Wir nennen uns die Alpha Cru.« Er strahlte Alea an, als erwartete er darauf eine Reaktion.

»Aha?«

»Willst du wissen, wieso?«, schob er ungeduldig nach.

»Ja, klar.«

»Also: Der hellste Stern im Kreuz des Südens ist der *Acrux,* lateinisch-griechisch: *Alpha Cru.*« Sammy rieb sich vor Freude die Hände. »Cru wie Crew! Das ist genial, oder?«

Alea zog einen Mundwinkel hoch. Banden waren doch eher etwas für kleine Kinder, oder?

»Wir haben auch alle Bandennamen! Der Vorname bleibt gleich, aber unsere Nachnamen wählen wir nach Sternbildern!«, sprudelte Sammy hervor. »Das war meine Idee!« Abermals blickte er Alea erwartungsvoll an.

»Das ist toll«, lobte sie.

Ben klinkte sich ein. »Sammy hat sich ein Ritual ausgedacht, um die Bandennamen zu ermitteln.« Seinem Tonfall nach fand er das Ganze überhaupt nicht kindisch. »Es ist so ähnlich wie unser Ritual, mit dem wir unser nächstes Ziel festlegen.«

»Das hab ich heute Nachmittag mitbekommen«, rutschte es Alea heraus.

»Ach ja?«, fragte Ben mit ironischem Lächeln. Anscheinend hatte er Alea tatsächlich den ganzen Nachmittag über ebenso beobachtet wie sie das Schiff und seine Crew.

Ben sprach weiter. »Es gibt hier an Bord ein altes lateinisches Buch über Sternbilder. Man nimmt es in die Hand und blättert darin, ohne hinzugucken.«

»Dann schlägt man irgendeine Seite auf!«, rief Sammy ungeduldig dazwischen. »Und das Sternbild, das auf der aufgeschlagenen Seite beschrieben wird, ist dein Bandenname.«

Alea fand das Ganze langsam doch irgendwie interessant. »Und welche Nachnamen sind bei dem Ritual für euch rausgekommen?«

»Ich bin Sammy Draco«, antwortete Sammy eifrig. »*Draco* – der Drache. Super Sternbild.« Seine Stimme quietschte ein bisschen. »Und Ben heißt Ben Libra. *Libra* – die Waage.«

Ben deutete eine Verbeugung an, als würde er gerade offiziell vorgestellt werden.

»Und Tess heißt Tess Taurus. *Taurus* – der Stier.« Sammy sprang auf. Offenbar konnte er vor Aufregung nicht länger still sitzen. »Wir hätten gern noch mehr Mitglieder!«

Ben hob die Hand. »Ganz ruhig, Sammy. Überstürz nicht immer alles.«

»Aber Alea wäre doch perfekt!«, entgegnete Sammy. »Sie ist ganz offensichtlich von zu Hause abgehauen, und in Tess' Kajüte ist noch ein Bett frei. Sie würde hier super reinpassen!«

Alea legte klappernd den Löffel beiseite.

Ben machte eine beschwichtigende Geste. »Alea kann ja noch nicht mal schwimmen. Außerdem wissen wir gar nichts über sie.«

Tess schaltete sich ein. »Über mich wusstet ihr auch nichts, als ihr mich in die Bande geholt habt.«

Alea horchte auf. Hatte sich Tess etwa gerade für sie eingesetzt? In ihrem Bauch breitete sich ein prickelndes Gefühl aus. Wollten die drei sie wirklich bei sich aufnehmen?

»Ich hole einfach mal das Buch.« Sammy lief los und verschwand unter Deck.

Alea blickte Ben und Tess fragend an.

»Lass dich von ihm nicht überrumpeln«, sagte Ben.

Da kam Sammy schon wieder zurück. »Hier ist es!«

Er wedelte mit einem großen, antiken Nachschlagewerk herum, dessen Seiten schon recht vergilbt waren.

»Sammy!«, rief Ben streng. »Wir können nicht das Ritual mit Alea machen, bevor wir uns überhaupt mal richtig unterhalten haben.«

Sammy sah Ben bittend an. Sie fochten einen regelrechten Augenkrieg aus. Sammy schaute zuerst weg. »Okay«, gab er klein bei und stellte sich neben den Tisch. Zum Hinsetzen war er anscheinend immer noch zu aufgeregt. »Dann unterhalten wir uns eben!«

Alle Augen richteten sich auf Alea.

Alea merkte, dass ihre Hände zu zittern angefangen hatten, und sie versteckte sie unter dem Tisch. In ihrem Inneren tosten die Gefühle plötzlich umher wie Schaumkronenwellen im Sturm.

»Was willst du noch über uns wissen?«, fragte Ben.

Alea machte den Mund auf, klappte ihn dann jedoch wieder zu. Sie hatte hundert Fragen! Aber gerade fiel ihr keine einzige ein. Alles in ihr schäumte durcheinander …

»Wie bist du denn zu den Jungs gekommen?«, fragte sie schließlich Tess. Das wollte sie wirklich gern wissen.

»Durch Zufall«, antwortete Tess.

»Schicksal!«, verbesserte Sammy.

Tess sprach unbeirrt weiter. »Ich bin Französin.«

Natürlich! Alea hätte sich am liebsten gegen die Stirn geschlagen. Ihr Akzent war eindeutig französisch!

»Ich sag dir, wie ich an Bord kam«, sagte Tess mit einer

Lässigkeit, die Alea nur beneiden konnte. »Meine Eltern haben sich vor ein paar Wochen getrennt. Sie wollen sich scheiden lassen.« Ihrem Gesicht war keinerlei Regung anzusehen, während sie dies erzählte. »Sie haben mir erlaubt, während der Sommerferien herumzureisen, damit ich …«, sie suchte nach Worten, »… auf andere Gedanken komme.«

Alea blickte sie fragend an. Wie alt war Tess? Zwölf? Dreizehn? Welche Eltern erlaubten denn einer Dreizehnjährigen, allein herumzureisen?

»Ich wollte schon immer mal nach England«, fügte Tess hinzu. »Deswegen bin ich als blinder Passagier mit einem Schnellzug nach London gefahren.«

Alea staunte immer mehr.

»Alles, was ich dabeihatte, waren mein Rucksack und mein Akkordeon«, berichtete Tess und zuckte die Schultern. »Und am Piccadilly Circus bin ich dann auf Ben und Sammy gestoßen. Ich bin in der Schule immer schon sehr gut in Deutsch gewesen, außerdem haben wir deutsche Nachbarn. Ben und Sammy haben darüber geredet, dass sie noch jemanden bräuchten, der in ihrer Straßenband singt – da hab ich sie einfach angesprochen.«

»Sie singt bombe!«, rief Sammy. »Sie ist unsere Rockprinzessin! Unsere Piratenrockprinzessin!«

»Du hast sie gehört, oder?«, fragte Ben.

»Ja, sie singt wirklich toll«, erwiderte Alea und versuchte, dieser irren Geschichte zu folgen.

»Tess ist seit zwei Wochen bei uns«, fügte Sammy noch hinzu. »Und seit sie dabei ist, verdienen wir mit unseren Auftritten viel mehr Geld als je zuvor. In Brügge haben wir an einem einzigen Nachmittag zweihundert Euro eingenommen!«

»Seid ihr seitdem die ganze Zeit auf See gewesen?«, hakte Alea nach.

»Größtenteils. Tess hat in London den Dartpfeil geworfen, und er ist in Norddeutschland gelandet. Deswegen sind wir nach Hamburg geschippert, mit vielen Pausen und Landausflügen. So machen wir das immer. Irgendwo vor Anker zu gehen und sich gemütlich umzugucken, ist ja gerade das Schöne.«

Alea hörte Sammy ganz genau zu. Das Leben, das er beschrieb, war außergewöhnlich und löste eine Sehnsucht in ihr aus, die sie in dieser Intensität noch nie empfunden hatte.

Tess ergriff wieder das Wort. »Jedenfalls hat Sammy mich schon nach der ersten halben Stunde gefragt, ob ich Mitglied ihrer Bande werden will«, sagte sie mit einem Grinsen.

»Bestmitglied!«, hielt Sammy fest.

Tess zuckte mit den Achseln. »Ich dachte: Warum nicht? Die zwei waren nett zu mir, und mit ihnen zu reisen, ist besser, als allein zu sein.«

Diesen Gedanken konnte Alea gut nachvollziehen.

Ben beobachtete sie. »Du bist auch allein, oder?« Er sah

sie an, als wollte er das wirklich gern wissen, als wäre es aber auch okay, wenn sie nicht antwortete.

»Ich … habe eine Pflegemutter …«, erwiderte Alea und stockte. Wollte sie sich den dreien tatsächlich anvertrauen? Sie öffnete sich niemandem einfach so! Während Alea noch über sich selbst staunte, redete sie auch schon weiter. »Sie heißt Marianne, und sie hat mich aufgenommen, als ich noch ganz klein war. Ihr eigener Sohn war damals schon ausgezogen. Wir waren immer nur zu zweit. Wir zwei gegen den Rest der Welt.« Alea lachte heiser, und in ihre Augen traten Tränen. »Heute Morgen hatte Marianne einen Herzinfarkt.«

Sammy biss sich auf die Unterlippe. »Auweia.«

Alea spürte, dass die Wellen in ihrem Inneren wieder hochzuschlagen begannen. »Ich habe Angst, dass sie stirbt«, sagte sie, und ihre Stimme war fast nur noch ein Flüstern. »Marianne wollte mich anrufen, und ich habe den ganzen Tag darauf gewartet, aber sie hat sich nicht gemeldet. Vielleicht ist sie …« Alea konnte die Tränen nicht länger zurückhalten. »Vielleicht ist sie schon tot.«

Einen Augenblick lang herrschte betroffenes Schweigen, dann nahm Sammy Alea in den Arm. Es geschah ganz sachte, und obwohl Alea überrascht war, zuckte sie doch nicht zurück. Der kleine Junge zog sie an sich und drückte sie. Alea hob instinktiv ihre Arme und hielt Sammy ebenfalls fest. Da spürte sie, dass auch Ben sie in den Arm nahm.

»Tess, du auch«, sagte Sammy und bedeutete ihr mit einer Kopfbewegung, dass sie auch herkommen sollte.

Tess winkte jedoch ab. »Nee, lasst mal. Das sieht jetzt schon sehr eng aus bei euch.«

Die Jungs ließen sich aber nicht beirren und hielten Alea weiter fest. Unter normalen Umständen hätte sich Alea schleunigst aus dieser Gruppenumarmung herausgewunden. So etwas war doch mehr als eigenartig! Doch hier und jetzt fühlte sich das Ganze so gut an, dass sie die Augen schloss und sich festhalten ließ. Nach und nach glätteten sich die Wellen in ihrem Inneren, und der Schaum zerfiel.

Nach kurzer Zeit lösten sich Sammy und Ben von ihr. Alea wischte sich mit ihrem Handschuh die Tränenspuren fort und vergewisserte sich, dass ihre langen Haare die Ohren gut verdeckten. Dann lächelte sie zaghaft.

»Da wirst du dich dran gewöhnen müssen«, sagte Sammy. »Ich bin ziemlich … äh, wie heißt das?« Hilfe suchend schaute er zu Ben.

»Verschmust«, erklärte der und zwinkerte Alea zu. »Sammy klebt an dir, wenn du ihn lässt.« Lächelnd fügte er hinzu: »Und manchmal zieht er auch noch andere mit rein.« Er wurde wieder ernst. »Ich würde an deiner Stelle nicht darauf warten, dass deine Pflegemutter sich meldet. Warum gehst du nicht ins Krankenhaus und siehst nach ihr?«

Alea schüttelte den Kopf. »Jemand vom Jugendamt

könnte dort warten. Ich habe doch außer Marianne niemanden.«

»Vielleicht ja auch nicht! So schnell sind die beim Amt nicht«, gab Ben zu bedenken.

»Aber es ist bis zum Krankenhaus viel zu weit«, wandte Alea ein. »Ich habe kein Busticket und nur noch vierundsechzig Cent.«

»Na, dann musst du eben per Anhalter fahren«, schlug Sammy vor.

Alea stutzte. Marianne hatte sie so oft davor gewarnt, per Anhalter zu fahren, dass sie nie auf diese Idee gekommen wäre.

»Natürlich solltest du nicht allein per Anhalter fahren«, sagte Ben sofort. »Das wäre viel zu gefährlich. Aber wenn wir alle zusammen fahren, wäre es okay, denke ich.«

Alea war baff. »Ihr wollt mit mir mitkommen?«

Ben grinste. »Warum denn nicht?« Er schaute die anderen an. »Oder haben wir heute noch was Besseres vor?«

»Nee!«, krähte Sammy.

Tess zuckte die Achseln.

»Na, dann kommen wir mit!« Ben lachte.

Alea war ebenfalls nach Lachen zumute, obwohl sie das kaum glauben konnte. Den ganzen Tag über hatte sie sich hundsmiserabel gefühlt, aber innerhalb der vergangenen Stunde war irgendetwas in ihr sehr viel leichter geworden. »Das wäre toll«, brachte sie hervor und sah scheu in die Runde.

»Willst du denn nun ein Bandenmitglied sein?«, fragte Sammy aufgeregt.

»Ich …« Alea wusste nicht, was sie darauf antworten sollte. Falls es Marianne bald wieder besser gehen sollte, würde sie natürlich zu Hause wohnen bleiben und keinesfalls mit dieser Bande über die Meere segeln! Bei dieser Vorstellung regte sich ein leises Gefühl des Bedauerns in ihr – was augenblicklich ein schlechtes Gewissen in ihr auslöste, denn selbstverständlich wünschte sie sich vor allem, dass Marianne wieder gesund wurde. Falls aber nicht …

»Das musst du jetzt nicht sagen«, unterbrach Ben ihre Gedanken.

»Doch!«, widersprach Sammy. »Es ist gerade so … schön. Wir sollten Aleas Ritual jetzt machen. Weil das hier ein super Moment ist. Ein Bestmoment! Und falls sie später doch nicht mehr will, dann ist sie eben nur für einen Abend ein Mitglied der Alpha Cru gewesen.«

Dagegen konnte Ben nichts mehr einwenden. Fragend sah er Alea an. »Willst du?«

Alea wusste die Antwort. Im Grunde hatte sie es schon die ganze Zeit gewusst, den ganzen Abend, den ganzen Nachmittag über. Sie wollte ein Teil dieser Crew sein. Sie wollte zu diesen dreien gehören – obwohl es völlig verrückt war, auf einem Schiff leben zu wollen. Mehr als verrückt. Sie musste komplett übergeschnappt sein!

»Ich mach's«, sagte sie.

Etwas in Aleas Tonfall ließ Tess' Kopf herumfahren. Alea hatte es selbst gehört. Sie klang entschlossen, als wäre die Entscheidung bereits unwiderruflich gefallen.

Sammy jubelte und hielt Alea das antike Buch hin. »Du musst blättern!«

Alea nahm das Buch in die Hände. Es war so schwer, als befände sich das Wissen der ganzen Welt zwischen den Buchdeckeln.

»Augen zu!« Sammys Stimme überschlug sich beinahe.

Tess und Ben schienen ihrerseits die Luft anzuhalten. Mit einem Mal wurde der Moment richtig feierlich.

Alea schloss die Augen. Dann blätterte sie, ließ die Seiten an ihren Fingerspitzen entlanggleiten. Sie hielt inne. Hier. Sie fühlte es. Das war die richtige Stelle. Genau hier stand er. Ihr Name.

Alea öffnete die Augen.

»*Aquarius*«, las sie vor.

Plötzlich hatte sie eine Gänsehaut, und alles in ihr, jede Zelle, jedes Blutkörperchen, schien leise zu vibrieren.

»Ich bin Alea Aquarius.«

# Abenteurer

Ben stand an der Straße und hielt den Daumen raus, während Tess und Alea am Straßenrand warteten und Sammy auf dem Bordstein herumhüpfte.

In Aleas Kopf sprangen die Gedanken kreuz und quer durcheinander. Sie konnte noch gar nicht fassen, dass sie sich auf dem Weg zum Krankenhaus befand. Allein wäre sie nie auf die Idee gekommen, die Sache selbst in die Hand zu nehmen und per Anhalter zu fahren. Aber nun war sie Mitglied einer Bande, die es mit den Regeln der Welt offenbar nicht so genau nahm.

Alea rieb sich die Schläfen. Das war alles sehr viel auf einmal. Allein dieser Name! *Aquarius.* Der Wassermann. Diese Sternbildsache war zwar irgendwie spannend, aber dass sie nun ausgerechnet den Namen Aquarius bekommen hatte, war einfach lächerlich. Wenn jemand absolut kein Wasser-Irgendwas war, dann sie.

»Was war noch mal die mythologische Bedeutung von Aquarius?«, fragte Sammy, der auf der Bordsteinkante balancierte.

»Der Wassermann überlebte die Sintflut und wurde zum Stammvater der Menschen«, rezitierte Ben.

»Hammer, oder?« Sammy drehte sich zu Alea um. »Du wirst zum Stammvater der Menschen. Oder eher zur Mutti, nehme ich an.« Er kicherte.

Alea seufzte. Hoffentlich hielt bald ein Auto an, das sie zur anderen Seite der Stadt mitnehmen konnte. Es war schon ziemlich spät, und Alea wusste nicht, ob es im Krankenhaus strenge Besuchszeiten gab.

Da lief Sammy zu Ben und sagte: »Lass mich mal.«

»Willst du wieder tanzen?«, fragte Ben argwöhnisch.

Sammy grinste. »Das hat immerhin schon ein paarmal funktioniert!« Er stellte sich vor Ben, konzentrierte sich und wippte plötzlich auf und ab, als hörte er einen Rhythmus. Dann schnellten seine Arme nach vorn, und er fing an, seltsame Verrenkungen zu machen. Es sollte wohl so etwas wie ein Tanz sein, doch es sah eher aus, als wollte er eine Wespe vertreiben. »Wisst ihr, welchen Song ich höre?«, rief er. »Ich höre einen ganz bestimmten Song!«

Sie sollten nicht erfahren, welches Lied in seinem Kopf spielte, denn in diesem Augenblick hielt ein Auto an. Eine junge Frau saß am Steuer. Als sie begriff, dass sie nicht nur Sammy und Ben, sondern zwei weitere Leute mitnehmen sollte, war sie nicht sonderlich begeistert. Aber Sammy strahlte sie mit seiner Zahnlücke an und sagte: »Sie sind so ein Schatz!«

Als alle eingestiegen waren, erzählte Ben der Frau, dass sie eine Hip-Hop-Tanzgruppe wären und er der Leiter. Sie müssten dringend zu einem Auftritt, hätten aber leider den Bus verpasst. Sammy gluckste auf dem Rücksitz, riss sich jedoch zusammen, als Tess ihm warnend auf den Fuß trat.

Während der Fahrt hörten sie Radio, und Sammy sang die meisten Lieder auswendig und aus vollem Hals mit. Bei einer Rocknummer fiel auch Tess mit ein, und die Frau am Steuer drehte sich überrascht zu ihr um. »Wisst ihr, ich leite in meiner Gemeinde eine Musicalgruppe für Jugendliche. Stimmen wie eure könnten wir gut gebrauchen!«

Sammy und Tess lächelten, ohne darauf einzugehen.

»Ihr singt phantastisch!«, fügte die Frau noch hinzu und schien wirklich angetan. »Tanzt ihr auch so gut?«

»Klar!«, rief Sammy strahlend.

Da begann ein neues Lied, und nun sang sogar Ben mit volltönender Stimme mit, aber Alea blieb stumm. Ihr war ganz und gar nicht nach Singen zumute. Sie kamen dem Krankenhaus immer näher, und sie hatte ein mehr als mulmiges Gefühl im Magen.

An der letzten roten Ampel vor dem Krankenhaus wies die Frau plötzlich auf ein Plakat und rief: »Oh, das ist es wahrscheinlich, was?«

An einer Hausmauer hing ein buntes Poster, auf dem stand: *Shake it! Jugendtanzaufführung im Tikki-Theater.*

Darunter prangten das heutige Datum und ein Pfeil mit dem Hinweis *Noch 300 Meter,* der um die Straßenecke wies.

Tess sog scharf die Luft ein, und Bens Gesicht wurde aschfahl.

Die Frau sagte kurz entschlossen: »Da fahre ich euch eben hin. Ist ja direkt um die Ecke.«

Als sie wieder auf die Straße schaute, drehte sich Ben zu Sammy, Tess und Alea um. Seine Augen fragten: *Was machen wir jetzt?*

Tess kratzte sich am Kinn, während Sammy die Schultern hob, als wollte er sagen: *Dann gehen wir halt dahin.*

Alea runzelte verwirrt die Stirn. Sie wollten doch ins Krankenhaus!

Schon hielt der Wagen an. Die Frau sagte: »Wenn ihr nichts dagegen habt, komme ich mit rein. Vielleicht bekomme ich ja neue Ideen für meine Musicalgruppe.« Sie stieg aus dem Auto, und es blieb ihnen nichts anderes übrig, als den Wagen ebenfalls zu verlassen.

Alea konnte es kaum fassen. Sie würden doch nicht in dieses Theater hineingehen, oder doch? Wollten sie etwa tatsächlich auftreten? Falls Tess und Ben nicht besser tanzten als Sammy, würde das die größte Lachnummer aller Zeiten werden. »Wir machen uns irgendwie aus dem Staub, oder?«, flüsterte sie Ben im Gehen zu.

»Nein, das geht nicht«, wisperte er zurück. »Wenn wir einfach abhauen, wird die Frau misstrauisch.« Er sah besorgt aus. »Sobald Leute vermuten, dass wir Ausreißer sind, rufen sie die Polizei an. Deswegen müssen wir das jetzt durchziehen.«

Er meinte es ernst! Alea erstarrten vor Schreck alle Glieder. Sie war noch nie aufgetreten. Selbst vor Referaten in der Schule hatte sie sich bisher immer gedrückt, weil sie es hasste, vor anderen zu sprechen. Und nun sollte sie auf eine Bühne!

Sammy zwinkerte ihr zu. »Du hast doch gesagt, du magst Abenteuer, oder?«, raunte er ihr zu. »Das hier ist eins!«

Alea wollte lachen, konnte Sammy aber nur entsetzt anstarren.

»Wir gehen danach ins Krankenhaus«, raunte Ben ihr zu.

Tess fragte Alea leise: »Kannst du tanzen?«

»Nein! Du?«

Tess schüttelte den Kopf. »Nicht bühnenmäßig.« Sie wirkte jedoch nicht nervös, eher ein bisschen genervt.

Kurz darauf betraten sie das Theater. Die Aufführungen schienen bereits in vollem Gange zu sein, denn das Foyer war wie leer gefegt. Ben sprach mit einem Herrn, der wohl einer der Veranstalter war, dann winkte er die anderen zu sich. »Hier hab ich unsere Backstage-Ausweise.«

Alea schluckte. Es gab kein Zurück mehr. Mitgegangen, mitgehangen.

Die Frau, die sie gefahren hatte, sagte: »Ich suche mir

dann mal einen Platz. Toi, toi, toi!« Lächelnd zeigte sie ihnen ihre gedrückten Daumen und ging zum Eingang des Saals.

Der Veranstalter begleitete die vier zur Garderobe. Dabei unterhielt er sich mit Ben, und Alea schnappte Sätze auf wie »Ich verstehe gar nicht, wie eure Anmeldung verloren gehen konnte« und »Eigentlich ist unser Programm voll, aber wenn euch so viel daran liegt …«.

Alea spürte ihre Beine kaum noch, aber sie schleppte sich hinter den anderen her, bis sie die Garderobe erreicht hatten. Der Veranstalter sagte: »Die Hälfte der Auftritte ist schon vorbei. Ihr seid in zehn Minuten dran. Habt ihr eine CD für mich?«

Ben überreichte ihm eine. »Track Nummer eins.«

Sammy warf seinem Bruder einen überraschten Blick zu.

»Alles klar«, sagte der Mann. »Ihr werdet dann aufgerufen.«

Sobald er fort war, fragte Sammy: »Was ist das für eine CD?«

Ben seufzte. »Die lag im Auto der Frau. Ich habe sie mitgehen lassen.«

»Und was ist da drauf?«, wollte Tess wissen.

»Keine Ahnung. Es war eine selbst gebrannte CD mit der Aufschrift *Mix.*« Ben schüttelte den Kopf. »Hoffentlich kein Heavy Metal oder Volksmusik oder so was …«

»*Merde*«, murmelte Tess und verschränkte die Arme.

Sammy schien hingegen ganz in seinem Element zu

sein. »Sollen wir schnell noch ein paar Tanzschritte einüben? Irgendwas, das wir in einer Reihe nebeneinander machen können?«

»Dafür haben wir keine Zeit«, entgegnete Ben.

Tess stöhnte. »Wir sollen uns einfach auf die Bühne stellen und … nichts machen?«

»Wir tanzen«, erklärte Ben ruhig. »Es tanzt aber jeder für sich.«

»Jeder für sich?«, wiederholte Tess. »Und wie?«

»Tut so, als ob ihr mit dem Tanz total viel aussagen wolltet«, sagte Ben.

Tess starrte ihn sprachlos an. Sammy grinste.

Ben fuhr unbeirrt fort. »Tanzt so, als hättet ihr extrem tiefe Gefühle, die ihr durch eure Bewegungen und eure Mimik ausdrückt.«

Alea fragte sich, ob das ein Scherz sein sollte. Sammy grinste immer noch von einem Ohr zum anderen. Aber gleichgültig, ob das Bens Ernst war – Alea war sicher, dass sie sich auf der Bühne sowieso keinen Zentimeter bewegen können würde und wahrscheinlich wie ein erstarrtes Reh im Scheinwerferlicht dastehen würde.

Einer der Helfer kam nun zu ihnen und brachte sie hinter die Bühne. Aleas Herz schlug so heftig, dass sie es bis in die Zehenspitzen fühlen konnte.

»Habt ihr keine Kostüme?«, wunderte sich der Helfer.

»Nein, die Straßenkleidung gehört zum Konzept«, antwortete Ben.

Tess schnaufte geräuschvoll.

Sammy stupste Alea mit dem Ellbogen an. »Willst du die wiederhaben?«, fragte er und zog sich Aleas meerblaue Lieblingsmütze vom Kopf.

Mit zittrigen Händen nahm Alea sie und setzte sie auf. Sie fühlte sich mit der Schirmmütze tatsächlich stärker, aber das änderte trotzdem nichts daran, dass sie die größte Blamage ihres Lebens vor sich hatte.

Dann ging es los. Der Helfer gab ihnen das Startzeichen, und sie betraten die Bühne.

Sammy stellte sich ganz nach vorn und strahlte mit seiner Zahnlücke ins Publikum. Die vielen Auftritte, die er schon auf den Straßen der Welt absolviert hatte, kamen ihm nun wohl zugute. Ben hingegen war anzumerken, dass er angespannt war, und Tess schien sich in ihr Schicksal zu fügen. Alea nahm aber an, dass sie alles dafür gegeben hätte, singen zu dürfen, anstatt zu tanzen.

Alea stand mit eingezogenem Kopf da und wusste nicht, wo sie hinsehen sollte. Wenn sich im Boden ein Loch aufgetan hätte, wäre sie, ohne zu zögern, hineingesprungen.

Dann setzte die Musik ein. Ben atmete erleichtert auf, denn es war eine ruhige Pianoballade. Dazu konnte man bestimmt total tiefe Gefühle darstellen.

Sammy hatte schon angefangen. Mit weit ausholenden Gebärden wirbelte er herum und machte dabei ein Gesicht, als läge ein Schwan im Sterben. Wie in *Der sterbende Schwan,* dem Ballettstück! Tess und Ben begannen nun ebenfalls, sich zu bewegen. Tess machte hopsende Schritte und fuchtelte mit den Händen in der Luft, während Ben sich mit dramatischer Miene um sich selbst drehte und dann in die Knie ging, als würde er unter der Last seiner Gefühle zusammenbrechen.

Alea konnte sich jedoch nicht rühren. Mit weit aufgerissenen Augen stand sie da. Die Menschen im Publikum schienen nichts als eine dunkle Masse zu sein, die sie mit Blicken bedrohte.

Sammy tanzte zu Alea herüber und forderte sie gestenreich auf, mitzumachen. Ben kam ebenfalls herangewirbelt und streckte mit einer tieftragischen Bewegung die Hand nach ihr aus. Als Alea sie nicht nahm, brach er wieder unter seinen Gefühlen zusammen. Alea kam der Gedanke, dass sie selbst anscheinend der sterbende Schwan in dieser »Aufführung« war. Tess drehte stürmische Pirouetten um Alea und tat dabei so, als wollte sie nach ihr greifen, aber ihre Hände rutschten an einer unsichtbaren Mauer ab – was ohne Frage tiefe Gefühle in allen auslöste.

Szenenapplaus erklang. Alea dachte, sie hörte nicht richtig. Den Leuten gefiel dieses Debakel? Dann fragte sie sich, ob der Schwan in dem echten Ballettstück eigentlich überlebte. Sie selbst fühlte sich, als könnten bei ihr jeden Augenblick die Lichter ausgehen.

Plötzlich kniete Ben vor Alea und hob sie hoch. Auf

einmal schwebte sie über die Bühne. Ben hatte sie an der Hüfte hochgehoben, und Tess und Sammy taten so, als würden sie Alea ebenfalls mittragen. War der Schwan nun gestorben?

»Mach was!«, zischte Sammy ihr zu.

»Was denn?«, presste Alea zwischen den Zähnen hervor.

Sammy sah sie bittend an. »Irgendwas!«

Alea schloss die Augen. *Irgendwas … irgendwas …*

Zögernd hob sie die Arme und streckte sie in die Luft. Dabei blickte sie hoffnungsvoll in die Ferne, als läge die Zukunft des Schwans dort in der Weite des Horizonts verborgen – oder so ähnlich.

Da riss Sammy die Arme in die Höhe und strahlte mit weit aufgerissenem Mund ins Publikum. Der Schwan war offenbar gerettet. Tess fasste sich ergriffen ans Herz und drehte vor Glückseligkeit eine weitere Pirouette, und Ben hob Alea vor lauter Überschwang über seinen Kopf, als wollte er dem Himmel danken.

Dann war das Lied vorbei.

Tosender Beifall donnerte los. Die Leute klatschten tatsächlich! Waren denn alle verrückt geworden? Ben setzte Alea vorsichtig ab, dann nahmen sich alle an den Händen und verbeugten sich.

»Jetzt lächeln!«, wisperte Sammy Alea zu, und Alea zog verwirrt ihre Mundwinkel in die Höhe. Die anderen drei schienen den Applaus zu genießen, und Alea wagte es, ganz zaghaft die Gesichter der Menschen im Publikum anzuschauen. Die Leute jubelten und strahlten sie an. Das war überaus eigenartig, aber auf irritierende Weise auch schön.

Auf einmal überkam Alea ein großes Gefühl der Erleichterung. Sie hatten es geschafft! Sie hatten sich zwar zum Affen gemacht, aber sie waren nicht aufgeflogen.

Alle vier streckten nun vereint die Arme in die Höhe, und Aleas Grimasse verwandelte sich in ein echtes Lächeln, denn mit einem Mal empfand sie ein noch viel schöneres Gefühl als Erleichterung: Verbundenheit. Sie waren eine Crew und hatten diesen sonderbaren Auftritt als Crew geschafft.

Nach einer weiteren Verbeugung traten sie zurück, und es war vorbei. Während sie von der Bühne gingen, sagte Ben leise zu Alea: »Gut gemacht.« Das war zwar völlig übertrieben – immerhin hatte sie nur eine einzige Armbewegung gemacht! –, aber Alea freute sich dennoch über sein Lob und lächelte still in sich hinein.

Zu Tess sagte Ben: »Schöne Pirouetten!«

Tess verdrehte die Augen und versetzte ihm einen Klaps auf den Arm. Das Ganze schien ihr peinlich zu sein. Sammy hingegen freute sich sichtlich über den Auftritt und tänzelte wie beflügelt vor ihnen her.

Hinter der Bühne reichte einer der Helfer ihnen Wasserflaschen. »Ihr habt bestimmt Durst, oder?«

Sammy, Ben und Tess nahmen sich je eine Flasche und

tranken mit großen Schlucken. Alea schüttelte jedoch den Kopf.

»Willst du nicht?«, wunderte sich Sammy. »Du hast beim Essen schon nichts getrunken.«

Sammy entging aber auch gar nichts! Alea nuschelte etwas davon, dass sie gerade nicht durstig war.

Der Veranstalter trat zu ihnen. »Das war sehr interessant!«, sagte er. »Technisch bestimmt verbesserungsfähig, aber vom emotionalen Ausdruck her wirklich bemerkenswert.«

»Danke«, erwiderte Ben. »Die Message steht bei uns im Vordergrund.«

»Allein schafft man es nicht, aber gemeinsam ist man stark – ein wichtiges Thema, eindrucksvoll umgesetzt.« Der Veranstalter schien zufrieden. »Hier ist eure CD«, sagte er. »Super, dass ihr noch gekommen seid!« Damit verabschiedete er sich.

Rasch machten sie sich nun auf den Weg zum Ausgang. Im Foyer begegneten sie allerdings noch der jungen Frau, die sie im Auto mitgenommen hatte. »Ihr wart klasse!«, rief sie ihnen begeistert entgegen. »Hip-Hop hatte ich mir zwar anders vorgestellt, aber das Ganze war einfach etwas richtig Eigenes. Das Tollste war aber das Lied! Wisst ihr, dass das mein Lieblingslied ist?«

»Ich liebe dieses Lied auch«, sagte Ben mit ernster Miene. »Die Botschaft macht wirklich nachdenklich, oder?«

Sammy rollte die Lippen nach innen. Offenbar stand er kurz vor einem Lachanfall.

Die Frau merkte das nicht. »Ihr werdet mal ganz Große. Ganz Große!« Sie klopfte Tess auf die Schulter. »Soll ich euch nach Hause fahren?«

»Nein, danke«, entgegnete Ben. »Die Kids werden von ihren Eltern mitgenommen. Die sind noch irgendwo im Saal. Und ich habe gleich noch eine Verabredung.«

Die Frau lächelte. »Es war schön, euch kennengelernt zu haben.«

»Ebenfalls!«, rief Sammy und schüttelte ihre Hand.

Die Frau lachte, sagte »Auf Wiedersehen« und ging zu ihrem Auto zurück.

Sobald sie fort war, machten sie, dass sie aus dem Theater kamen. Draußen stöhnte Ben auf. »Oh Mann, hoffentlich wundert sie sich nicht, dass ihre CD jetzt in ihrer Handtasche ist …«

Sammy machte eine wegwerfende Handbewegung. »Kann ja mal passieren.«

»Das war alles in allem 'ne haarige Sache«, murmelte Ben.

Sammy schüttelte den Kopf. »Nein, das war ein Abenteuer!«

Ben lachte, zog den Kleinen in seine Arme und strubbelte ihm über die Haare. »Ist ja gut! Okay. Das war ein Abenteuer!«

Sammy strahlte.

Tess und Alea standen daneben und sahen den beiden dabei zu, wie sie sich zu balgen begannen. Tess lehnte sich zu Alea und sagte leise: »Es ist nicht das Schlechteste, mit den beiden unterwegs zu sein.«

Alea ließ langsam die Luft entweichen, die sie die ganze Zeit über angehalten zu haben schien. »Sie sind nur ein bisschen … anders?«

»Ja, ziemlich anders. *Gut* anders.« Auf Tess' Gesicht zeigte sich so etwas wie ein Lächeln. »Sie sind einfach sie selbst und haben keine Angst.«

Alea schwieg. Tess' Worte lösten wieder diese Sehnsucht in ihr aus. Und doch war sie auch unsicher. Wenn man ein Bandenmitglied war, waren dann etwa alle Tage so wie dieser? Die Ereignisse überschlugen sich ja nur so!

»Das Krankenhaus ist gar nicht weit von hier entfernt«, sagte Ben gerade.

Es überkam Alea wie eine eiskalte Dusche.

*Marianne.*

Seit sie das Theater betreten hatten, hatte sie nicht mehr an Marianne gedacht! Augenblicklich bekam sie ein schlechtes Gewissen, und die Angst kehrte schlagartig zurück.

Ben musterte Alea. »Das ist alles ganz schön heftig, hm?«

Sie nickte. Am liebsten hätte sie sich irgendwo hingesetzt und erst einmal nur … gesessen.

»Du bist ja nicht allein«, sagte Sammy, eilte an Aleas

Seite und legte seinen Kopf auf ihre Schulter. Da musste sie wieder ein kleines bisschen lächeln.

Wenig später setzten sie sich in Bewegung. Alea reihte sich nach einem kurzen Zögern ein und ging im Gleichschritt mit den anderen. Wie ungewohnt das für sie war!

Als sie an einem Kaufhaus vorbeimarschierten und Alea sich und die anderen in den Schaufensterscheiben reflektiert sah, flammte das starke Gefühl, das sie beim Verbeugen auf der Bühne gespürt hatte, erneut in ihr auf: Trotz aller Verschiedenheit und trotz aller Größenunterschiede waren sie ein richtiges Team. Eine Crew.

Die Alpha Cru.

# Aleas Geschichte

Schweigend waren sie nebeneinanderher zum Krankenhaus gelaufen, und Alea hatte sich in der Gruppe gut aufgehoben und stark gefühlt. Aber nun hatte sie einen dicken Kloß im Hals.

Gemeinsam betraten sie das Krankenhaus. Ben fragte am Empfang nach Marianne. Alea konnte hören, wie er behauptete, er wäre Mariannes Enkel. Daraufhin nannte ihm die Dame an der Rezeption eine Zimmernummer.

»Das heißt, dass sie lebt!«, stieß Alea hervor und musste sich an der Wand abstützen.

»Das ist doch schon mal gut, oder?«, fragte Sammy.

»Gut?« Alea lachte kieksig. Dann atmete sie tief durch. »Ja, das ist gut.« Sie wollte Marianne sofort sehen.

Mit dem Aufzug fuhren sie nach oben, und nach einigen Gängen und Türen näherten sie sich der richtigen Abteilung. Ben ging voraus und überprüfte, ob jemand vor dem Zimmer saß. »Die Luft ist rein«, beruhigte er Alea, als er zurückkam. »Ich hab auch kurz ins Zimmer hineingeguckt. Da liegt nur eine Frau, die allein zu sein scheint.«

Alea bedankte sich. Ihre Sorge wegen des Jugendamtes war wohl unbegründet gewesen. Alles andere würde sich nun zeigen. »Ich gehe allein rein.«

Ben schien nichts anderes erwartet zu haben. »Wir sind dann im Aufenthaltsraum dahinten.«

Alea nickte und ging den Gang entlang, bis sie vor Mariannes Tür stand. Nervös drückte sie die Klinke hinunter und betrat den Raum. Zwei Betten standen im Zimmer. Eines war leer. In dem anderen lag Marianne. Alea erschrak. Marianne sah furchtbar klein aus, eingefallen, und ihre grauen Haare hingen strähnig herunter. Irgendetwas im Zimmer piepste, und die vielen Schläuche, an die Marianne angeschlossen war, hingen wie übergroße Spinnwebefäden im Raum.

Alea spürte, dass sich erneut Tränen in ihren Augen sammelten. Sie hatte Marianne so furchtbar lieb. Es durfte einfach nicht so schlimm sein, wie es aussah.

Da öffnete Marianne die Augen. »Alea!«, brachte sie mit rauer Stimme hervor. »Wie spät ist es?« Sie schaute aus dem Fenster. Draußen war es stockdunkel. »Oh Gott! Schatz, ich wollte dich anrufen, aber ich bin eingeschlafen …«

Alea war mit drei Schritten bei ihr und umarmte sie. Sie wusste nicht, wie fest sie Marianne drücken durfte, aber sie hielt sie umschlungen und vergrub ihr Gesicht in Mariannes Schulterbeuge.

»Kind …« Marianne strich Alea übers Haar. »Das war

bestimmt ein schrecklicher Tag für dich. Wie geht es dir?«

Alea verharrte ein paar Augenblicke in der innigen Umarmung und sammelte Kraft, bevor sie sich aufrichtete. »Wie geht es *dir?*«

»Es könnte schlimmer sein.« Marianne lächelte matt. »Es wird schon wieder.«

Alea lächelte traurig zurück und schwieg. Marianne sah furchtbar aus!

Als hätte sie ihre Gedanken gelesen, versicherte Marianne: »Keine Sorge, ich komme bald wieder auf die Beine.« Sie zwinkerte, und Alea entspannte sich ein wenig. Vielleicht würde Marianne ja wirklich bald wieder ganz gesund werden!

Da sagte Marianne: »Aber weißt du, ich hatte heute Morgen, als ich den Herzinfarkt hatte, richtig Angst.«

Alea schluckte.

»Mir wurde plötzlich bewusst, dass alles ganz schnell vorbei sein kann, von einem Moment auf den anderen.«

Alea wusste nicht, was sie sagen sollte. Ihre Pflegemutter hatte noch nie so mit ihr gesprochen.

Nachdenklich fügte Marianne hinzu: »Es ist besser, man verschiebt nichts auf morgen.« Sie schien tief in ihren Gedanken zu versinken, doch schließlich hob sie wieder den Blick. »Ich möchte dir etwas erzählen.«

Alea zog die Brauen hoch. »Was denn?«

»Etwas, das du wissen musst. Ich wollte eigentlich erst

viel später mit dir darüber reden – wenn du sechzehn bist –, aber jetzt denke ich: Wer weiß, was bis dahin noch alles passiert.«

Wovon sprach Marianne nur?

Marianne beugte sich ein wenig vor. »Es geht um deine Mutter – deine leibliche Mutter.«

»Meine Mutter?« Alea musste sich am Krankenbett festhalten, denn plötzlich drehte sich alles um sie herum. »Meine *Mutter?*« Marianne hatte Alea noch nie von ihrer leiblichen Mutter erzählt. Sie hatte immer nur gesagt, dass das Schicksal sie und Alea zusammengeführt hätte.

»Ich habe nie über sie gesprochen, weil die Geschehnisse damals so merkwürdig waren. Aber jetzt …«

»Was?«, hauchte Alea.

»Jetzt werde ich es tun. Du hast ein Recht auf deine Geschichte, und ich bin die Einzige, die sie dir erzählen kann.«

Alea fühlte sich, als würde ein Güterzug über sie hinwegdonnern. Ihre Hände krallten sich in Mariannes Decke.

»Es ist elf Jahre her«, begann Marianne. »Ich habe damals Urlaub in Holland gemacht.«

Alea konnte kaum glauben, dass sie nun erfahren würde, wie sie zu Marianne gekommen war, wer ihre leiblichen Eltern waren! Wie lange hatte sie sich das gewünscht?

Marianne sprach mit leiser Stimme. »Der Tag damals war regnerisch. Es waren nicht viele Leute am Strand. Da stand plötzlich eine Frau vor mir.« Marianne blickte ins Leere, als liefe die Vergangenheit noch einmal vor ihrem inneren Auge ab. »Diese Frau war seltsam. Sie sah krank aus, und sie hatte feuchte Haare. Außerdem trug sie einen Jeansrock über einer schicken Bundfaltenhose, das weiß ich noch.« Auf Mariannes Gesicht zeigte sich unvermittelt ein Lächeln. »Die Frau hatte ein kleines Kind auf dem Arm, ein Mädchen mit schwarzem Haar.«

Aleas Finger gruben sich tief in den Stoff der Bettdecke.

»Die Frau sprach mich auf Englisch an. Sie hatte einen Akzent, glaube ich. Aber du weißt ja, ich kann nicht so gut Englisch. Ich habe aber verstanden, dass sie mich bat, mich um ihre Tochter zu kümmern.«

Alea bekam vor Anspannung einen Krampf in der linken Hand, doch sie merkte es kaum.

»Ich dachte zuerst, ich hätte die Frau missverstanden, aber sie sagte es immer wieder: *Please take care of my daughter.*« Mariannes Augen waren starr ins Leere gerichtet. Die Ereignisse von damals schienen regelrecht im Raum zu hängen. »Sie war verzweifelt, das war deutlich zu sehen. Sie sagte, dass sie mich beobachtet hätte und dass sie glaubte, ich wäre ein guter Mensch. Und dass sie keine Zeit mehr hätte.«

Alea wagte kaum zu atmen.

»Sie nannte mir deinen Namen. *Alea*, sagte sie. *Her name is Alea* – mit langem *e*. Und dann erzählte sie mir von deiner Krankheit.«

Alea verzog den Mund. Die Krankheit. Die verdammte Krankheit!

Marianne sprach weiter. »Die Frau benutzte den englischen Ausdruck, und ich wusste damals nicht, was sie meinte, deswegen erklärte sie es mir. Sie sagte, dass du sehr krank wärst und niemals mit kaltem Wasser in Berührung kommen dürftest. Dass ein Bad im Meer oder in einem kalten See zu einem allergischen Schock führen könnte, der mit großer Wahrscheinlichkeit tödlich für dich sein würde.«

Wie so oft, wenn es um dieses Thema ging, spürte Alea Wut in sich aufkeimen. Die verfluchte Krankheit konnte im schlimmsten Fall zu ihrem Tod führen.

»Ich war damals völlig verwirrt von all den Informationen und konnte sie mir auch kaum merken«, sprach Marianne weiter. »Erst später habe ich herausbekommen, dass diese Krankheit auf Deutsch *Kälteurtikaria* heißt.«

Alea nickte hölzern. Diese Kaltwasserallergie, wie sie die fürchterliche Erkrankung selbst immer nannte, wünschte sie nicht einmal ihrem ärgsten Feind. Ein einziges Glas kaltes Wasser konnte ihre Speiseröhre derart zuschwellen lassen, dass sie ersticken würde. Hautkontakt mit kaltem Wasser konnte entsetzliche Rötungen und Quaddeln auslösen, die im Extremfall hässliche Narben bildeten. Marianne hatte Alea dies schon im frühesten Kindesalter erklärt, und sie hatten gemeinsam immer strikt darauf geachtet, dass Alea keinerlei Risiken einging und stets ihren Regenschirm und ihre Thermoskanne bei sich trug. In einer Großstadt wie Hamburg mit ihren vielen Unterstellmöglichkeiten hatte Alea kaltem Wasser so aus dem Weg gehen können und war nie wirklich damit in Berührung gekommen. Zumindest nicht, seit sie bei Marianne war. Zuvor musste es jedoch »Unfälle« gegeben haben, denn die Zeichen davon trug Alea am Körper: Hinter ihren Ohren, zwischen den Fingern und zwischen den Zehen befanden sich hässliche Knubbel, die aussahen wie vernarbte, schuppige Krusten. Alea wusste nicht, wie sie entstanden waren. Hatte sie als Baby womöglich die Hände und Füße ins kalte Wasser gehalten, und man hatte sie zwischen den Fingern und Zehen nicht richtig abgetrocknet? Waren ihre Haare nass geworden, und kaltes Wasser hatte sich hinter den Ohren gesammelt und zu den Vernarbungen geführt? Das war allerdings schwer vorstellbar. Aber wie auch immer es passiert war – die Knubbel waren für Alea eine ständige Erinnerung daran, wie ernst sie ihre Krankheit nehmen musste und dass sie sich keinen einzigen Ausrutscher erlauben durfte. Dieser ständige Alarmzustand war furchtbar, und zusätzlich war ihr Alltag davon bestimmt, ihre Krankheit zu verstecken – Handschuhe im Hochsommer! Aber es sollte einfach niemand sehen, was die Krankheit schon mit ihr gemacht hatte – wie verletzlich sie durch diese Kaltwasserallergie war.

Mariannes Stimme holte Alea in die Gegenwart zurück.

»Ich habe die Frau damals gefragt, wie sie heißt, aber sie hat nicht geantwortet«, erzählte sie. »Dann habe ich sie gefragt, wo sie wohnt, aber es war einfach nichts aus ihr herauszubekommen. Sie hat mich aber dermaßen verzweifelt angesehen, dass ich irgendwann aufgehört habe, Fragen zu stellen. Sie bat mich wieder und wieder, ihr Kind zu nehmen. Es hat mir fast das Herz gebrochen, zu sehen, wie sie mit sich kämpfte. Es war überdeutlich, dass sie ihre Tochter eigentlich um nichts in der Welt hergeben wollte. Und doch flehte sie mich an. Sie muss in einer grauenhaften Situation gewesen sein!«

Alea hörte mit wachsender Verwirrung zu. Obwohl sie sich an ihr erstes Lebensjahr nicht erinnern konnte, hatte sie immer gedacht, ihre leiblichen Eltern hätten sie wegen ihrer Krankheit loswerden wollen. Stimmte das gar nicht?

»Schließlich habe ich eingewilligt«, berichtete Marianne. »Es war eine reine Herzensentscheidung, gegen den Verstand. Eigentlich richtig unvernünftig! Ich war damals gerade vierundfünfzig geworden, viel zu alt für ein kleines Kind. Außerdem wusste ich nicht, wie die rechtliche Situation aussah. Durfte ich überhaupt ein Kind annehmen? All diese Überlegungen habe ich an jenem Tag aber zur Seite geschoben, denn ein Blick in die Augen dieser Frau sagte mir, dass ich ihre letzte Hoffnung war. Das stand ihr ins Gesicht geschrieben. Außerdem war dieses Kind so unglaublich süß! Ich habe es angesehen und sofort unendlich viel Liebe in mir gespürt. Als wäre es Schicksal, dass es zu mir gekommen ist.«

Alea schluchzte leise auf.

Marianne nahm ihre Hand. »Ja, das Kind warst du, mein Schatz«, sagte sie innig. »Dieses wunderbare kleine Mädchen, das mich mit großen, grünen Augen ansah und sich in meine Arme schmiegte, das warst du.«

Heiße Tränen strömten über Aleas Wangen.

»Nachdem ich dich genommen hatte, fiel diese Frau, deine Mutter, vor lauter Erleichterung vor mir auf die Knie. Sie dankte mir immer wieder, dann stand sie auf und küsste dich ein letztes Mal, so liebevoll, wie nur eine Mutter ihr Kind küssen kann. Schließlich wandte sie sich zum Gehen und sagte mir abermals, dass ich unbedingt – unbedingt! – dafür sorgen müsste, dass du dem Wasser fernbleibst. Dein Leben hinge davon ab. Sie sagte es so ernst und verzweifelt, dass ich das niemals vergessen konnte und danach immer eisern darauf geachtet habe, dass wir kein Risiko eingehen.«

Alea nickte unter Tränen. Marianne hatte wirklich gut auf sie aufgepasst. Niemand hätte es besser machen können.

»Nachdem das holländische Jugendamt damals erfolglos versucht hatte, deine Eltern zu finden, und dich mir letztlich offiziell übergab, bin ich sofort mit dir zum Arzt gegangen. Er hat mich über Kälteurtikaria informiert, aber er wollte damals noch nicht einmal Tests mit dir machen, da deine Mutter einen äußerst schweren Verlauf der Krankheit beschrieben hatte. Allein schon kleine Tests mit kaltem Wasser hätten schlimme Konsequenzen nach sich ziehen können. So ernst hat selbst der Arzt das Ganze eingeschätzt!«

Alea wusste ja selbst, wie ernst es war. Sie konnte sich erinnern, dass sie vor vielen Jahren einmal – ein einziges Mal! – mit kaltem Wasser in Berührung gekommen war. Sie war damals vom Regen überrascht worden und hatte ihren Schirm zu langsam aufgemacht. Bevor sie ihn über sich hatte spannen können, hatten sie ein paar dicke Regentropfen im Gesicht, am Hals und an den Händen getroffen. Sie erinnerte sich noch ganz genau daran, denn sie war damals wie elektrisiert gewesen. Ihr Herz hatte rasend schnell geschlagen und ihre Haut wie wahnsinnig zu kribbeln begonnen. Es war, als hätte ihr gesamter Körper unter Strom gestanden. Alea hatte furchtbare Angst gehabt, denn sie wusste: Dies waren die Vorzeichen eines Schocks. Hastig hatte sie damals ein Taschentuch hervorgezerrt und das Wasser fortgewischt, hatte wie wild gerubbelt, damit ja kein noch so winziger Tropfen zurückblieb. Es war glücklicherweise zu keiner Narbenbildung gekommen, aber dieser Vorfall hatte Aleas Vorsicht aufs Äußerste geschärft. Nie wieder war ihr so etwas passiert. Nie wieder hatte der Regen sie erwischt.

»Ich habe immer geglaubt, meine Eltern wollten mich nicht«, nahm Alea den Faden wieder auf.

»Wirklich? Oh. Das habe ich nicht gewusst.« Marianne sah sie beklommen an. »Über deinen Vater weiß ich nichts, aber deine Mutter hat dich sehr geliebt, daran besteht kein Zweifel.«

»Aber warum hat sie mich dann weggegeben?«

»Das habe ich mich auch immer wieder gefragt.«

»Hast du denn versucht, es herauszubekommen?«

»Wie hätte ich das denn herausbekommen sollen? Nachdem sie dich in meine Arme gedrückt hatte, war sie fort. Ich kannte noch nicht einmal ihren Namen.«

»Hast du denn in diesem Ort mal im Bürgerbüro oder in der Kirche oder der Bäckerei gefragt, ob jemand eine Frau mit diesen Anziehsachen und einem Baby gesehen hatte?«

»So etwas hat das holländische Jugendamt getan. Die haben damals wochenlang versucht, deine Eltern zu finden.«

»Aber du weißt nicht, wie gründlich sie recherchiert haben?«

Marianne schüttelte den Kopf. »Nein, so genau weiß ich das nicht.«

»Wie heißt dieser Ort denn, wo du damals warst?«

Marianne schaute sie durchdringend an. »Willst du etwa selbst Nachforschungen anstellen?«

»Ich … möchte wissen, was damals passiert ist«, sagte Alea. Sie wusste selbst nicht so genau, was sie wollte. »Vielleicht wurde irgendetwas übersehen. Vielleicht gab es Zeugen am Strand oder andere Leute, die etwas wussten. Eine Frau mit einem Kind taucht doch nicht einfach so aus dem Nichts auf!«

»Das Ganze ist inzwischen elf Jahre her«, wandte Marianne ein. »Und wir haben im Grunde keinerlei Anhaltspunkte. Renesse ist ein Urlaubsort mit Tausenden von Touristen. Da fällt eine einzelne Frau niemandem auf.«

»Renesse?«, wiederholte Alea.

Marianne winkte ab.

»Da muss ich hin!« Erst als sie es aussprach, merkte Alea, wie sehr sie das wollte.

»Selbst wenn es dort noch etwas herauszufinden gäbe …«, sagte Marianne. »Ich kann so bald nicht mit dir nach Holland fahren. Ich muss mich bestimmt ein paar Wochen lang schonen und würde dich nicht –«

»Ich könnte mit der Alpha Cru fahren«, unterbrach Alea.

Marianne machte ein fragendes Gesicht. »Mit wem?«

Da sprudelte alles aus Alea heraus: wie sie den Tag am Hafen verbracht hatte, wie sie die Alpha Cru kennengelernt hatte, wie sie ein Bandenmitglied geworden und auf einer Bühne aufgetreten war.

Während Alea erzählte, wurden Mariannes Augen immer größer. »Ein Schiff?«, hakte sie nach. »Du willst auf einem Schiff zur See fahren?« So, wie Marianne es sagte, klang es völlig übergeschnappt, und einen Augenblick lang fragte Alea sich, ob sie vielleicht besser darüber hätte nachdenken müssen. Doch dann spürte sie wieder die

Sehnsucht, diese starke, pochende, unvernünftige Sehnsucht. Sie wollte auf die *Crucis.*

»Gib mir nur ein paar Wochen«, sagte Alea, und in ihrem Kopf nahm plötzlich ein Plan Gestalt an. »Gib mir die Sommerferien.« Tess hatte erzählt, dass sie das Einverständnis ihrer Eltern hatte, die Ferien über allein unterwegs zu sein. Womöglich konnte Marianne Alea das auch erlauben? »Ich frage Ben und die anderen, ob sie mit mir nach Renesse kommen, und dann werde ich dort nach meiner Mutter suchen. Und bis zum Ende der Ferien bin ich zurück.«

Marianne schaute Alea bohrend an, zuerst streng, aber dann wurde ihr Blick weicher. »Ich weiß, dass du dieses Fernweh in dir hast«, sagte sie. »Dein größter Traum war es schon immer, zu reisen und wie eine Nomadin durch die Welt zu ziehen. Aber Alea, ein Schiff fährt auf *Wasser!* Außerdem bist du sehr schüchtern. Und eine absolute Einzelgängerin! Und nun willst du mit drei anderen auf einem engen Boot hausen? Ich erkenne dich gar nicht wieder.«

»Ich mich auch nicht«, gab Alea zu.

Marianne nickte. »Mir scheint, du bist heute ein bisschen erwachsener geworden.«

»Also erlaubst du es mir?«

»Nein.« Marianne schüttelte den Kopf. »Ich kann dich doch nicht mit Wildfremden durch die Welt segeln lassen!«

»Nicht durch die Welt. Nur nach Holland!«

»Das geht nicht«, sagte Marianne in festem Tonfall. »Ich kenne diesen Ben und die anderen doch gar nicht und –«

»Du kannst sie ja kennenlernen! Sie sind draußen!« Alea sprang auf. »Ich hole sie!«

Marianne schüttelte jedoch abermals den Kopf. »Ich bin ziemlich müde, Schatz.« Sie kramte in ihrer Handtasche, die auf dem Beistelltisch stand. »Nimm dir bitte ein Taxi nach Hause. Hier ist etwas Geld.« Sie drückte Alea einen Zwanzigeuroschein in die Hand.

Alea nahm den Schein enttäuscht entgegen. Wieso erlaubte Marianne ihr nicht, mit der Alpha Cru zu segeln? Tess durfte es doch auch! Am liebsten hätte sie noch einmal angefangen, zu diskutieren, aber Marianne sah dermaßen erschöpft aus, dass Alea alles hinunterschluckte, was ihr auf den Lippen lag. Vielleicht konnten sie morgen noch einmal darüber sprechen.

»Gute Nacht«, sagte sie schweren Herzens und umarmte Marianne.

Marianne drückte Alea an sich. »Es wird alles wieder gut.«

Alea nickte und machte sich vorsichtig los. »Ich komme dich morgen wieder besuchen.«

»Gern, Schatz«, antwortete Marianne und ließ sich mit einem Stöhnen in die Kissen zurücksinken.

Grübelnd verließ Alea das Krankenzimmer. Sie hatte ein schlechtes Gewissen, weil sie so lange geblieben war.

Marianne hatte sich bei dem langen Gespräch bestimmt überanstrengt. Gleichzeitig war Alea ein bisschen sauer auf Marianne, weil sie ihr nicht erlauben wollte, den Sommer auf der *Crucis* zu verbringen. Und dann war da noch die unglaubliche Geschichte über ihre leibliche Mutter, die in ihrem Kopf einen riesigen Tumult ausgelöst hatte …

Alea suchte den Aufenthaltsraum. Als sie ihn fand, erhob sich Ben sofort. Sammy war mit dem Kopf auf Bens Schoß eingeschlafen und rieb sich verwundert die Augen, während Tess ihren MP3-Player zur Seite legte.

»Wie geht es ihr?«, fragte Ben.

»Ganz okay«, erwiderte Alea. »Sie ist ziemlich müde, aber sie kommt wieder in Ordnung.«

»Das ist doch toll!«, sagte Ben.

Alea nickte.

»Musst du jetzt also doch nicht zu einer anderen Familie?«, fragte Sammy. »Auch nicht vorübergehend?«

»Nein, ich … weiß auch nicht.« Alea stöhnte und rieb sich müde die Augen. »Ich soll mir ein Taxi nach Hause nehmen«, erklärte sie dann und wedelte erschöpft mit dem Geldschein durch die Luft.

Tess schnaufte. »Mit zwanzig Euro kommst du nicht weit.«

»Wo wohnt ihr denn?«, fragte Ben.

Alea sagte es ihm. Er schien das Viertel zu kennen. »Das ist zu weit. Das Geld reicht auf keinen Fall.«

Alea seufzte. »Ich glaube, Marianne weiß gar nicht, dass sie am anderen Ende der Stadt gelandet ist.«

Da erschien eine Krankenschwester auf dem Gang. »Bitte verlassen Sie jetzt das Gebäude!«, sagte sie streng. »Wissen Sie eigentlich, wie spät es ist?«

»Entschuldigung.« Ben schenkte ihr ein breites Lächeln. »Wir sind schon weg.« Er zog die anderen mit sich fort.

»Fahren wir per Anhalter zum Hafen zurück?«, fragte Sammy müde, nachdem sie durch die Stationstür gegangen waren.

»Nein«, entgegnete Ben. »Dafür ist es zu spät.«

»Und was machen wir stattdessen?«, fragte Tess.

»Kommt mit.« Ben führte sie um drei Ecken und einen langen Gang entlang. Dann öffnete er die Tür zu einem leeren Vierbettzimmer. »Wir schlafen heute hier.«

Alea blieb wie angewurzelt stehen. Er wollte im Krankenhaus übernachten?

»Wunderbärchen«, murmelte Sammy jedoch nur und ließ sich auf eines der Betten fallen. Er schaffte es gerade noch, sich die Schuhe auszuziehen, dann fielen ihm schon die Augen zu.

Ben schloss die Tür und deckte Sammy zu. »Ich hab mich eben, als ich auf dem Klo war, ein wenig umgesehen«, erklärte er Tess, die ihn fragend anschaute. »Das Zimmer hier ist besser, als nachts draußen rumzuturnen.«

Da musste Alea ihm irgendwie recht geben, obwohl die Vorstellung, mit den anderen in einem Zimmer zu schlafen, ein wenig beängstigend war. Sie hatte noch nie mit jemandem das Zimmer geteilt. »Was ist, wenn uns einer erwischt?«

»Dann müssen wir uns was einfallen lassen«, erwiderte Ben. »Besser wäre, es merkt keiner, dass wir hier sind.«

Tess schien das auch so zu sehen. »*Bon*«, sagte sie und ging ins angrenzende Badezimmer. »Ich hoffe, die haben hier Einwegzahnbürsten«, murmelte sie, bevor sie die Tür hinter sich zuzog.

Alea setzte sich auf das Bett neben Sammys und stellte fest, dass die unerlaubte Übernachtung im Krankenhaus bereits ihr zweites Abenteuer an diesem Tag war. Es war die reinste Achterbahnfahrt. Plötzlich musste sie lächeln. Auch wenn dies ihr einziger Tag als Bandenmitglied gewesen sein sollte, so war sie doch zumindest heute, für einen Tag, eine echte Abenteurerin gewesen.

# Schlechte Nachrichten

Am nächsten Morgen erwachte Alea mit steifem Nacken. Sie hatte die halbe Nacht wach gelegen und an die Decke gestarrt. Es war so viel passiert. Bei dem Versuch, ihre Gedanken zu ordnen, hatte sich in ihrem Kopf immer wieder alles im Kreis gedreht, sodass ihr schließlich ganz schwindelig geworden war.

»Aufstehen, Schneewittchen«, begrüßte Sammy Alea und stupste sie im Vorbeigehen an. »Ich bin Erster im Bad!«

Alea blinzelte müde umher. Im Bett gegenüber zog sich Tess gerade murrend die Decke über den Kopf, und Ben stand am Fenster und streckte sich. Als er Aleas Blick bemerkte, lächelte er. »Alles klar?«

Alea winkte ab. Sie fühlte sich wie gerädert.

»Lasst uns schnell machen«, sagte Ben und zog sich seine Schuhe an. »Wir müssen weg sein, bevor jemand reinkommt.« Auf dem Gang war das Klappern von Frühstücksgeschirr zu hören.

Alea kletterte aus dem Bett, zupfte rasch ihre langen

Haare nach vorn und setzte ihre Schirmmütze auf. So waren die Knubbel hinter den Ohren gut versteckt. Da bemerkte sie, dass Ben sie beobachtete und auf ihre Hände sah – oder vielmehr auf ihre Handschuhe, die sie auch zum Schlafen nicht ausgezogen hatte. Er sagte jedoch nichts.

»Tess, raus aus den Federn!«, rief er stattdessen und zog Tess die Decke fort.

Tess fuhr hoch und funkelte ihn böse an.

Ben lachte. »Willst du mir eine reinhauen? Versuch's mal!« Er hob die Fäuste wie zum Boxkampf.

Über Tess' Gesicht huschte ein Lächeln, das sie allerdings schnell unterdrückte. Mit miesepetriger Miene murmelte sie irgendetwas auf Französisch, das Ben offenbar witzig fand. Er lachte, klatschte gleichzeitig jedoch mehrmals in die Hände, als wollte er Tess auffordern, in die Gänge zu kommen.

Tess grummelte vor sich hin, stand aber auf und schlurfte zum Bad. Sammy hatte abgeschlossen. »Aufmachen, Samuel Draco!«, rief sie knurrig. Aus dem Bad war jedoch nur ein fröhliches »Ich dusche!« zu hören. Tess schimpfte leise.

Ben spähte unterdessen auf den Gang hinaus und schloss die Tür wieder. »Wir müssen weg«, sagte er. »Die Pflegerinnen sind auf diesem Gang fast fertig mit der Frühstücksverteilung. Nach dem Frühstück werden bestimmt die leeren Zimmer vorbereitet.«

Alea nickte angespannt.

»Macht eure Betten ordentlich.« Ben begann, seine Decke und sein Kissen so sorgsam zu glätten, dass es aussah, als hätte niemand darin geschlafen. Alea war nicht sicher, ob tatsächlich keiner merken würde, dass hier jemand gewesen war. Aber sie tat es Ben gleich, und Tess half ebenfalls mit. Nachdem sie auch Sammys Bett in Ordnung gebracht hatten, kam er mit feuchten Haaren und sichtlich guter Laune aus dem Bad.

»Schuhe«, sagte Ben knapp und wies auf Sammys Turnschuhe.

»Aye, aye, Käpten«, erwiderte dieser zackig und zog sich die Schuhe an.

Als Tess gerade ins Bad verschwinden wollte, hielt Ben sie auf. »Keine Zeit mehr.«

Tess schnitt eine Grimasse und schimpfte erneut auf Französisch, fügte sich aber. Gleich darauf huschten sie gemeinsam aus dem Zimmer. Alea zog vorsichtshalber den Kopf ein. Sie hatte noch nie etwas Verbotenes getan, und die Vorstellung, erwischt zu werden, machte sie ganz kribbelig. Doch niemand erwischte sie. Sie verließen ungesehen den Raum und die Station. Sobald sie durch die Tür waren, sagte Alea: »Ich würde gern noch mal kurz zu Marianne.«

»Ja, kein Problem. Wir sind dann wieder im Aufenthaltsraum«, erwiderte Ben, während Tess in einer Toilette verschwand.

Alea machte sich auf den Weg zu Marianne. Sie wollte sie noch einmal sehen, bevor sie nach Hause fuhr. Sobald sie durch die Tür zu Mariannes Zimmer getreten war, erschrak sie jedoch. Marianne war aschfahl und hatte dunkle Ringe unter den Augen. Sie sah noch schlechter aus als am Tag zuvor!

»Was ist los?«, stieß Alea erschrocken hervor und eilte an ihr Bett. »Geht es dir schlechter?«

Marianne hatte Mühe, zu antworten. »Schatz, du bist schon wieder da?«

»Was ist los?«, beharrte Alea.

Marianne hustete. »Der Arzt hat gerade mit mir gesprochen.«

»Was hat er gesagt?«

Marianne schien mit den Tränen zu kämpfen, was Aleas Angst wie eine beinahe erloschene Flamme abermals auflodern ließ. »Es ist wohl doch schlimmer als gedacht.«

Alea wurden die Knie weich, und sie musste sich setzen. »Wie schlimm?«, fragte sie kaum hörbar.

»Ich werde … wohl doch nicht wieder auf die Beine kommen.«

»Was?«

»Mein Herz …« Eine Träne lief über Mariannes Wange. »Mein Herz wird nicht wieder gesund. Der Arzt hat gesagt, ich brauche in Zukunft wahrscheinlich ständige Hilfe. Ich werde noch nicht einmal mehr nach Hause zurückkehren können.«

»Ich werde mich um dich kümmern!«, rief Alea und konnte die Tränen selbst kaum zurückhalten. »Du musst nicht in ein Heim oder so was. Ich kann dir helfen! Du hast dich so lange um mich gekümmert, jetzt werde ich mich um dich –«

»Nein«, unterbrach Marianne und wischte sich über die Wange. »Das will ich nicht.«

»Was? Warum nicht?«

»Dafür bist du viel zu jung! Außerdem will ich dir auf keinen Fall zur Last fallen.«

»Das tust du nicht!« Alea begann zu weinen. »Bitte!«

»Nein.« Marianne schüttelte entschieden den Kopf. »Das Jugendamt würde es außerdem niemals zulassen, dass eine fünfundsechzigjährige Frau von ihrem minderjährigen Pflegekind versorgt wird.«

»Wie meinst du das?«, fragte Alea unter Tränen.

Marianne blickte sie durchdringend an. »Sie werden dich mir wegnehmen.«

Alea krümmte sich zusammen, als hätte sie einen Schlag in die Magengrube bekommen.

»Es ist nur eine Frage der Zeit, bis sich jemand melden wird«, sagte Marianne.

»Ich will zu keiner neuen Pflegefamilie!«

»Ich weiß.« Marianne nahm Aleas Hand und streichelte die Fingerspitzen. Eine Zeit lang schwiegen sie nun, und es war nur Aleas Schluchzen zu hören, bis Marianne weitersprach. »Einer neuen Familie würdest du bestimmt noch nicht mal eine Chance geben, richtig? Du vertraust so schnell niemandem …«

Alea nickte stumm.

»Wie kommt es, dass du diesen jungen Leuten auf dem Schiff vertraust?«, wollte Marianne wissen.

Alea putzte sich die Nase. Dann antwortete sie: »Sie sind anders. *Gut* anders. Ich habe mich bei ihnen vom ersten Moment an so wohlgefühlt und wollte gern dazugehören.«

Marianne hörte Alea genau zu. »Das ist wirklich erstaunlich.«

»Ja«, bestätigte Alea, und es klang gleichzeitig wie eine Frage. Worauf wollte Marianne hinaus?

»Ich habe letzte Nacht noch lange über das nachgedacht, was du gesagt hast«, erklärte Marianne.

Alea setzte sich auf. »Wirklich?«

»Ja, und ich hatte auch schon eine Entscheidung getroffen. Nämlich, dass ich mit dir zusammen nach Renesse fahre, wenn es mir wieder gut genug dafür geht. Meinetwegen auch auf dieser *Crucis* – obwohl es völlig verrückt ist. Aber nun, da ich weiß, dass ich nicht mehr gesund werde, sieht die Sache anders aus.«

Alea sah Marianne fragend an.

»Ich kann mich nicht länger um dich kümmern«, sprach Marianne weiter. »Ich weiß aber auch, dass du bei einer neuen Familie todunglücklich wärst.«

Alea hielt die Luft an. Hieß das …

»Vielleicht kannst du wenigstens den Sommer über auf dieses Schiff. Meinst du, ich könnte diesen Ben und die anderen vielleicht doch noch kennenlernen?«, fragte Marianne.

Alea sprang auf. »Ja! Ja, das könntest du! Sie sind draußen im Warteraum!«

Marianne runzelte verdutzt die Stirn. »Was, wirklich?«

»Ich hole sie!«, rief Alea und rannte aus dem Zimmer.

Im Aufenthaltsraum standen Ben, Sammy und Tess am Fenster, und Sammy erzählte den anderen beiden gerade, was er von den Dingen, die man von hier aus sehen konnte, am schönsten fand – einen riesigen Sandhügel auf einer Baustelle.

Als Alea hereinkam, drehten sie sich zu ihr um. »Wie geht es ihr heute?«, erkundigte sich Ben.

»Sie hat mir erlaubt, mit euch zu kommen!«, platzte Alea heraus.

Tess hob verwundert die Augenbrauen.

»Zumindest fast«, schränkte Alea ein. »Sie will euch erst kennenlernen.«

Ben und Tess tauschten erstaunte Blicke aus.

»Okay«, sagte Ben. »Dann gehen wir zu ihr.«

Alle folgten Alea, und sie führte sie zu Mariannes Zimmer – hin und her gerissen zwischen Traurigkeit und Aufregung.

»Hallo«, sagte Marianne, als sie hereinkamen, und richtete sich mühsam auf.

»Ich bin Sammy«, sagte Sammy.

»Tess«, stellte sich Tess knapp vor.

Ben trat an Mariannes Bett und drückte vorsichtig ihre Hand. »Ich bin Benjamin Libra.«

Marianne hielt Bens Hand fest und sah ihm tief in die Augen, als wollte sie ihn mit ihrem Blick durchleuchten. »Sie sind volljährig?«

Ben bejahte.

»Und Sie kümmern sich ganz allein um Ihren Bruder und das Mädchen?«, fragte Marianne weiter. Als Ben noch einmal bejahte, schob sie nach: »Warum machen Sie das?«

Ben erwiderte: »Weil sie bei mir gut aufgehoben sind.«

Das war offenbar die richtige Antwort, denn Marianne nickte. »Und Sie würden auch auf Alea aufpassen?«

»Das würde ich.«

»Versprechen Sie das?«

»Ich verspreche es.« Ben hielt Mariannes Blick stand. »Ich passe auf sie auf, so gut ich kann.«

»Gut.« Marianne ließ sich stöhnend in die Kissen zurücksinken. Das alles musste furchtbar anstrengend für sie sein. »Dann ist es in Ordnung.«

Sammy grinste, doch Alea wusste kaum, wie ihr geschah. Sie durfte auf die *Crucis!* Sie durfte es wirklich! Perplex umarmte sie Marianne, und diese flüsterte ihr ins Ohr: »Dieser Ben macht einen guten Eindruck. Aber pass mit dem Wasser auf, Kind! Sei bloß vorsichtig, ja?«

Das hatte Alea fest vor. »Du kennst mich doch.«

»Ja, und ich weiß, dass du zurechtkommen wirst. Du warst schon immer sehr vernünftig für dein Alter.« Marianne hustete und verzog das Gesicht. »Schreibst du mir mindestens einmal am Tag eine SMS, damit ich weiß, dass es dir gut geht?«

»Ja, natürlich.« Alea schaute sie aufgewühlt an. »Soll ich nicht doch lieber hierbleiben? Ich könnte dir –«

»Nein«, wehrte Marianne entschieden ab. »Carsten und seine Frau können mir frische Sachen ins Krankenhaus bringen.« Carsten war Mariannes vierzigjähriger Sohn, dem Alea schon immer ein Dorn im Auge gewesen war. »Du kannst hier nichts für mich tun. Ich würde mich viel besser fühlen, wenn ich wüsste, dass du das tust, was du am liebsten tun willst – und dass du glücklich bist! Ständige Besuche im Krankenhaus machen ein Mädchen in deinem Alter nicht glücklich«, sagte sie, hustete noch einmal und fügte dann hinzu: »Ich werde das Jugendamt so lange wie möglich hinhalten und denen sagen, du wärst bei Carsten.«

Alea nickte. Carsten würde sie in Wirklichkeit natürlich keinesfalls bei sich aufnehmen, aber das war ein guter Plan.

»Ein paar Wochen lang geht das bestimmt gut«, fuhr Marianne fort. »Was danach wird, weiß ich nicht. Aber die Zeit reicht bestimmt, um nach Renesse zu kommen.«

»Renesse?«, fragte Ben. »Holland?«

»Ich erkläre es gleich«, sagte Alea schnell. An Marianne gewandt, fragte sie: »Soll ich dir noch irgendetwas –«

»Nein«, entgegnete Marianne. »Du musst jetzt gehen, Schatz. Mach dich auf zu deinem Abenteuer.« Sie lächelte und zog Alea noch einmal an sich.

Alea drückte sie vorsichtig, hielt sie noch ein letztes Mal ganz fest und fragte: »Wir werden uns wiedersehen, nicht wahr?«

Marianne lächelte, doch sie antwortete nicht. Stattdessen sagte sie: »Ich habe dich unglaublich lieb, weißt du das?«

»Ja. Ich dich auch«, flüsterte Alea mit wankender Stimme. Dann stand sie schweren Herzens auf und sagte mit einem Kloß im Hals: »Bis bald.«

Marianne drückte ihre Hand und ließ Alea gehen. Sie sah entsetzlich erschöpft aus.

Sammy, Ben und Tess gingen voran, und Alea folgte ihnen mit tauben Gliedern aus dem Zimmer. Dies durfte nicht ihre letzte Begegnung mit Marianne gewesen sein. Sie würde sie wiedersehen. Daran musste sie einfach glauben.

Sobald sie die Tür hinter sich geschlossen hatte, fragte Sammy: »Was willst du in Holland?«

»Meine leibliche Mutter suchen«, erklärte Alea und berichtete den anderen nun von den Dingen, die Marianne ihr erzählt hatte. Sie vertraute Ben, Sammy und Tess schon nach dieser kurzen Zeit so sehr, dass sie diese Geschichte mit ihnen teilen konnte. Nur die Sache mit der Kaltwasserallergie ließ sie aus. Wenn sie die nächsten Wochen allerdings mit der Alpha Cru auf der *Crucis* verbringen würde, dann musste sie den anderen früher oder später davon erzählen. Sammy war schon am ersten Tag aufgefallen, dass sie sich eigenartig verhielt. Niemals würde sie sich über mehrere Wochen hinter irgendwelchen Ausflüchten verstecken können. Der Gedanke, es den anderen erzählen zu müssen, ließ Alea jedoch leise mit den Zähnen knirschen. Die verdammte Kaltwasserallergie machte sie zu einer chronisch Kranken. Wie würden die anderen reagieren, wenn sie erfuhren, wie sehr Alea im Alltag eingeschränkt war? Würde das womöglich Bens Meinung ändern? Immerhin musste man auf Alea noch besser aufpassen als auf die anderen. Aber eigentlich konnte sie gut auf sich selbst aufpassen. Das tat sie schließlich schon seit Jahren – Marianne war ja nicht ständig bei ihr. Konnte sie die Kaltwasserallergie vielleicht doch verschweigen und einfach ein ganz normales Bandenmitglied sein?

Alea seufzte. »Ich weiß, ihr wolltet eigentlich nach Finnland, aber …«

»Da können wir auch ein andermal hin«, sagte Sammy. »Es geht ja eh ums Unterwegssein und nicht wirklich ums Ziel.«

Alea schaute Ben fragend an. Der lächelte. »Holland ist mein absolutes Lieblingsland, und mein Holländisch ist tipptopp.«

Tess zuckte die Achseln. »Mir ist egal, wo wir hinfahren.«

»Also: Holland«, fasste Ben zusammen, und Alea fiel ihm spontan um den Hals. Ben lachte und drückte sie. »Willkommen an Bord, Alea Aquarius.«

# Ein neues Leben

Alea, Tess, Ben und Sammy verließen die Krankenstation. Als sie im Treppenhaus waren, begannen sie zu rennen und nahmen immer zwei Stufen auf einmal. Kurz darauf durchquerten sie das Krankenhausfoyer mit unschuldigen Mienen und gemäßigten Schritten, sobald sie aber draußen waren, stürmten sie wieder los. Sie preschten den Bürgersteig entlang und hielten erst an, als Alea rief: »Wohin laufen wir eigentlich?«

Japsend blieben sie stehen. »Na, zur *Crucis*«, erklärte Sammy atemlos.

»Wir sollten lieber den Bus nehmen, anstatt bis zum Hafen zu rennen«, wandte Tess ein, als ob sie wirklich zu Fuß zur anderen Seite der Stadt hätten laufen können.

»Also, was machen wir?«, fragte Alea.

Alle blickten zu Ben.

»Erst einmal fahren wir zu Aleas Wohnung«, entschied der. »Du möchtest bestimmt ein paar Sachen packen, oder?«

Alea war froh, dass er das von selbst vorschlug. Wenn

sie die ganzen Sommerferien auf der *Crucis* verbringen wollte, brauchte sie Klamotten zum Wechseln. »Wir nehmen am besten die S-Bahn«, sagte sie, und Ben war einverstanden.

»Alles klar!« Sammy sprang mit fliegendem roten Haar in die Höhe und schlug in der Luft übermütig die Beine zusammen.

Dann machten sie sich auf den Weg zur S-Bahn-Haltestelle.

»Hast du noch die zwanzig Euro?«, fragte Sammy.

Alea schnappte nach Luft. Den Geldschein hatte sie im Krankenzimmer auf dem Nachttisch liegen lassen! »Nein …«

»Dann fahren wir eben schwarz«, sagte Tess und zuckte die Schultern.

Und das taten sie.

Alea hatte deswegen zwar ein ziemlich schlechtes Gewissen, aber sie ahnte bereits, dass sie sich als Bandenmitglied der Alpha Cru an viele neue Dinge würde gewöhnen müssen.

Während der Fahrt zeigte Sammy immer wieder aus dem Fenster und rief allen Mitfahrenden zu: »Das ist Hamburg! Guckt mal, Leute, das ist Hamburg!« Die Menschen in der S-Bahn schienen von dieser Tatsache allerdings weniger beeindruckt zu sein als er.

Tess saß mit verschränkten Armen da, während Alea die Straßen ihrer Heimat an sich vorbeirauschen ließ und sich im Stillen von Hamburg verabschiedete. Noch heute würde sie fortgehen.

Marianne und Alea wohnten im sechsten Stock eines großen Hochhauses, und als Alea die Wohnungstür aufschloss, war ihre Kehle wie zugeschnürt. Es roch nach Marianne, und überall waren Mariannes Sachen.

»Habt ihr etwas zu essen im Kühlschrank?«, fragte Ben mit Blick auf die Küche.

»Bestimmt. Nehmt euch einfach, was ihr wollt«, antwortete Alea.

Sie suchte sich eine große Tasche, stellte sie in ihrem Zimmer aufs Bett und begann zu packen. Zuerst ihre Thermoskanne und ihren Schirm, zwei weitere Paar schwarze Lederhandschuhe mit abgeschnittenen Fingerkuppen und drei ihrer liebsten Mützen, ihren Regenmantel, eine ganze Tüte voll Teebeutel und dann all das, was man darüber hinaus für eine Reise benötigte.

Als sie fertig war, ging sie ins Bad und wusch sich mit warmem Wasser, dann gesellte sie sich zu den anderen in der Küche. Ben stellte gerade das Essen auf den Tisch: Spaghetti mit Tomatensoße.

»Spaghetti zum Frühstück?«, fragte Alea verwundert.

Ben zuckte mit den Schultern. »Also, ich hab Hunger.«

»Ich auch.« Sammy klopfte nachdrücklich mit seiner Gabel auf den Tisch.

Alea lachte. »Okay!«, sagte sie und machte sich einen Pfefferminztee zu den Spaghetti.

Als sie mit dem Essen fertig waren, fragte Sammy Alea: »Was sind das eigentlich für Gläser in deinem Zimmer? Die auf dem kleinen Tisch?«

Alea blickte überrascht auf. Sammy war wirklich ein aufmerksamer kleiner Kerl. »Das ist nur so eine Spielerei von mir.«

»Und was spielst du?«

»Ich spiele … die Gläser.«

Die Gesichter der drei waren große Fragezeichen.

»Die Gläser sind mit Wasser gefüllt«, versuchte Alea es zu erklären. »Wenn man mit den Fingerspitzen über die Glasränder fährt, entsteht ein Klang.«

»Von so etwas habe ich schon mal gelesen«, sagte Ben. »Gehört hab ich es aber noch nie.«

»Spiel uns mal was vor!«, rief Sammy.

Alea zögerte. Außer Marianne hatte sie noch nie jemandem etwas auf den Gläsern vorgespielt – und Ben, Tess und Sammy waren immerhin so etwas wie Musikprofis. »Lieber nicht. Ich mach das nur so zum Spaß und –«

»Du bist ein bisschen verklemmt, oder?«, fragte Sammy in freundlichem Ton.

Alea wurde knallrot.

»Sammy!«, wies Ben ihn zurecht. »Das ist echt nicht –«

»Nein, er hat recht«, unterbrach ihn Alea. »Ich bin schüchtern. Aber … ich möchte das ändern.«

»Na, dann solltest du uns was vorspielen!«, folgerte Sammy.

Alea fasste sich ein Herz und stand auf. »Kommt mit«, sagte sie und ging in ihr Zimmer. Die anderen folgten ihr und schauten ihr interessiert dabei zu, wie sie sich hinter ihren kleinen Tisch auf den Boden setzte. Auf dem Tisch standen einundzwanzig unterschiedlich große Weingläser, die alle mit Wasser gefüllt waren. Es war schon viele Jahre her, da hatte Alea herausgefunden, dass man mit Wasser Musik machen konnte, und sie hatte angefangen, Weingläser aller Größen und Formen zu sammeln, um mit ihnen zu experimentieren. Marianne hatte es damals gar nicht gern gesehen, dass Alea mit Wasser hantiert hatte. Schließlich hatte sie es ihr aber erlaubt, da Alea völlig fasziniert von den Klängen gewesen war und auch rasch eine gewisse Geschicklichkeit bewiesen hatte. Mit ihren einundzwanzig Gläsern konnte sie ganze Lieder spielen.

Alea sah die anderen unsicher an.

»Stell dir einfach vor, wir wären nicht da«, sagte Ben.

Alea spuckte sich auf die Fingerspitzen, konzentrierte sich und begann *Stille Nacht, heilige Nacht* zu spielen. Dieses Lied konnte sie im Schlaf, außerdem klang es auf den Gläsern einfach wunderschön. Ihre Finger glitten sanft über die Glasränder und erzeugten sehnsuchtsvolle Töne, die wie zarte Klangwolken durch den Raum schwebten.

Als das Lied vorüber war, blickte Alea vorsichtig auf. Sammy stand der Mund offen. Ben schüttelte baff den Kopf, und Tess hatte die Augenbrauen hochgezogen.

»Das war Magie!«, entfuhr es Sammy.

»Weihnachtslieder im Juni sind zwar komisch«, bemerkte Ben, »aber das klang wirklich wie aus einer anderen Welt.«

»Wenn du dich damit an den Straßenrand setzt, werden die Leute dich mit Geld nur so bewerfen«, begeisterte sich Sammy. »Du musst das auf der Straße spielen!«

Alea hob abwehrend die Hand. »Auf keinen Fall!«

»Warum denn nicht? Doch! Unbedingt!« Sammy setzte sich neben Alea auf den Boden. »Du musst damit in unserer Band spielen!«

»Was?«, rief Alea. »Nein!«

»Du hast doch gesagt, du willst nicht mehr schüchtern sein. Deine Verklemmtheit geht bestimmt weg, wenn du mit uns auf den Straßen spielst!« Sammy faltete die Hände wie zum Gebet. »Bitte! Mit dir zusammen wären wir eine richtige Sensation. Du musst mit uns spielen!«

Tess meldete sich zu Wort. »Wie sollen wir diese Gläser denn in unser Repertoire einbauen?«, wandte sie ein. »Wir sind doch eine Rockband!«

»Dann spielen wir eben ab jetzt nur noch Weihnachtslieder!«, rief Sammy überschwänglich.

Tess verdrehte die Augen.

»Ein Akkordeon passt ja eigentlich auch nicht zu einer Rockband.« Sammy nickte, als wollte er sich selbst zustimmen. »Aber wir haben es hingekriegt, dass es passt!«

»Ich spiele seit Jahren Rocksongs auf diesem Akkordeon!«, sagte Tess scharf.

»Ist ja gut!« Sammy hob beschwichtigend die Hände. »Es passt, weil du unsere Rockprinzessin bist – und du und das Akkordeon, ihr seid eins. Es ist ... ein Rockordeon.«

Um Tess' Mundwinkel spielte die Andeutung eines Lächelns.

»Man könnte das mit den Gläsern ja einfach mal versuchen«, schaltete sich Ben ein. »Ich glaube auch, dass sie unsere Performances zu etwas ganz Besonderem machen könnten.« Er fuhr sich überlegend durch die Rockstar-Frisur. »Es wäre sowieso wichtig, dass du bei unseren Auftritten irgendeine Funktion übernimmst, Alea, denn mit der Musik verdienen wir unser Geld. Wir leben davon, und du musst dich als Bandenmitglied ebenso einbringen wie die anderen.«

»Kannst du singen?«, fragte Tess Alea.

»Ich ... würde vor so vielen Leuten keinen Ton herausbekommen«, wich Alea der Frage aus. »Da würde ich lieber meine Gläser spielen.« Sie biss sich auf die Unterlippe. Hatte sie das wirklich gerade gesagt?

»Ja!« Sammy sprang in die Höhe. Daraufhin schwappte das Wasser in den Weingläsern hin und her, und Alea wich erschrocken zurück. Aber kein Glas fiel um, und es ging nichts daneben.

»Also probieren wir es?«, fragte Ben erfreut. »Wir machen zusammen Musik?«

Alea nickte zaghaft, und Sammy begann, einen begeisterten Wespentanz aufzuführen.

»Dann musst du deine Gläser mitnehmen«, sagte Ben. »Am besten verpackst du sie in Zeitungspapier.«

Alea nickte. Sie war froh, dass sie ihre Gläser mitnehmen konnte, denn sie liebte es, darauf zu spielen.

»Ich helfe dir«, bot Ben an, trug die Gläser zum Spülbecken im Bad, leerte sie dort aus und trocknete sie mit einem Handtuch ab. Kurz darauf waren die Gläser in einer weiteren Tasche verstaut, und nachdem sie das Geschirr gespült und aufgeräumt hatten, war es so weit. Alea und die anderen verließen die Wohnung. Es fiel Alea schwer, die Tür hinter sich zuzuziehen, denn sie ahnte, dass sie in dieses Leben nie mehr zurückkehren würde. Trotzdem blubberte aufgeregte Vorfreude von ihren Zehenspitzen bis hoch zu ihrem Scheitel und ließ sich auch von ihrer Traurigkeit und den unzähligen Ängsten nicht vertreiben.

Wenig später erreichten sie den Hafen, in dem nicht weniger los war als am Tag zuvor. Und doch war heute alles anders. Das Wasser der Elbe schien schmunzelnd um die *Crucis* herumzuglitzern und Alea willkommen zu heißen. Mit einem mutigen Schritt betrat Alea die Gangway und dann das Schiff.

»Ich zeige dir alles«, sagte Sammy und zog Alea mit sich. Die anderen beiden folgten. Gemeinsam gingen sie zur Mitte des Schiffes, wo ein paar Stufen zu einer tiefer gelegenen Tür führten. Sie öffneten sie, stiegen hinab und befanden sich in einer Art Wohnzimmer. Alea war noch nie auf einem Schiff gewesen und staunte darüber, wie wohnlich es hier aussah. Es gab Sofas, einen Couchtisch und sogar ein Bücherregal. Die Sonne fiel durch kleine Bullaugen in den Raum, und alles wirkte – trotz des starken Geruchs nach altem Holz – richtig gemütlich.

»Das ist der Salon«, erklärte Ben. »Und da drüben kochen wir.« Am vorderen Ende des Salons befand sich eine kleine Küchennische mit einem Herd und einem Kühlschrank, gegenüber ein richtiges Bad mit einem Klo und einer Dusche.

»Eine Badewanne haben wir nicht«, sagte Sammy, »aber das Meer ist ja so was wie eine Riesenbadewanne.«

Alea lächelte schräg. Baden im Meer kam für sie natürlich nicht infrage, aber eine Dusche tat es ja auch.

»Willst du mal unsere Kajüte sehen?«, fragte Tess.

»Klar!«, antwortete Alea sofort.

Ben und Sammy ließen die Mädchen gehen und stellten das Radio an, um den Wetterbericht zu hören.

Tess führte Alea zum anderen Ende des Salons. Dort begann ein kleiner Korridor, von dem zwei Türen abgingen.

»Da wohnen die Jungs.« Tess wies auf die erste Tür. »Und das hier ist unser Zimmer.« Knarrend öffnete sich die zweite Tür. Alea folgte Tess in eine kleine Kajüte, nicht größer als ein Abstellraum. Darin befanden sich zwei Kojen übereinander, ein Einbauschrank und jede Menge Unordnung. Auf dem Boden waren Anziehsachen verstreut, in der Ecke lag ein umgekippter Rucksack, und auf dem oberen Bett lugte Tess' Akkordeon zwischen Magazinen und anderem Kram hervor.

»Ich bin nicht gerade ordentlich«, teilte Tess Alea achselzuckend mit.

»Ist nicht schlimm.« Alea mochte es zwar eigentlich lieber aufgeräumt, aber das wollte sie Tess natürlich nicht sagen. Sie konnte Tess noch nicht gut einschätzen. Sie schien ein wenig ruppig zu sein und zuckte sehr oft die Achseln, wirkte aber gleichzeitig auch ehrlich und geradeheraus. Das mochte Alea. Sich mit Tess ein Zimmer zu teilen, war allerdings ebenso ein Abenteuer für sie wie alles andere – sie hatte keine Ahnung, was auf sie zukam.

Tess schien ihre Gedanken zu lesen. »Die Jungs sind netter als ich.«

»Was? Nein, sie –«

»Doch, doch«, wehrte Tess ab. »Das ist einfach so.«

Alea wollte nicken, ließ es dann aber bleiben.

»Ich bin nicht so … wie heißt das … nicht so der Knuddeltyp«, sagte Tess.

Alea musste lachen.

Tess grinste, und die Atmosphäre entspannte sich. »Möchtest du oben oder unten schlafen?«

Alea war es egal, und so einigten sie sich schnell darauf, dass Alea unten schlief. Während Alea nun ihre Reisetasche auspackte und versuchte, ihr Zeug neben Tess'

Sachen in den Einbauschrank zu quetschen, nahm Tess ihr Handy und schrieb eine SMS. »Ist an meinen Vater«, erklärte sie, als sie Aleas Blick bemerkte. Dabei wandte sie sich jedoch ab, als wollte sie nicht, dass Alea auf das Display schaute.

Alea schrieb ebenfalls schnell eine Nachricht an Marianne und ließ sie wissen, dass sie gut auf der *Crucis* angekommen war. »Willst du auch den ganzen Sommer auf dem Schiff bleiben?«, fragte sie Tess.

»Ja, warum nicht?« Tess zuckte die Achseln. »Hier kann ich genau das machen, was ich will.«

»Was willst du denn machen?«

»Ich will etwas Aufregendes erleben. Ich will ... ein spannendes Leben führen. Ich will nicht all die Abenteuer verpassen, die das Leben zu bieten hat.«

Alea legte den Kopf schief. Sie hatte noch nie ernsthaft darüber nachgedacht, welche Abenteuer das Leben zu bieten hatte.

»Das Leben ist zu kurz für Langeweile«, erklärte Tess und wirkte dabei so stark und selbstsicher, dass Alea sich neben ihr wie ein Schäfchen vorkam. »Ich war im Herzen schon immer eine Piratin, glaube ich.«

»Hast du vor gar nichts Angst?«, fragte Alea sie.

»Nur vor Möwen«, erwiderte Tess.

Alea grinste, und Tess grinste zurück.

Sammy steckte den Kopf zur Tür herein. »Seid ihr fertig?«

»Ich glaube, ja«, antwortete Alea. Die Hälfte ihrer Sachen und die Gläser waren zwar noch in den Taschen, aber sie konnte auch später weiter auspacken.

»Ben macht eine Einweisung!« Sammy, der wieder barfuß herumlief, zog Alea und Tess an den Händen nach oben an Deck, wo Ben auf sie wartete.

»Bevor wir wieder in See stechen, musst du ein paar grundlegende Dinge wissen, Alea«, erklärte Ben. »Also: Ich bin der Skipper. Das heißt, ich bin der Kapitän, und im Falle eines Notfalls hört ihr ausnahmslos auf mich.«

Sammy rief: »Eigentlich müssen wir immer auf ihn hören.«

»Auf dem Schiff hat jeder bestimmte Aufgaben«, fuhr Ben fort. »Auch du wirst welche übernehmen müssen.«

Alea hoffte, dass sie das auch konnte.

»Hier hinten ist unser Beiboot«, sagte er und führte sie zum Heck. Quer zum Schiff war ein Schlauchboot an der *Crucis* befestigt. »Es heißt *Hercules.*«

»*Hercules* ist auch ein Sternbild!«, informierte Sammy sie.

»Und hier drin ist unser Cockpit.« Ben ging zum Deckshäuschen, das mit großen Fenstern ausgestattet war und in dem sich ein riesiges Steuerrad befand. Die anderen folgten ihm, und Alea schaute neugierig hinein, während Ben erklärte: »Einer von uns sollte immer am Ruder stehen. In der Regel bin ich das. Ich übernehme auch die meisten Nachtwachen, weil ich es liebe, unterm Sternenhimmel zu segeln. Aber manchmal muss ich auch abgelöst werden. Das bedeutet: Hin und wieder muss jeder von euch eine Nachtwache übernehmen.«

Tess seufzte.

»Es gibt auch einen Autopiloten, aber den sollte man nicht allzu lange allein lenken lassen.« Ben klopfte auf das große Ruder. »Wie man steuert, erkläre ich dir noch. Ist gar nicht so schwer.«

Tess schnaufte. »Wie man nach Sternen segelt, habe ich immer noch nicht kapiert.«

»Das Astronavigieren ist wirklich nicht so leicht«, gab Ben zu, »aber wir haben ja auch GPS.« Er wies auf eine Konsole neben dem Steuer. »Das ist ein elektronisches Navigationsgerät, das einem den Weg weist.«

Alea kratzte sich am Kopf. Das schien ganz schön kompliziert zu sein. »Und was gibt es neben dem Steuern noch für Aufgaben?«

»Alle Cru-Mitglieder müssen beim Segelhissen helfen«, antwortete Ben. »Während der Fahrt muss man die Segel immer wieder zum Wind einstellen, und wenn man sie einholt, müssen auch alle mithelfen. Das wirst du alles noch lernen. Außerdem wird ein Logbuch geführt, und manchmal muss etwas repariert werden. Aber es gibt auch unterschiedliche Haushaltspflichten. Die haben wir aufgeteilt. Ich bin fürs Kochen zuständig. Sammy spült. Tess kümmert sich um die Wäsche.«

»Ich könnte bügeln«, schlug Alea vor, aber das hatte nur allgemeines Gelächter zur Folge.

»Wir haben kein Bügeleisen«, klärte Ben sie auf. »Bügeln wird total überbewertet, finde ich.«

»Du könntest putzen!«, rief Sammy, aber Ben sagte sofort: »Wir putzen alle. Jeder ist mal dran.« Er überlegte. »Wir müssen ja nicht jetzt sofort festlegen, was deine Aufgabe ist, Alea. Wir schauen einfach mal.«

Das hielt Alea für eine gute Idee. Sie musste sich erst einmal an alles gewöhnen. Es gab so viel zu lernen! Aber sie wollte lernen. Sie wollte segeln! Wie es sich wohl anfühlte, wenn das Schiff bei voller Fahrt über das Meer jagte?

»Am besten legen wir ab, bevor der Hafenmeister uns die Gebühr für einen zweiten Tag abknöpft«, sagte Ben, während er den Blick über den Hafen schweifen ließ. Dann sah er Alea an. »Bist du bereit?«

»Ich bin bereit«, sagte Alea.

# Sturm

Sammy sprang vom Schiff und löste die Anlegeleinen. Ben warf währenddessen den Motor an. Tess erklärte Alea, dass man die Segel im Hafen nicht hissen konnte und deswegen immer mit Motorkraft losfuhr. Sammy hüpfte wieder an Bord und zeigte Ben, der im Deckshäuschen am Steuerrad wartete, den hochgereckten Daumen. Es ging los.

Alea hielt sich an der Reling fest, als die *Crucis* vom Steg ablegte. Langsam und mit tuckernden Geräuschen glitten sie an den anderen, vertäuten Booten vorüber und entfernten sich vom Kai. Alea konnte es kaum fassen. Sie war auf dem Fluss! Sie war mitten auf der Elbe! Rasch fuhr die *Crucis* flussabwärts, an anderen Schiffen, an weiteren Anlegestellen und Deichen vorüber.

So viel Wasser! Millionen Liter Wasser wogten um sie herum! Sie war praktisch umzingelt. Wieso freute sie sich denn nur so? Wieso fühlte sie sich, als ob sie vor Glück gleich vom Boden abheben und übermütige Saltos in der Luft schlagen müsste?

»Alles klar?«, fragte Tess.

Alea konnte nichts sagen. Sie nickte bloß.

Sammy gesellte sich zu ihnen. »Es dauert ein paar Stunden, bis wir das offene Meer erreichen. Solange kannst du einfach die Aussicht genießen, Schneewittchen.« Er zwinkerte ihr zu. »Es gibt zwar eine Sturmwarnung für heute Nachmittag, aber das wird schon nicht so schlimm werden.«

Alea schnappte nach Luft. »Eine Sturmwarnung?«

»Ist nicht der erste Sturm für die *Crucis.*« Sammy machte eine wegwerfende Handbewegung. »Über den Wind sollten wir uns freuen! Der wird uns direkt nach Holland blasen.« Er lachte.

Alea hingegen stand mit eingefrorener Miene da. Plötzlich war ihr ganz und gar nicht mehr nach Lachen zumute.

»Der Wind steht super«, kam es aus dem Deckshäuschen. »Segel!«, rief Ben und bedeutete ihnen durch Handzeichen, dass der Zeitpunkt fürs Segelhissen gekommen war.

»Wunderbärchen!« Sammy klatschte tatkräftig in die Hände. An Alea gewandt, sagte er: »Guck einfach erst mal zu.«

Da stellte Ben den Motor ab, und mit einem Mal war es ganz still. Nur der Wind und die Wellen waren noch zu hören.

Ben trat aus dem Deckshäuschen und gab ein paar Handzeichen. Sammy und Tess schienen genau zu verstehen, was er meinte, und stellten sich in Position. Dann zogen sie an verschiedenen Leinen, und ein großes, weißes Segel erhob sich in die Luft, blähte sich prall im Wind und schien majestätisch die Führung zu übernehmen. Anschließend zogen die drei ein weiteres Mal an Leinen und Tauen, und ein zweites Segel wurde gehisst. Offenbar war das erste das *Vorsegel* und das zweite das *Hauptsegel,* aber Alea hörte Bens Kommandos nicht so genau zu, denn in ihrem Kopf tanzte das Wort *Sturm* herum.

Da bemerkte sie plötzlich etwas, das viel beunruhigender war als ein aufziehender Sturm: Auf den Planken des Decks waren Wassertropfen!

Alea riss die Augen auf. Wo kam das Wasser her? Regnete es? Nein. Dann sah sie es. An den Schiffsseiten flog überschäumende Gischt hoch in die Luft! Spritzwasser! Der Anblick ließ Alea das Blut in den Adern gefrieren.

Erschrocken stolperte sie in die Mitte des Schiffes – so weit weg wie möglich von der Reling – und presste sich an den Mast. Gleichzeitig verwünschte sie sich selbst. Wie dumm sie gewesen war, zu denken, das Wasser bliebe an seinem Platz und würde sie an Deck nicht behelligen!

Ben setzte den Kurs und stellte gemeinsam mit Sammy und Tess die Segel dazu ein. Dabei warf er Alea forschende Blicke zu. »Bist du seekrank?«

»Ja … seekrank«, antwortete Alea verhalten. »Irgendwie schon. Kann ich unter Deck gehen?«

Ben musterte sie mit zusammengezogenen Brauen. »Klar.«

Hastig stapfte Alea zu der Tür, die nach unten führte, stieg hinab in den Salon und setzte sich mit weichen Knien auf eines der Sofas. Hier, im Bauch des Schiffes, bestand keine Gefahr, von überschäumender Gischt erwischt zu werden. Aber sie konnte keinesfalls wieder nach oben gehen! Sie würde die ganze Reise unter Deck verbringen müssen!

Da knarrte die Leiter. Ben kam nach unten. »Wie schlimm ist es?«

»Ziemlich schlimm.« Alea umschlang ihren Oberkörper mit den Armen. »Wenn der Sturm kommt, wird es noch schlimmer, oder?«

»Es wird eigentlich nur vor erhöhter Windstärke gewarnt«, beruhigte Ben sie. »Es soll noch nicht mal regnen.«

Das beruhigte Alea tatsächlich ein wenig.

»Am besten legst du dich in deine Koje. Das hilft bestimmt.«

»Okay. Danke.« Alea trottete zu ihrer Kajüte, legte sich auf das schmale Bett und schloss die Augen. Das Schiff schwankte leicht, aber eigentlich gar nicht so sehr. Ihr war nicht übel. Sie hatte lediglich das starke Gefühl, sich selbst ohrfeigen zu müssen. Diese dumme Sehnsucht in ihrem Herzen musste ihr vollständig den Verstand vernebelt haben!

Alea wusste nicht, wie lange sie auf ihrem Bett gelegen hatte. Zwischendurch war Tess in die Kajüte gekommen und hatte gefragt, wie es ihr ging, aber als Alea nur »Nicht so gut« geantwortet hatte, war Tess mit ihrem Akkordeon nach oben verschwunden. Alea hörte sie am Heck spielen und singen. Wahrscheinlich saß sie mit Sammy in der Sitzecke, denn Sammys Stimme und seine Trommel konnte Alea ebenfalls hören. Nach einer Weile schaute Alea aus dem kleinen Bullauge der Kajüte und sah, dass sich gerade das Meer vor ihnen öffnete. Der Fluss spuckte sie aus und entließ sie in die große, weite Welt des Wassers.

Nun gab es endgültig kein Zurück mehr.

Angespannt legte sich Alea wieder aufs Bett, spürte das zunehmende Schaukeln der *Crucis* und betete, dass der Sturm vorüberziehen möge.

Doch das tat er nicht.

Es musste schon Abend sein, da hörte Alea Tess und Sammy in den Salon poltern. Die Tür fiel so krachend zu, als hätte der Wind sie zugeworfen.

»Es geht los!«, rief Sammy. »Sturmzeit!«

Alea stand auf, zog ihre Schuhe an und ging zu den anderen.

»Na, hast du gekotzt?«, fragte Sammy.

»Nein!« Alea setzte sich zu ihnen. »Was passiert da draußen?«

»Die Segel sind eingeholt«, erklärte Sammy. »Jetzt müssen wir den Sturm abwarten. Der Wind ist ganz schön stark.«

»Ben ist noch im Deckshaus?«, fragte Alea.

»Klar. Aber dem passiert schon nichts, keine Sorge«, antwortete Sammy. »Er hat uns allerdings verboten, raufzukommen, bevor der Sturm vorbei ist.«

Alea schluckte. Ben schien den Sturm also doch nicht als ganz so belanglos einzuschätzen.

»Sollen wir Karten spielen?«, fragte Sammy.

Tess zuckte die Achseln. Aber plötzlich rang sie nach Luft, und ihre Augen weiteten sich. »Mein Akkordeon!«, stieß sie hervor. »Ich hab mein Akkordeon oben vergessen!«

»Oh.« Sammy zog die Nase kraus. »Das ist schlecht.«

Tess sprang auf. »Ich muss noch mal rauf!«

»Wir können jetzt nicht mehr hoch!« Sammy wollte sie zurückhalten, doch Tess lief wie von der Tarantel gestochen die Stufen hinauf. Gleich darauf hörten sie Tess' Schritte über sich, und Bens Stimme erklang. Alea konnte nicht verstehen, was er sagte, aber anscheinend schimpfte er mit Tess. Im nächsten Moment schwankte das Schiff stark. Alea klammerte sich erschrocken an die Sofalehne, und Sammy stützte sich an der Wand ab, während die Tür zum Salon auf- und zuschlug.

»Wir müssen die Tür zumachen!« Sammy sprang auf, wurde vom Wanken des Schiffes aber zum Stolpern gebracht und landete auf dem gegenüberliegenden Sofa.

»Kann das Schiff vom Wind umgeweht werden?«, rief Alea ängstlich. Die *Crucis* hatte sich richtig zur Seite geneigt!

»Nee«, entgegnete Sammy, obwohl die plötzliche Stärke des Sturms ihn ebenfalls zu irritieren schien.

Auf einmal schrie jemand an Deck. Alea zuckte zusammen. Es musste Ben sein, der da schrie – und er schrie Tess' Namen. Ein paar Sekunden später erklang Tess' Stimme, aber es waren keine Worte, sondern ein gellender Angstschrei.

Sammy und Alea starrten sich erschrocken an.

»Ich geh rauf!«, rief Sammy und stürzte nach oben.

Alea saß wie zur Salzsäule erstarrt da. Was passierte an Deck? Sie hörte schwere, schnelle Schritte, dann Rufe von Ben, von Sammy und einen weiteren Angstschrei von Tess.

Alea kam auf die Füße. Sie musste an Deck gehen! Tess war in Schwierigkeiten. Wenn Alea wirklich zu dieser Crew gehören wollte, dann durfte sie die anderen nicht im Stich lassen, wenn sie Hilfe brauchten. Natürlich war es gefährlich, aber es regnete ja nicht, es stürmte nur. Sie musste sich lediglich vor dem Spritzwasser schützen.

Alea lief in ihre Kajüte, warf sich ihren Regenmantel über, zog die Kapuze tief ins Gesicht und zerrte ihren Schirm aus der Reisetasche. Dann rannte sie durch den Salon, kletterte die Stufen hinauf, öffnete die Tür und spannte den Schirm auf. Der tosende Wind riss ihn ihr jedoch augenblicklich aus der Hand, ließ ihn durch die

Luft wirbeln und im hohen Bogen über Bord fliegen. Alea sah ihm mit offenem Mund nach.

»Nimm meine Hand!«, hörte Alea Ben schreien.

Ihr Kopf fuhr herum.

Ben stand an der Reling und streckte die Hand aus.

Da sah Alea, dass Tess auf der anderen Seite der Reling hing. Sie hing von außen am Schiff! Eine Sturmböe musste sie erfasst und über die Reling geschleudert haben! Offenbar hatte sie sich im letzten Moment festklammern können.

Ben hielt Tess mit einer Hand am Oberarm fest und streckte ihr die andere entgegen. Sie musste die Reling loslassen, damit er sie herüberziehen konnte. Doch ihre Finger krallten sich in die Stäbe, und ihr Gesicht war angstverzerrt – sie schien in Schockstarre zu sein.

Sammy stand neben seinem Bruder und redete auf Tess ein. Bestimmt versuchte er, sie zu überzeugen, loszulassen, damit Ben sie herüberziehen konnte. Aber Tess schien ihn noch nicht einmal zu hören. Ihre Augen starrten entsetzt ins Leere.

Alea stemmte sich gegen den Wind und stapfte los. Das Schiff schwankte, und Meerwasser lief in Bächen über die Planken, aber Aleas schwere Boots waren wasserdicht, und sie ließ sich nicht beirren. Plötzlich fühlte sie sich stark. Sie wusste nicht, woher dieses Gefühl kam, aber es ließ sie ihre Angst beiseiteschieben und sich hartnäckig durch den Sturm kämpfen.

Als Ben Alea sah, rief er: »Geh sofort wieder unter Deck!«

Alea schüttelte energisch den Kopf.

»Dann zieh wenigstens eine Schwimmweste an!« Ben und sein Bruder trugen leuchtend orangefarbene, dicke Rettungswesten.

Alea hatte keine Ahnung, wo die Westen aufbewahrt wurden, außerdem wollte sie nicht wieder weggehen. »Wir schaffen das zusammen!«, sagte sie, beugte sich vor und rief Tess zu: »Du musst loslassen! Wir sind alle hier. Wir halten dich fest und lassen dich nicht fallen.«

Sammy schien verblüfft über die Bestimmtheit in Aleas Stimme, doch er griff sofort unter Tess' Schulter, und Alea legte ihre Hand unter Tess' andere Schulter.

Tess hob den Blick. Angstbebend sah sie Alea an. Plötzlich war sie nicht mehr die selbstbewusste, coole Tess, sondern nur noch ein Mädchen, das wahnsinnige Angst hatte.

»Jetzt!«, rief Alea. »Lass jetzt los!«

Da lösten sich Tess' Finger von den Stäben. Ben zog Tess in die Höhe. Alea und Sammy zogen ebenfalls, und gemeinsam hoben sie Tess über die Reling. Auf der anderen Seite brach Tess zusammen, sank in die Knie und begann zu weinen. Ben nahm sie in die Arme und sprach beruhigend auf sie ein. Dann hob er sie hoch und trug sie zur Bordtür.

Sammy lief neben ihnen her. »Du bist in Sicherheit!«, rief er Tess zu, aber sie schluchzte nur.

Sammy drehte sich zu Alea um. »Du hast sie zum Loslassen gebracht!«

Alea konnte selbst kaum glauben, was sie da gerade getan hatte. Woher hatte sie nur die Stärke genommen? Und was hatte sie für ein unglaubliches Glück gehabt, dass sie trocken geblieben war, obwohl sie direkt an der Reling gestanden hatte!

Als Alea aufgewühlt den Blick über das Schiff gleiten ließ, entdeckte sie plötzlich Tess' Akkordeon. Es lag auf der Sitzbank am Heck. Offenbar hatte niemand mehr daran gedacht.

Alea überlegte nicht lange. Mit schnellen Schritten marschierte sie los, lehnte sich mit aller Kraft gegen den Sturmwind und kämpfte sich zu der Sitzecke durch. Tess würde sich bestimmt unglaublich freuen, wenn Alea ihr das Akkordeon brachte.

Doch gerade in dem Moment, in dem Alea danach greifen wollte, erfasste eine gigantische Sturmböe das Schiff. Alea konnte den Wind regelrecht kreischen hören, mit aller Macht kam er herangebraust, dann wurde sie von der Wucht der Böe getroffen. Der Sturm wirbelte sie herum, ließ sie schmerzhaft gegen die Reling prallen, und noch bevor Alea sich festhalten konnte, wurde sie über Bord geschleudert.

Sie fiel.

Sie sah das Wasser auf sich zukommen.

Sie schrie.

Dann stürzte sie hinein.

Der Aufprall war hart, als würde sie im vollen Lauf gegen eine Tür rennen, doch schon im nächsten Augenblick öffnete sich die Tür und ließ sie ein.

Das eiskalte Wasser schlug über ihr zusammen, und Todesangst ergriff Alea. Verzweifelt begann sie, mit den Beinen zu strampeln und mit den Armen zu rudern. Ihr Herz schlug so hart gegen ihre Rippen, dass sie dachte, sie müssten entzweibrechen. Das hier war hundertmal gefährlicher als ein Wolkenbruch, tausendmal gefährlicher als Spritzwasser. Sie war *im Meer,* das Wasser toste um sie herum, es war überall, es umgab ihren ganzen Körper, ihre gesamte Haut. Jeden Moment würde der allergische Schock einsetzen.

Alea schrie abermals, aber ihre Stimme wurde vom Wasser verschluckt. Es gab kein Entkommen.

Da spürte sie, wie ihre Haut zu kribbeln begann, immer heftiger und heftiger, bis sie es kaum noch aushalten konnte. Es war, als wäre ihr Körper unter Strom gesetzt. Ihr Herz raste wie verrückt und schien reine Elektrizität durch ihre Adern zu jagen.

So fühlte es sich also an, wenn man starb.

Jeden Augenblick würde sie das Bewusstsein verlieren.

Ihre Haut war bestimmt schon rot und geschwollen, und wenn sie eine Chance hätte, dies zu überleben, würde sie die schlimmsten Narben davontragen, die man sich nur vorstellen konnte.

Alea schaute panisch auf ihre ungeschützte Hand. Die Handschuhe waren weg, von ihrem Überlebenskampf fortgerissen. Da erschrak sie. Ihre Hand war … grün. Ein silbrig grüner Glanz lag auf ihrer Haut. Alea erschauderte. Was war das? Sie blickte auf die andere Hand. Sie war ebenfalls von einem glänzenden, grünen Schimmer überzogen. Das konnte doch nicht sein! Selbst ihre Knubbel waren grün!

Alea schrie noch einmal – und wunderte sich im nächsten Moment darüber, dass sie genügend Luft zum Schreien hatte. Was ging hier vor sich? Wieso wurde ihr Atem nicht knapp? Und wieso konnte sie unter Wasser so gut sehen?

Da überkam Alea mit einem Mal ein sonderbares Gefühl. Sie hörte den Sturm an der Oberfläche toben, und die Wellen wallten über ihr, als lieferten sie sich eine erbitterte Schlacht mit dem Wind. Ihr Verstand sagte ihr, dass ihr Tod kurz bevorstand. Doch Aleas Herz schien zu widersprechen. Es schlug laut und schnell in ihrer Brust, rasend schnell, aber … es raste nicht aus Angst. Plötzlich hatte Alea das überwältigende Gefühl, dass ihr Herz nicht aus Furcht, sondern aus Freude so schnell schlug. Es war *Euphorie,* die diese Hochspannung in ihrem Körper verursachte, reine Euphorie!

Das war allerdings derartig abwegig, dass Alea hastig den Kopf schüttelte. Was passierte hier? Und was tat ihr Körper da? Ihre Beine und Arme ruderten nicht länger hilflos herum. Stattdessen *schlängelte* sie sich durchs Wasser! Ihr ganzer Körper machte wellenförmige Bewegungen, wie ein Fisch, der in der Strömung schwamm. Sie *schwamm?* Wie konnte das sein? Aber es geschah wirklich. Ihre Glieder schienen genau zu wissen, was zu tun war, und Alea konnte nur verblüfft zusehen, was ihr Körper tat. War sie nun völlig verrückt geworden? Dieser silbrig grüne Schimmer war doch bestimmt –

Als Alea erneut auf ihre Hände schaute, erschrak sie bis ins Mark. Die Knubbel waren gewachsen! Aber sie waren nicht nur gewachsen, sie hatten sich in etwas anderes verwandelt.

Alea schloss entsetzt die Augen. Das konnte doch nicht wahr sein! Als sie die Augen wieder öffnete, waren sie jedoch immer noch da: Schwimmhäute. Zwischen ihren Fingern befanden sich starke, sehnige Schwimmhäute, die bis über die Mittelknochen ihrer Finger hinausreichten.

Alea blickte auf ihre Füße. Sie hatte beim Kampf mit den Fluten ihre Boots und Socken verloren. Ihre Füße waren nackt – und schimmerten silbrig grün. Aber das Erstaunlichste war, dass zwischen ihren Zehen ebenfalls Schwimmhäute gewachsen waren.

Entgeistert starrte Alea auf das, was einmal ihre Fußknubbel gewesen waren und was nun so heftig pochte, als wäre es froh, endlich befreit zu sein und tun zu dürfen, wofür es geschaffen war.

Alea spürte den starken Wunsch, sich zu bewegen, sich

auf eine ganz bestimmte Art zu bewegen. Ihr Verstand wusste nicht, was ihren Armen und Beinen offenbar klar war, und so überließ Alea ihnen die Führung. Sie folgte einem Instinkt, der tief in ihren Zellen versteckt zu sein schien. Mit weit ausgebreiteten Fingern schob Alea das Wasser von sich fort und ließ ihre Füße mithelfen, und der Effekt war unglaublich. Sie hatte die Kraft, sich schnell und präzise im Wasser zu bewegen, sie schlüpfte wie ein Aal hindurch! Ihr Körper schoss vorwärts. Sie schwamm! Und *wie* sie schwamm!

Alea lachte überrascht und stellte fest, dass sie noch immer genug Luft hatte, um das zu tun. Sie schien unter Wasser zu atmen! Doch es war seltsam. Es fühlte sich an, als ob sie nicht durch die Nase oder den Mund, sondern durch die Ohren atmen würde.

Ihre Fingerspitzen fuhren zu ihren Ohren. Konnte es sein, dass ihre Ohrknubbel … Sie ertastete die Stellen. Hinter ihren Ohren waren keine Knubbel mehr. An ihrer Stelle befanden sich kleine Öffnungen, Schlitze, durch die sie atmen konnte.

Kiemen. *Ich habe Kiemen,* dachte Alea gleichermaßen berauscht und bestürzt. Wie konnte es sein, dass sich ihr Körper im Wasser derartig verändert hatte? Wie konnte es sein, dass das Wasser ihr keinen Schaden zugefügt, sondern DAS mit ihr gemacht hatte? Sie war nicht gestorben, sie war vor Freude wie elektrisiert! Niemals hätte sie gedacht, dass es so überwältigend sein würde, im Wasser zu sein. Sie fühlte sich weder bedroht noch angegriffen – nein, sie fühlte sich geborgen. Zu Hause.

Da hörte sie Stimmen an der Oberfläche. Ben! Er rief nach ihr. Sie konnte ihn ganz deutlich hören, als wäre ihr Gehör geschärft. Sie musste nach oben.

Mit kräftigen Bewegungen schwamm Alea an die Wasseroberfläche. Ein Stück vor ihr schaukelte die *Crucis* im Sturm. Ben und Sammy standen an der Reling und schrien immer wieder ihren Namen in alle Richtungen.

»Ich bin hier!«, brüllte Alea, so laut sie konnte.

Sammy entdeckte sie und zeigte aufgeregt in ihre Richtung. Ben holte einen Rettungsring und warf ihn Alea im hohen Bogen zu. Er landete ein Stück neben ihr. Alea schwamm hin und griff danach. Währenddessen drehte das Schiff ab und kam in einem Bogen direkt auf sie zugefahren. Ben schien die *Crucis* zu steuern. Sammy stand weiter in seiner leuchtenden Schwimmweste an der Reling und ließ Alea nicht aus den Augen.

Als das Schiff ganz nahe gekommen war, lief Ben wieder zur Reling und warf eine Leine ins Wasser. Alea schlang sie mehrere Male um ihr Handgelenk und ließ sich von Ben zur Außenleiter der *Crucis* ziehen. Dort griff sie nach den untersten Sprossen. Dabei sah sie, dass ihre Fingerschwimmhäute sich außerhalb des Wassers in Sekundenschnelle zurückbildeten wie Kaugummiblasen, die wieder eingesaugt wurden. Die alten, hässlichen Knubbel waren wieder da.

Alea hörte Ben, der Sammy knappe Anweisungen gab: »Hol die Aludecke!« und »Bring ein Handtuch mit!«

Alea kletterte an der Leiter die Bordwand hinauf, völlig durchnässt, und schüttelte sich wie ein Hund. Der grünliche Glanz ihrer Haut verschwand, und auch die Schwimmhäute zwischen den Zehen zogen sich wieder zu Knubbeln zusammen, sobald Alea ganz aus dem Wasser war.

Bens Kopf erschien am oberen Ende der Leiter. »Bist du okay?«, schrie er gegen den Wind. »Kannst du allein raufklettern, oder –«

»Ja!«, schrie Alea zurück.

Bens Mimik schwankte zwischen Besorgnis und Verwunderung.

Alea kletterte bis ganz nach oben. Dort zog Ben sie über die Reling. »Wie ist das passiert? Mein Gott, Alea! Du bist über Bord gegangen!«

»Ich wollte das Akkordeon holen.«

Sammy kam mit einer Aludecke angelaufen. Alea nahm sie ihm ab und zog sie eng um ihre Schultern. Dann sah sie Ben und Sammy fragend an.

»Du musst die nassen Klamotten ausziehen, sonst unterkühlst du«, wies Ben Alea an. »Komm mit unter Deck.« Er drehte sich um und stiefelte voraus, Richtung Bordtür. Alea folgte ihm mit hängendem Kopf. Er war ganz offensichtlich sauer. Sie hatte sich nicht nur seinen Anweisungen widersetzt, sondern auch extrem leichtsinnig gehandelt. Kein Wunder, dass er wütend war.

Sammy lief neben Alea her und zeigte ihr ein kleines Netz, in dem ihre Boots und eine ihrer Socken hingen. Offenbar hatte er sie aus dem Wasser gefischt. Alea sagte »Danke«, doch der Wind riss das Wort fort.

Im Salon hockte Tess, in eine Wolldecke gehüllt, auf dem Sofa. In der Hand hielt sie einen Becher mit dampfendem Kakao. Als sie Alea sah, fragte sie erschrocken: »Bist du etwa ins Wasser gefallen?« Davon hatte sie wohl gar nichts mitbekommen.

»Ja«, erwiderte Alea und zog ihre nassen Haare nach vorn. Dann vergrub sie ihre Hände schnell wieder in der Aludecke und rollte ihre nackten Zehen so eng wie möglich ein, damit niemand die Fußknubbel sehen konnte.

»Scheiße!«, platzte es aus Ben heraus. »Warum hast du die Schwimmweste nicht angezogen, als ich es dir gesagt habe?« Sein Blick war so vorwurfsvoll, dass Alea mindestens zehn Zentimeter kleiner wurde. »Du hättest ertrinken können! Ich hab mir vor Angst in die Hose gemacht! Ich habe Marianne versprochen, auf dich aufzupassen! Ich dachte, du kannst nicht schwimmen!«

»Ich …« Alea schüttelte den Kopf. »Es tut mir leid.«

»Du bist noch blasser als sonst«, stellte Sammy fest. »Hast du Wasser geschluckt?«

»Ich glaube, ich bin etwas durcheinander«, antwortete Alea, und das war die Untertreibung des Jahrhunderts. »Ich würde gern eine heiße Dusche nehmen.«

Ben starrte sie an. »Dusche«, wiederholte er, als könnte

er nicht fassen, dass Alea derart beherrscht war. Dabei war sie innerlich alles andere als beherrscht! Sie hatte lediglich viel Übung darin, ihre wahren Gefühle für sich zu behalten. »Klar, Dusche.« Ben machte eine resignierte Handbewegung in Richtung der Badtür.

Alea sagte noch einmal, wie leid es ihr tat, und huschte in ihre Kajüte, um sich frische Anziehsachen zu holen. Auf Tess' Bett lag das Akkordeon. Ben oder Sammy mussten es inmitten des Aufruhrs irgendwie gerettet haben.

Wenig später stand Alea unter der heißen Dusche und wusch sich die letzten Reste des Meerwassers vom Körper. Ihre Hände zitterten so wie all ihre Glieder, aber es war nicht die Kälte des Meeres, die ihr in den Knochen steckte, sondern die Unfassbarkeit dessen, was passiert war. Sie hatte sich unter Wasser verwandelt! Sie hatte Kiemen und Schwimmhäute bekommen! Das war doch völlig irre! War es möglich, dass sie sich das alles nur eingebildet hatte – dass sie verrückt wurde? Alea rieb sich den Kopf. Sie wusste gar nichts mehr. Noch nicht einmal, ob sie überhaupt eine Kaltwasserallergie hatte. Sie war ins kalte Wasser gefallen und hatte dennoch keinen allergischen Schock bekommen. Sie war nicht gestorben. Noch nicht einmal Rötungen oder Schwellungen hatte sie davongetragen! Wie konnte das sein? Ihr ganzes bisheriges Leben lang hatte sie geglaubt, dass es nichts Schlimmeres für sie gäbe, als mit kaltem Wasser in Kontakt zu kommen. Nun war sie hineingefallen, und es war etwas …

*Schönes* passiert. Aber nein, so durfte sie das nicht sehen. Wenn sie langsam ihren Verstand verlor, dann war das alles andere als schön!

Alea schlug die Hände vors Gesicht und schluchzte leise auf. Das war einfach zu viel!

Sie weinte still und mit geschlossenen Augen unter dem heißen Duschwasser. Als sie die Augen wieder öffnete, fiel ihr Blick durch das kleine Bullauge des Toilettenraums auf die stürmische See.

Das Meer sah anders aus als zuvor. Die wogenden Wellen schienen mit einem Mal voller Farben zu sein. Grün, Blau, Gelb, Violett, Silber und Gold, vermischt und doch eigenständig, wie die Farben eines Malers, dem ein Glas Wasser über seine Palette gefallen war, auf der nun alles kreuz und quer durcheinanderlief. Aber es waren nicht nur Farben, auch Formen versteckten sich dort – Schlangenlinien, Kurven, Verflechtungen, Knäuel und Ströme. Staunend starrte Alea auf das wildbunte Wunder. Es war, als würden sich dort im Meer Geschichten verbergen, als müsste Alea sich nur konzentrieren und genauer hinschauen, um sie erkennen und im Wasser lesen zu können.

Schnell blickte Alea weg. War das der beginnende Wahnsinn?

Mit zusammengepressten Lippen trocknete sie sich ab, föhnte ihr Haar und machte alles so wie immer. Doch tief in ihrem Inneren wusste sie, dass gar nichts mehr war wie zuvor.

# Freunde

Am nächsten Morgen stand Alea zeitig auf. Tess schlief noch. Am Abend zuvor hatte sie versucht, mit Alea zu sprechen, doch Alea hatte nur gemurmelt, sie wäre müde, und sich unter ihrer Decke zusammengerollt. Was hätte sie Tess auch sagen sollen? Dass sie eigentlich hätte sterben müssen, stattdessen aber unter Wasser Kiemen und Schwimmhäute bekommen hatte, und dass das Meer für sie nun wie ein durcheinandergewirbelter Regenbogen aussah?

»Morgen, Schneewittchen«, begrüßte Sammy sie im Salon, ohne sie anzublicken. Er saß auf dem Sofa und starrte wie hypnotisiert auf die Uhr an der Wand.

»Guten Morgen«, antwortete Alea und schaute auch zur Uhr. Es war halb sieben. »Wonach guckst du denn?«

Sammy antwortete, ohne ihr den Kopf zuzuwenden. »Ich frage mich, ob es Uhrzeiten gibt, die ich noch nie gesehen habe.«

Alea wollte etwas erwidern, schloss den Mund aber wieder und ging zur Küchennische, um sich ein Stück

Brot zu nehmen. Dabei warf sie einen Blick aus dem Bullauge. Der Sturm war vorüber. Es regnete. Der Regen fiel in tanzenden, goldblauen Tropfen auf das bunt schillernde Meer.

»Ich hab letzte Nacht deinen Schirm aus dem Wasser gefischt«, sagte Sammy und stand auf, um ihr den Schirm zu geben. »Er ist ziemlich ramponiert.«

»Oh, danke!«

Sammy blickte auf das halb zerfledderte Ding. »Ist vielleicht besser so. Lieber ein schreckliches Ende als ein Schrecken ohne Ende.«

»Hm?«

»Mir tun Schirme leid«, sagte Sammy. »Sie werden immer ganz nass.«

Alea hätte fast gelacht.

Sammy nickte jedoch bedächtig. »Deine andere Socke und deine Handschuhe sind wohl weg. Scheinbar hast du aber noch mehr Paare.« Er guckte auf ihre schwarzen Lederhandschuhe.

Alea fragte sich, was Sammy am Tag zuvor alles bemerkt hatte. Hatte er ihre Knubbel gesehen? »Ich war gestern ganz schön durch den Wind.«

»Im wahrsten Sinne des Wortes!« Sammy lachte. »Wir sind zwar Abenteurer, aber das gestern war ein bisschen viel Abenteuer auf einmal, oder? Zuerst hängt Tess an der falschen Seite der Reling, und dann fällst du ins Wasser!« Er schüttelte den Kopf und schaute Alea prüfend an. »Bei

Sturm über Bord zu gehen, ist schon für Schwimmer eine heftige Sache, aber für Nichtschwimmer …« Sein Blick durchbohrte sie regelrecht.

»Ich habe keine Ahnung, wie ich das gemacht habe«, antwortete sie wahrheitsgemäß.

»Willst du damit sagen, du bist wirklich noch nie geschwommen?«

»Gestern haben sich meine Arme und Beine auf einmal wie von selbst bewegt!«

»Hm!« Sammy schien ihr nicht ganz zu glauben. »Wir dachten, du hättest uns in Bezug aufs Schwimmen angeflunkert. Du bist ja generell eher verschwiegen. Oder sagen wir: geheimnisvoll.«

»Ich –«

»Macht nichts. Das ist irgendwie spannend!« Sammy lächelte. »Ich bin sogar ein bisschen verliebt in dich.«

Alea bekam große Augen. »Wie bitte?«

»Aber ich bin auch ein bisschen verliebt in Tess.« Er grinste. »Ihr seid beide toll.«

»Äh, danke. Du auch.«

Sammy grinste.

Alea wandte sich schnell ab und suchte im Schrank nach einem Teller. Dabei fiel ihr eine Kuchenform entgegen. »Oh, ihr backt auch Kuchen?«

»Nee, leider nicht. Wir haben zwar einen Ofen, aber wir können nicht backen.«

»Das ist doch ganz leicht!«

Sammys Gesicht hellte sich auf. »Du kannst backen? Das ist ja der Hammer! Dann ist das deine Aufgabe an Bord, würde ich sagen. Du backst uns ab heute jeden Tag Kekse!«

Alea lachte. »Wenn ihr die nötigen Zutaten habt …«

»Falls nicht, gehen wir auf Wangerooge einkaufen. Da fahren wir gerade dran vorbei.«

Alea warf einen Blick aus dem Bullauge und sah eine Insel vorüberziehen. Fasziniert verfolgte sie, wie schneeweiße Strände, Ortschaften und ein Hafen vorbeiglitten.

»Wir müssten eigentlich alles dahaben«, sagte Sammy.

Alea riss sich von Wangerooge los und sah nach. Im Vorratsschrank fand sie Mehl und Zucker. Butter und Eier waren im Kühlschrank. »Ich glaube, Kekse bekomme ich hin.«

»Juhu!« Sammy sprang in die Luft. »Weck mich, wenn sie fertig sind«, sagte er und gähnte mit sperrangelweit aufgerissenem Mund. »Ich hatte die Wache bis sechs Uhr. Ben ist jetzt wieder am Ruder.«

»Mag Ben auch Kekse?«, fragte Alea. Sie hatte gegenüber Ben einiges wiedergutzumachen.

»Klar!«, rief Sammy. »Wer keine Kekse mag, ist doof. Und Ben ist nicht doof. Ben ist super, so wie Kekse!«

Alea lachte.

»Ich geh dann mal in die Koje.« Sammy drehte sich um und schlurfte zu seiner Kajüte. Bevor er die Tür aufmachte, wandte er sich noch mal Alea zu. »Sammelst du irgendwas?«

»Sammeln? Nein. Nur die Weingläser.«

»Ich sammle Fussel«, informierte Sammy sie und verschwand in der Kajüte.

Alea beschloss, nicht weiter darüber nachzudenken, und machte sich ans Backen. Sie hatte Marianne so oft in der Küche geholfen, dass ein paar einfache Kekse keine große Herausforderung darstellten. Zwanzig Minuten später waren die Kekse im Ofen, und Alea ließ Wasser aus dem Kran in einen Teekessel laufen, um sich auf dem Gasherd Tee zu machen – mit aller Vorsicht natürlich. Gleichgültig, was sie am Tag zuvor erlebt hatte, sie würde Wasser weiterhin mit höchster Sorgfalt behandeln. Alles andere ergab keinen Sinn … oder?

Das Bild ihrer grünlich schimmernden Haut tauchte wieder vor ihrem inneren Auge auf. Die Haut hatte im Wasser keine Quaddeln gebildet, obwohl das hätte geschehen müssen, wenn alles stimmte, was Alea bisher über ihre Krankheit erzählt worden war. Aber womöglich stimmte es ja gar nicht.

Alea nagte an ihrer Unterlippe. Würde sie sich nun ständig fragen müssen, ob sie vielleicht gar nicht so krank war wie bisher gedacht? Gab es eine Möglichkeit, das herauszufinden?

Da merkte Alea, dass der Teekessel beinahe voll war. Der Wasserhahn musste zugedreht werden.

Sie tat es nicht.

Gebannt sah sie zu, wie der Kessel überlief, wie das

Wasser über den Rand ins Spülbecken schwappte – wie ein Teil des Wassers über die Finger ihrer linken Hand rann und im Handschuh verschwand.

Alea fröstelte. Alles in ihr, jeder Muskel und jeder Nerv, war aufs Äußerste angespannt, und ihre rechte Hand wollte unbedingt nach dem Handtuch greifen, um auch den kleinsten Tropfen abzuwischen. Aber sie bewegte sich nicht. Sie ließ das kalte Wasser über ihre Finger laufen und wartete.

Nichts geschah. Kein Brennen, kein Jucken, keine Rötung. Nichts. Im Gegenteil. Das kühle Wasser fühlte sich auf der Haut regelrecht angenehm an.

Alea zog die Brauen zusammen. All die Konsequenzen, vor denen sie immer wieder gewarnt worden war …

Mit einer entschlossenen Bewegung drehte sie den Hahn zu und nahm ein Glas aus dem Schrank. Sie wollte es jetzt wissen. Sie wollte wissen, ob sie sich womöglich all die Jahre völlig umsonst vor kaltem Wasser gefürchtet hatte.

Aus dem Teekessel goss sie kaltes Wasser in das Glas … und trank.

Ihr inneres Sicherheitsprogramm schrie »Alarm!«, aber das ignorierte sie. Alea wartete ein paar Sekunden, dann nahm sie den nächsten Schluck. Und noch einen. Und noch einen. Ihre Speiseröhre hätte nun eigentlich zuschwellen müssen. Alea wartete. Doch in ihrem Hals tat sich gar nichts.

Mit klopfendem Herzen starrte sie auf das verbliebene Wasser im Glas. »Du bist gar nicht mein Feind, oder?«

Da sah sie eine kupferfarbene Schliere im Wasser. Sie waberte am Grund des Glases im Kreis herum und bewegte sich dann langsam nach oben. Währenddessen wurde sie kreisrund, öffnete sich wieder, rollte sich wieder zusammen und nahm dabei zusehends einen rötlicheren Farbton an.

Aleas Augen weiteten sich. Was war das? Es war nicht das erste Mal, dass sie eigenartige Dinge im Wasser zu sehen meinte. Schon ein paarmal hatte sie Farben oder auch Formen darin zu erkennen geglaubt, doch sie hatte diese immer für Trugbilder gehalten.

Nun wanderte die Schliere im Glas immer weiter nach oben, als wollte sie zu ihr. Als wollte sie ihr etwas erzählen. »Was willst du mir sagen?«, flüsterte Alea.

Da veränderte sich die Schliere plötzlich. Alea hätte nicht sagen können, was es war, aber irgendetwas an ihr … öffnete sich.

Alea schnappte nach Luft. Einen winzigen Moment lang schien sie sich selbst in der kupferfarbenen Schliere zu sehen. Nicht ihr Gesicht, sondern … ihr Herz. Das Wasser spiegelte ihre Gefühle! *Verwirrung, Faszination, Unsicherheit, Erleichterung, Hoffnung, Angst* – die Schliere reflektierte all das auf magische Weise.

»Rieche ich hier Kekse?«, weckte Tess' Stimme Alea aus ihrer Erstarrung.

Sie fuhr zusammen und stellte das Glas hastig auf der Anrichte ab. »Ja, ich habe gebacken!«, antwortete sie eine Spur zu laut.

Tess kam mit argwöhnischer Miene näher. Als sie sah, dass Alea lediglich ein Wasserglas weggestellt hatte, schien sie beinahe enttäuscht. Sie griff nach dem Glas und trank mit zusammengekniffenen Augen. »Uh«, machte sie überrascht, nachdem sie geschluckt hatte. »Ist ja nur Wasser!«

»Was dachtest du denn, was es ist?«

»Vielleicht Whiskey?«

Alea starrte sie an. »Whiskey? Du dachtest, ich trinke morgens um sieben Whiskey?«

Tess zuckte die Achseln. »Ich habe keine Ahnung, was du so machst. Wir kennen uns ja noch gar nicht richtig. Bisher habe ich nur den Eindruck, dass du … wie sagt man das … etwas verheimlichst?« Sie zuckte noch mal die Achseln. »Zumindest verhältst du dich manchmal ganz schön komisch.«

Alea schluckte.

Tess blickte ihr direkt in die Augen. »Ich muss dir dafür danken, dass du mir gestern geholfen hast, als ich an der Reling hing. Ich hab Panik bekommen und konnte mich nicht mehr bewegen.« Sie schaute zur Seite, als fiele es ihr schwer, Alea ihren Dank auszusprechen. Dann sah sie sie wieder an. »Aber trotzdem bist du merkwürdig. Dass du nicht schwimmen kannst, war gelogen, oder? Sammy und Ben haben dich schwimmen sehen! Warum lügst du wegen so was?«

Alea senkte den Kopf. »Ich habe nicht gelogen.«

»Ach nein? Dann hast du von einem Moment auf den anderen schwimmen gelernt?«

Alea machte sich nicht die Mühe, das zu bejahen, denn Tess hätte ihr sowieso nicht geglaubt.

Es entstand eine unangenehme Pause, während der sich Alea ein paar Mehlspuren vom Rock strich. Tess war aber noch nicht fertig. »Weißt du, da ist irgendwie so eine Mauer um dich herum, hinter der du dich versteckst.«

Das hätte Alea ebenso über Tess sagen können, denn sie hatte den Eindruck, Tess verheimlichte ebenfalls etwas. Aber sie sagte nichts. Sie war viel zu bestürzt. Alea fühlte sich dieser Bande zugehörig! So stark wie noch nie zuvor in ihrem Leben fühlte sie sich mit anderen verbunden. Aber was, wenn die anderen aufgrund ihrer Seltsamkeiten nicht dasselbe für sie empfanden?

»Ja, ich habe Geheimnisse«, brachte Alea hervor. Sie wollte Tess vertrauen. Und sie wollte, dass Tess ihr ebenfalls vertraute. Dazu musste sie aber zuerst einen Schritt auf sie zumachen. »Ich trage diese Handschuhe, weil ich etwas verstecken will.«

»Ah ja?« Tess hob die Brauen. »Was denn?«

Alea und Tess sahen sich an, und Alea wusste, dass das, was als Nächstes geschah, ihre Freundschaft entweder begründen oder im Keim ersticken würde.

Alea zog die Handschuhe aus. In ihrem Magen flatterte es, und ihre Kehle war trocken wie Sandpapier, aber sie musste das tun. Langsam hob sie ihre Hände und spreizte die Finger.

Tess sog scharf die Luft ein. »Was ist das denn?«

»Ich habe das schon immer«, erklärte Alea, während Tess auf ihre Knubbel starrte. »Ich … habe eine Krankheit.« Alea fragte sich, ob sie das überhaupt noch sagen konnte. Doch in diesem Moment war es eine bessere Erklärung als: *Das sind meine Schwimmhäute im Trockenzustand.*

»Die habe ich auch zwischen den Zehen und hinter den Ohren«, fügte Alea zögerlich hinzu. Es war eigenartig, das zu verraten. Noch nie hatte sie das jemandem erzählt oder freiwillig ihre Knubbel gezeigt.

Tess nickte. »Deswegen zupfst du also immer so an deinen Haaren herum! Ich dachte schon, du hast vielleicht genauso große Segelohren wie Sammy …«, sagte sie und lachte unsicher, fragend, als wüsste sie nicht, ob sie lachen durfte.

Alea lächelte, was Tess zu erleichtern schien. »Nein, ich habe nur diese … Verkrustungen.« Sie schob ihre Haare zurück und zeigte Tess die Stellen hinter ihren Ohren.

Tess pfiff leise durch die Zähne. »Tut das weh?«

»Nein.« Alea ließ ihre Haare schnell wieder nach vorn fallen.

»Und woher kommt so was?«

Alea antwortete stockend. »Das ist so eine dermadiale

Dermitis«, dachte sie sich schnell aus, denn sie wollte nichts von der Kaltwasserallergie sagen, wenn sie womöglich gar nicht daran litt. Von Kiemen wollte sie aber auch nichts erzählen.

Tess nickte, als genügte ihr Aleas Antwort. »Okay. Ich kann verstehen, dass du das nicht gleich erzählt hast. Du schämst dich für die Dinger, oder?«

»Ja.«

Tess legte ihr unbeholfen die Hand auf die Schulter und schenkte Alea ein schiefes Lächeln.

Alea lächelte zurück. »Ich will nicht, dass du mich seltsam findest.« So offen zu sprechen, kostete sie beinahe noch größere Überwindung, als Tess die Knubbel zu zeigen. »Ich möchte lieber, dass wir Freundinnen werden.«

Tess tätschelte ungelenk Aleas Schulter. Ganz offensichtlich hatte sie mit solchen Situationen auch nicht viel Erfahrung. »Ich fände es auch schön, wenn wir Freundinnen wären«, sagte sie und schien jedes Wort herausquetschen zu müssen.

Alea grinste. »Wir sind beide ganz schön verklemmt, was?«

Tess grinste zurück. »Ja, so was von!«

Einem spontanen Impuls folgend, zog Alea Tess in ihre Arme und drückte sie an sich.

Tess hielt das etwa drei Sekunden lang aus, dann rief sie: »Ich hab dir doch gesagt, dass ich nicht der Knuddeltyp bin!«

Alea lachte.

Tess machte sich schnell los. »Okay. Ich … äh …« Mit einer nervösen Bewegung griff sie nach dem Wasserglas. »Ich brauch jetzt einen Whiskey«, scherzte sie und trank.

Alea kicherte, aber dann sah sie, wie sich im Wasser des Glases explosionsartig ein dichtes, feuriges Rot ausbreitete. Es zuckte wie ein Netz aus Blitzen durch das Wasser und schien von Tess auszugehen. Das Rot war ihres.

Alea starrte darauf und fragte sich, was die Farbe zu bedeuten hatte. Im nächsten Moment hatte sie einen ganz klaren Gedanken im Kopf: *Tess hat starke Gefühle.* Das war schon alles – weniger als sie im Glas über ihre eigenen Empfindungen »gelesen« hatte. Und doch war es so viel. Denn nun wusste Alea, dass das Wasser ihr nicht nur etwas über ihren eigenen Gefühlszustand verraten konnte, sondern offenbar auch über den anderer! Tess hatte nur Wasser aus einem Glas trinken müssen, und Alea konnte erkennen, wie es in ihrem Innersten aussah. Das war unglaublich. Magisch. Völlig Banane.

»Ich glaub, die Kekse sind fertig«, stellte Tess nach einem Blick in den Ofen fest.

»Oh!« Die Kekse hatte Alea ja total vergessen! Rasch streifte sie sich Backhandschuhe über und holte das Blech aus dem Ofen. Die Kekse waren zwar sehr knusprig, aber noch okay.

Tess stibitzte sich sofort einen, während Alea die, die

am besten gelungen waren, vom Blech in eine kleine Schale schob. »Die sind für Ben.«

»Ah, ein Bestechungsversuch«, sagte Tess mampfend. »Gute Idee. Ben ist echt sauer.«

Alea sah Tess ernst an, dann nickte sie. Sie streifte die Backhandschuhe ab, zog sich wieder ihre Lederhandschuhe an, warf sich ihren Regenmantel über und griff, ohne nachzudenken, nach ihrem Schirm. Bei Regen ohne ihn hinauszugehen, kam ihr einfach nicht in den Sinn. Bevor sie nach oben stieg, zog sie sich sogar noch eine Schwimmweste über, die auf einem der Sofas gelegen hatte. Mit dem Schirm in der einen und der Keksschale in der anderen Hand erklomm Alea die steilen Stufen nach oben und trat aufs Deck hinaus. Ein feiner Nieselregen sprühte vom Himmel, und unter normalen Umständen wäre Alea bei solch einem Wetter niemals vor die Tür gegangen. Nieselregen war die schlimmste Art von Regen, da er völlig unberechenbar war und dazu neigte, von der Seite zu kommen. Doch Alea hatte keine Angst mehr. Sie wusste nicht, ob sie krank war oder nicht, aber sie fürchtete sich nicht mehr vor dem Regen. Den Schirm ließ sie trotzdem aufschnappen. Gewohnheiten waren schwer abzulegen.

Vorsichtig schlich sie ans Deckshäuschen heran. Sie wollte Ben nicht stören und ihm keinen neuen Anlass geben, sich über sie zu ärgern.

Ben blickte ihr durch die großen Scheiben entgegen.

Sein Gesicht war undurchdringlich. »Hi«, brummte er, als Alea vor der offenen Tür des Deckshäuschens stehen blieb.

»Hallo, ich habe Kekse gebacken«, brachte sie hervor. »Für dich. Also … für alle! Natürlich für alle!«

Ben runzelte die Stirn. »Kekse?«

Sie hielt ihm die Keksschale hin.

Ben sah sie einen Augenblick überrascht an, dann nahm er sich einen Keks und biss hinein. »Hm, die sind gut.«

Alea lächelte erleichtert.

Ben aß den Keks und schien währenddessen zu überlegen, wie er auf dieses Versöhnungsangebot reagieren sollte. Er betrachtete Alea unter ihrem ramponierten Schirm. »Mach besser den Schirm zu«, sagte er. »Er wird doch ganz nass!«

Alea musste lachen. »Du und Sammy, ihr seid echt komische Vögel!«, kicherte sie. Dann fiel ihr auf, was sie da gerade gesagt hatte. »Ähm …«

Ben winkte ab. »Du hast recht, das sind wir. Und zwar gerne!«

»Ich bin auch ein komischer Vogel«, erwiderte Alea. »Total komisch!«

Ben grinste und zog sie am Ärmel ins Deckshäuschen. »Komm rein.«

Alea trat erleichtert ein. Sie hatte ein paar Nieseltropfen ins Gesicht bekommen, aber sie tat nichts dagegen. Sie musste nichts mehr tun.

Umständlich klappte sie den Schirm zu. Dabei spritzten ein paar goldblaue Regentropfen auf ihre Hände und wurden augenblicklich kupferfarben. Obwohl dieser Effekt eigentlich noch neu für Alea war, gab es doch etwas in ihr, das sich nicht darüber wunderte – jener Teil, der Dinge wusste, die Aleas Verstand noch nicht begriffen hatte.

»Es tut mir leid, wie das gestern gelaufen ist«, sagte sie scheu. »Ich war irgendwie überfordert mit allem.«

»Das kann ich nachvollziehen«, erwiderte er. »Aber ein paar grundlegende Dinge müssen wir trotzdem klären.«

Alea rieb sich nervös den Nacken. »Zum Beispiel, dass du der Skipper bist und wir auf dich hören müssen?«

»Ja, Alea, ich habe die Verantwortung für euch drei! Ihr seid alle minderjährig, und wenn es Ärger gibt, werde ich dafür geradestehen müssen«, sagte er ernst. »Ich mache das Ganze hier, weil ich denke, ein wenig Gesellschaft tut Sammy und mir gut – und weil ich weder Tess noch dich allein im Hafen stehen lassen konnte. Aber ihr müsst euch an die Regeln halten, und ihr dürft mich nicht anlügen!«

Aleas Finger vergruben sich tief in ihrem Haar.

»Auf der *Crucis* ist wenig Platz, und wir leben hier alle sehr eng zusammen. Das kann nur funktionieren, wenn wir uns gegenseitig vertrauen.«

»Ich weiß.« Alea senkte den Kopf. »Ich bin es nicht gewohnt, mich jemandem anzuvertrauen.«

Ben nickte. »Ja, ich habe den Eindruck, du trägst ganz schön viel mit dir herum. Aber wir kennen uns ja auch noch nicht lange. Du musst uns nicht gleich alles erzählen. Trotzdem …«

Bevor er weitersprechen konnte, zog Alea ihre Handschuhe aus und spreizte die Finger. Der Gedanke daran, wie positiv Tess reagiert hatte, gab ihr den nötigen Mut.

Bens Augen wurden groß.

»Das ist eine Hautkrankheit«, sagte sie mit belegter Stimme. »Es ist nicht ansteckend, keine Sorge.«

»Eine Hautkrankheit? Na, das erklärt einiges«, murmelte Ben, während er ihre Fingerzwischenräume betrachtete. »Warum sagst du das denn nicht gleich?«

»Es ist komplizierter, als es aussieht.« Alea holte tief Luft. »Diese Knubbel sind der Grund, warum ich gestern plötzlich schwimmen konnte …«

Ben blickte sie fragend an. »Wie meinst du das?«

Alea zögerte. Sie wollte ehrlich zu Ben sein. Sie wollte dazugehören. Sie wollte sich … als würdig erweisen. Aber es ging nicht. Ihm zu erklären, was am Tag zuvor im Wasser geschehen war, war einfach zu viel. Sie konnte es sich ja selbst nicht erklären, und es würde bestimmt einfach völlig übergeschnappt klingen.

»Ich war … wegen der Krankheit lange nicht im Wasser …«, stotterte sie herum.

»Ach so! Du dachtest, du könntest nicht mehr schwimmen, und gestern hast du dann festgestellt, dass du es doch noch kannst?« Ben schien erleichtert, das Rätsel gelöst zu haben. »Hast du gedacht, das Meerwasser wäre schädlich für deine Haut? Bist du deswegen gestern von der Reling weggestolpert, als das Spritzwasser hochflog?«

Alea starrte ihn an. Dann nickte sie langsam. Das kam der Wahrheit schon verdammt nahe. In dieser Version fehlten zwar die Kiemen und Schwimmhäute, aber davon abgesehen war alles ziemlich wahr. »Das Meerwasser hat meiner Haut aber in keiner Weise geschadet«, sagte sie. »Ich glaube, die Krankheit ist gar nicht so schlimm wie gedacht.«

»Na, das ist sehr praktisch. Wir sind nämlich auf einem Schiff, Alea! Da wäre es eher ungünstig, wenn du Salzwasser nicht vertragen könntest«, sagte Ben mit eindeutigem Unterton.

»Ja, ich weiß«, gab Alea zu. »Deswegen hab ich ja anfangs nichts gesagt. Ich wollte unbedingt auf dieses Schiff! Und ich dachte, wenn ich euch von meiner Krankheit erzähle, nehmt ihr mich vielleicht nicht mit.« Wenigstens das war die reine Wahrheit.

»Ich weiß nicht, was ich getan hätte, wenn ich es eher gewusst hätte.« Ben drehte am Ruder und schaute nachdenklich durch die großen Scheiben auf die trübe Seelandschaft. Dann blickte er Alea wieder an. »Aber jetzt ist es wirklich in Ordnung? Du musst nicht mehr vor der Gischt flüchten?«

»Nein«, bestätigte Alea, und die Erleichterung in ihrer Stimme war unüberhörbar. »Ich glaube, das ist wirklich kein Problem mehr.«

Ben schien ebenfalls erleichtert. »Dann ist es in Ordnung.«

»Du bist nicht mehr böse?«

Ben lächelte. »Gib mir einfach noch einen Keks, und dir sei vergeben.«

Alea gab ihm gleich zwei, und Ben lachte. »Eine Keksbäckerin hat hier wirklich noch gefehlt.«

Alea war so froh über den Verlauf des Gesprächs, dass sie einen langen »Uah«-Seufzer ausstieß, der Ben nur noch mehr zum Lachen brachte.

»Ich bin froh, dass es raus ist«, stöhnte Alea.

Ben klopfte ihr wie einem braven Hund auf die Schulter und grinste. »Ich stell mal auf Autopilot, und wir frühstücken alle zusammen, ja?« Er klemmte einen eigenartigen Stab ans Ruder, stellte den elektronischen Annäherungsalarm an, wie er Alea erklärte, und verließ mit ihr das Deckshäuschen.

Es hatte aufgehört zu regnen, aber Alea hätte sich wohl auch nicht mehr die Mühe gemacht, ihren Schirm aufzuspannen. Sie fühlte sich leicht – um ein ganzes Sorgenpaket leichter, und Ben schien es ähnlich zu gehen. Im Laufen machte er einen Ausfallschritt und drehte sich um die eigene Achse, genau so, wie er es bei ihrem Auftritt auf der Bühne vor zwei Tagen getan hatte.

Alea lachte, breitete die Arme aus und blickte mit Trauermiene zum Horizont, als läge dort der Schwan im Sterben.

Sie lachten gemeinsam, und Alea hätte am liebsten den ganzen Horizont umarmt, so leicht war ihr ums Herz.

Im Salon tippte Tess gerade irgendetwas in ihr Handy und legte es beiseite, als sie hereinkamen. Angesichts ihrer fröhlichen Gesichter schien sie beruhigt zu sein. »Na, da hast du Ben ja noch mal rumgekriegt.«

Alea lächelte.

»Frühstück!«, verkündete Ben und machte sich daran, Rührei zu braten und Brot zu toasten.

Der Lärm weckte Sammy, und eine halbe Stunde später saßen alle vier Bandenmitglieder am Heck in der Sitzecke und aßen zusammen. Sammy merkte sofort, dass etwas passiert war, und Alea erlaubte Tess und Ben, ihm zu erzählen, was sie ihnen anvertraut hatte. Ben wusste mehr als Tess, und so setzten sie gemeinsam die Einzelteile zusammen, sodass schließlich alle gleichermaßen im Bilde waren.

»Ich will die Dinger sehen!«, rief Sammy neugierig.

Ben schimpfte mit ihm, was aber natürlich nichts brachte.

Alea zog ihre Lederhandschuhe aus und zeigte Sammy die Knubbel.

»Meine Fresse!«, entfuhr es ihm. »Die sehen ja aus wie verschrumpelte … Schrumpelfalten!«

»Mensch! Sei mal ein bisschen sensibler!«, ermahnte ihn Ben.

Sammy verdrehte die Augen. »Du bist immer nur am Meckern. Meck, meck, meck!«

Ben verpasste ihm eine Kopfnuss. »Wenn du Fussel von mir haben willst, solltest du lieber etwas netter sein!«

»Oh, das ist ein gutes Argument«, sagte Sammy, schenkte Ben ein überfreundliches Lächeln und reichte ihm einen Keks.

Ben grinste. »In Ordnung.« Er zog sein T-Shirt hoch und entblößte seinen Bauch.

Alea fragte sich, was das nun werden sollte.

Sammy griff gezielt in Bens Bauchnabel und zog einen kleinen, blauen Klumpen Fussel heraus. »Oh, der ist super!«

Alea hatte wohl ziemlich verwirrt dreingeschaut, denn Tess erklärte ihr: »Sammy sammelt Fussel.«

Bevor sie weitersprechen konnte, rief Sammy: »Es gibt ganz unterschiedliche Sorten, und manche sind viel schöner als andere. Die in Bens Bauchnabel sind die schönsten von allen! Bestfussel!«

Ben nickte, nicht ohne Stolz.

»Und sie sind blau!«, rief Sammy. »Keine Ahnung, wieso, aber sie sind immer blau.« Ben trug ein weißes T-Shirt. »Ich hab selbst nie Fussel im Bauchnabel«, sprach Sammy aufgeregt weiter. »Tess auch nicht, wir haben schon nachgeguckt!«

Tess schnitt eine resignierte Grimasse.

Da legte Alea schützend die Hand auf ihren eigenen Bauch.

Ben brach in Gelächter aus.

»Ist vielleicht noch zu früh«, sagte Sammy mit Blick auf Aleas Bauch. »Aber irgendwann schauen wir bei dir auch mal nach, ja?«

»Ich bin mir ziemlich sicher, dass ich keine Fussel da drin habe!«, entgegnete Alea hastig.

Nun begann auch Tess zu lachen.

»Tja, das ist gut möglich«, sagte Sammy. »Ich glaube, man muss wahrscheinlich ein richtiger Kerl sein, um Fussel zu produzieren.«

Alea lachte nun auch, und schließlich stimmte Sammy mit ein. Ihr vierstimmiges Lachen schallte übers Deck bis aufs Meer hinaus und schien dem Wasser, dem Wind und den Wellen sagen zu wollen, dass die Mitglieder der Alpha Cru mehr waren als nur eine Crew – sie waren Freunde.

# Regen

Alea wurde den restlichen Tag über von Ben, Sammy und Tess in weitere Geheimnisse der Seefahrt eingeweiht. Die anderen zeigten ihr, wie man die Segel hisste und einstellte und wie man das Steuerrad bediente. Sogar die Grundlagen der Astronavigation – des Steuerns nach Sternen – erklärte Ben ihr. Alea saugte alle Informationen begierig in sich auf, denn sie wollte so bald wie möglich ein ebenso wertvolles Cru-Mitglied sein wie die anderen.

Am Nachmittag hielten sie ihre erste Bandprobe ab. Alea füllte ihre Weingläser und brachte sie mit einem Tablett zur Sitzecke am Heck, ohne einen einzigen Tropfen zu verschütten. Alle warteten bereits mit ihren Instrumenten – Ben mit seiner Gitarre, Sammy mit seiner abgewetzten Trommel und Tess mit ihrem Akkordeon. Alea baute ihre Gläser auf dem Tisch auf und schaute etwas unsicher in die Runde.

»Spielen wir ein paar einfache Akkorde«, sagte Ben. »A, C, D, C – alles in Dur.« Schon begann er. Tess fiel ein, und Sammy trommelte dazu einen schnörkellosen Rhythmus.

Alea hatte jedoch keine Ahnung, wie man Akkorde spielte. Sie hatte nie gelernt, Noten zu lesen, denn sie hatte sich alles selbst beigebracht.

Ben bemerkte ihren hilflosen Blick. »Versuch einfach mal, Töne zu spielen, die dazu passen.«

Alea nickte und versuchte nun, nicht zu viel nachzudenken, sondern auf die Musik zu hören. Sie spuckte sich auf die Fingerspitzen und spielte einfach drauflos. Die ersten Töne klangen etwas schief, aber dann fand Alea ein paar, die passten, und spielte diese zusammen mit anderen, bis eine kleine Melodie entstand.

»Wunderbärchen!«, lobte Sammy, und Alea lächelte erleichtert.

Schließlich sagte Tess: »Jetzt lasst uns mal einen richtigen Song probieren.«

Ben schlug einen Folkrocksong vor, den Alea kannte. Sie probierte zuerst ein bisschen alleine herum, um die Tonabfolge zu finden, dann setzten die anderen ein.

Alea war überrascht. Sie klangen gut zusammen, rockig, aber durch ihre Gläser auch irgendwie verzaubert und träumerisch. Je länger sie spielten, desto mehr bekam Alea den Eindruck, dass die Mischung wirklich außergewöhnlich war – oder vielmehr »spektakulär«, wie Sammy nach einer Weile begeistert feststellte. »Wenn Tess noch dazu singt, werden die Leute total ausflippen!«, rief er.

Kaum hatte er das gesagt, fing Tess auch schon an zu singen. Alea bekam augenblicklich eine Gänsehaut. Tess sang einfach unglaublich gut. Aber die Gänsehaut wurde nicht allein durch Tess' Stimme ausgelöst. Sie klangen toll *zusammen.*

Sie übten und übten, bis sie schließlich zwei komplette Songs einstudiert hatten und alle zufrieden waren. Alea merkte, dass sie sich richtig darauf freute, vor einem Publikum zu spielen. Nie hätte sie gedacht, dass sie einen Auftritt einmal kaum würde erwarten können!

Nach einem gemeinsamen Abendessen – bei dem Ben und Sammy immer wieder Möwen verscheuchen mussten, vor denen Tess offenbar wirklich Angst hatte – verrichtete Alea ihre erste Wache im Deckshäuschen. Ben stand zwar die meiste Zeit neben ihr und gab ihr Tipps, aber sie steuerte die *Crucis* ganz allein und freute sich so sehr, dass sie vor Aufregung puterrote Wangen bekam. »Jetzt siehst du wirklich aus wie Schneewittchen«, sagte Ben und machte ein Foto von ihr – für seinen Onkel Oskar, dem er regelmäßig schrieb, was an Bord so vor sich ging.

Als Alea an diesem Abend ins Bett fiel, war sie todmüde, aber auch erfüllt und beseelt von den Ereignissen des Tages. Ihr neues Leben war noch viel schöner, als sie es sich erträumt hatte, und wenn es nach ihr gegangen wäre, wäre sie am liebsten nie wieder zu ihrem Leben an Land zurückgekehrt.

Mitten in der Nacht wachte Alea auf. Es hatte wieder zu regnen begonnen. Der Regen trommelte in wildem Rhythmus auf die Planken des Decks, und Alea horchte auf das Trommeln, das Klopfen, und hatte plötzlich das Gefühl, dass der Regen sie rief. Das *Wasser* rief sie.

Als hätte sie einen Köder verschluckt, stand Alea auf und öffnete vorsichtig die quietschende Kajütentür. Zum Glück hatte Tess oben Wache. Die Jungs schliefen jedoch nebenan, und Alea wollte niemanden wecken. Auf Zehenspitzen schlich sie durch den Flur, durch den verwaisten Salon und die Stufen hinauf. Dann trat sie durch die Bordtür nach draußen.

Der Regen begrüßte sie forsch – er fiel in dicken, platschenden Tropfen auf Alea herab, und innerhalb kürzester Zeit war ihr dünnes Nachthemd durchnässt.

Alea war froh, dass Tess sie vom Deckshäuschen aus hier unten vor der Tür nicht sehen konnte. Sie hätte sich sicher gewundert, warum Alea wie hypnotisiert innehielt. Aber das Gefühl, im Regen zu stehen, war überwältigend, seltsam, ungewohnt und doch vertraut. Es war, als kämpften die noch leeren Stellen ihres Verstandes mit den verborgenen Stellen, die *Dinge wussten.*

Gleichzeitig begann Aleas Haut zu kribbeln, doch die Farbe änderte sich nicht. Auch ihre Knubbel blieben unverändert. Offenbar musste sie vollständig ins Meerwasser eintauchen, damit ihre Verwandlung sich vollzog.

Alea wandte den Kopf nach oben. Die Regentropfen

trafen nun direkt auf ihr Gesicht, ihre Stirn, ihre Nase, ihre Lippen und schienen ihre Haut mit kühler Zärtlichkeit zu liebkosen.

Da breitete Alea die Arme aus und reckte sich dem Regen entgegen. Das auf sie niederprasselnde Wasser war noch immer goldblau – doch nun, da Alea dem Regen direkt entgegenblickte, nahm sie die hauchfeinen Unterschiede in dem, was da vom Himmel kam, wahr. Rechts von ihr war ein Strang aus goldblauweißen Wellenlinien, links von ihr formte sich eine blauviolette, wedelnde Fadenfront, und über ihr sprühten und schauerten hellblaue Fontänen feiner Wasserperlen durch die Luft.

»Was willst du erzählen?«, fragte Alea den Regen.

Kaum hatte sie das gefragt, entstanden Bilder in ihrem Kopf, zuerst vereinzelt und bruchstückhaft, aber dann lief plötzlich eine schnelle Bildabfolge vor ihrem inneren Auge ab – *Landschaften, Wolken, Meer.*

Alea stand mit offenem Mund da. Der Regen erzählte ihr, wo er gewesen war. Gleichzeitig explodierte ein Gefühl in ihr – das Gefühl großer Freiheit, Unendlichkeit und Weite. In diesem Augenblick konnte Alea fühlen, was der Regen fühlte. Es bestand kein Zweifel: Die Empfindungen kamen vom Wasser selbst. Die Freiheit gehörte allein dem Regen.

Ihre Arme weit ausgebreitet, schloss Alea Freundschaft mit dem Regen, und sie begann zu lachen, aus tiefstem

Herzen lachte sie, denn sie fühlte sich leicht und weich und frei.

Dann stieg sie die Stufen hinauf und schaute auf das nachtschwarze Meer. Hier und dort flimmerten orange- und rosafarbene Spitzen auf den regenverwehten Wellenkämmen, aber im Dunkel der Nacht waren fast alle Farben der See unsichtbar.

Alea strich sich die nassen Haare aus dem Gesicht. Das Regenwasser lief ihr in Strömen über die Wangen und tropfte von ihrem Kinn, aber ihr war nicht kalt, nein – sie fühlte sich wohl. Fast so wohl wie gestern, als sie ins Wasser gefallen war.

Sie legte den Kopf schief. Die Wellen riefen sie.

*Komm.*

Alea trat an die Reling. Da fiel ihr ein, dass Tess sie vom Deckshäuschen aus nun wahrscheinlich sehen konnte. Sie schaute hinüber. Tess schien irgendetwas auf ihrem Handy anzuschauen. Sie war abgelenkt.

Alea überlegte nicht lange. Sie lief nach Backbord, schwang sich über die Reling und kletterte die Außenleiter hinab. Einen winzigen Moment lang fragte sie sich, ob sie nun völlig verrückt geworden war, dann ließ sie sich ins Wasser gleiten.

Das kalte Salzwasser hieß sie freudig willkommen und umschlang ihren Körper wie mit einer innigen Umarmung. Alea entfuhr ein tiefer Seufzer. Wie beim ersten Mal begann ihre Haut zu prickeln, stärker und stärker, bis Alea ein regelrecht elektrischer Rausch erfasste und ihr Herz wie verrückt zu schlagen begann. Diesmal konnte sie alles ganz bewusst erleben, denn sie fürchtete sich nicht mehr vor einem allergischen Schock. Was am Tag zuvor noch fremd und bedrohlich für sie gewesen war, wirkte heute schon fast vertraut.

Alea schloss die Augen, öffnete sie aber schnell wieder, denn sie spürte, wie sich die Knubbel an ihren Händen und Füßen abermals in Schwimmhäute verwandelten. Geschah dies, wenn der Großteil ihres Körpers mit Meerwasser bedeckt war? Aleas Finger fuhren an ihre Ohren. Die Knubbel waren noch da. Sie tauchte mit dem Kopf unter. Fast im gleichen Augenblick zogen sich die Ohrenknubbel zurück und formten sich zu Atemschlitzen. Mit ihren Augen musste auch irgendetwas passiert sein, denn Alea konnte trotz der Dunkelheit problemlos unter Wasser sehen. Sie sah sogar besser als vorher. Mehr. Nun schillerte die See wieder in wild vermischten Regenbogenfarben, berstend voll mit Gefühlen und Geschichten, die sie Alea preisgeben wollte. Doch Alea konzentrierte sich nicht darauf. Sie hatte gerade genug mit sich selbst zu tun. Ihre Haut hatte wieder diesen silbrig grünen Schimmer, und die Schwimmhäute pulsierten vor Kraft.

Wenn das Einbildung war, dann hatte sie wirklich nicht mehr alle Tassen im Schrank. Keine einzige mehr! Aber was, wenn dies alles wirklich geschah?

Alea wollte nicht weiter darüber nachdenken. Sie wollte

am liebsten überhaupt nicht mehr denken, denn dieser Moment war viel zu schön, um mit Grübeleien verdorben zu werden. Sie fühlte sich stark, flink und wendig. Ihr Körper wollte schwimmen.

Sie schoss vor. Eine einzige Bewegung mit den Beinen katapultierte sie meterweit durchs Wasser. Alea lachte und freute sich unbändig über das, was ihr Körper da tat. Was konnte er noch alles? Sie legte die Arme eng an, kickte mit den Füßen und schoss wie ein Pfeil unter den Wellen hindurch.

Alea schwamm drauflos, ließ sich von der Strömung tragen und tauchte tiefer und tiefer ein in diese neue Welt voller Geheimnisse, voller Wunder und Abenteuer. Erneut fühlte sie in sich die brennende Sehnsucht, sich mit Haut und Haaren in all das hineinzustürzen, was das Wasser für sie bereithielt. Auf ein Schiff zu gehen, war der erste Schritt gewesen, aber sie wusste nun, dass es das Meer selbst war, die Unterwasserwelt, nach der sie sich in Wahrheit gesehnt hatte.

Da tauchte ein Fischschwarm vor Alea auf, Hunderte von Tieren, klein, grau und zappelig. Sie schwammen hierhin und dorthin und wechselten so abrupt die Richtung, als wären sie völlig durcheinander. Jedes Tier zog eine feine, hellgraue Spur hinter sich her, und um sie herum wirbelten kleine, orangefarbene Strudel. Alea konzentrierte sich und fragte die Strudel, was los war.

*Die Fische haben Angst,* entstand gleich darauf die Antwort in ihrem Kopf. Alea ahnte, dass wohl noch mehr Botschaften in den orangefarbenen Wirbeln steckten, aber sie konnte einfach noch nicht besser in ihnen lesen.

Vorsichtig schwamm Alea an die Fische heran. Sobald die Tierchen sie sahen, schienen sie sich wie auf Knopfdruck zu beruhigen. Aleas Anwesenheit war für sie offenbar ein Signal, dass die Gefahr – welche auch immer – nun vorüber war, und die wirbelnden Strudel veränderten ihre Farbe innerhalb eines Wimpernschlags von Orange zu Tiefblau.

Alea sagte: »Hallo.« Ihre Stimme klang unter Wasser merkwürdig gedämpft, als würde sie in ein Kissen sprechen, aber sie war dennoch zu hören.

Einige Fische schwammen an ihr vorbei und streiften sie dabei, als wollten sie Alea ebenfalls begrüßen. Langsam formierte sich der ganze Schwarm um, bis Alea in der Mitte der Fische war und die Tiere frenetisch im Kreis um sie herumschwammen.

Voll Staunen sah sie dem Tanz der Fische zu und hätte schwören können, dass sie vor Rührung Tränen in den Augen hatte. Doch unter Wasser merkte man davon nichts.

Die Fische jagten immer schneller um sie herum, als hätten sie einen irren Spaß an ihrem Treiben. Alea bemerkte, dass in dem Sog, den sie erzeugten, auch ein paar Plastiktüten, Verpackungen und leere Dosen mitgezogen wurden. Anscheinend hatte irgendein Schiff seinen Müll im Meer abgeladen. Noch während sie darüber nachdachte, spürte Alea plötzlich einen Schmerz an der rechten Hand. Sie zuckte zusammen. Eine herumwirbelnde Blechdose war an ihrem Daumen entlanggeschrappt. Alea blutete.

Die Fische schien das jedoch nicht zu stören, und da es Alea nicht allzu wehtat, beachtete sie die Wunde nicht weiter.

Wenig später ging plötzlich ein Ruck durch den Fischschwarm. Die Tiere wichen jäh zurück, und die Strudel um sie herum färbten sich grellgelb.

Alea wandte sich erschrocken um. Da sah sie, dass etwas Großes, Dunkles auf sie zuschwamm. Ein Fisch. Ein ziemlich großer Fisch. Mindestens anderthalb Meter lang.

Aleas Herz setzte einen Schlag lang aus.

Es war ein Hai.

Ein *Hai!*

Panik erfasste sie.

Das Blut! Er war wegen ihres Blutes gekommen!

Der Hai schwamm näher und näher, direkt auf sie zu. Das Wasser um ihn herum züngelte flammend rot.

Alea konnte vor Angst kaum klar denken. Was sollte sie tun? Fliehen? Nur noch wenige Meter, dann …

Da hielt der Hai plötzlich inne.

Seine kleinen, schwarzen Augen waren weiterhin auf Alea fixiert. Aber er wirkte … überrascht.

Der Hai und Alea starrten einander an. Der Moment dehnte sich wie eine Ewigkeit, obwohl er wahrscheinlich nur wenige Sekunden andauerte. Da drehte der Hai ab und schwamm davon. Alea sah noch seine Schwanzflosse durch das Wasser schlagen, dann war er fort. Mit hämmerndem Herzen starrte sie ihm nach. Warum hatte er abgedreht? Sie wäre doch eine leichte Beute für ihn gewesen, und ihr Blut musste ihn unwiderstehlich in der Nase gekitzelt haben!

Zittrig schaute sie sich um. Der Fischschwarm war über alle Berge. Kein Wunder. Da fiel ihr auf, dass an der Wasseroberfläche bereits die Morgendämmerung einsetzte. Sie hatte wohl völlig die Zeit vergessen.

Mit kräftigen Bewegungen schwamm Alea nach oben und tauchte auf. Sobald ihr Kopf über Wasser war, verwandelten sich ihre Kiemen wieder in Knubbel, und sie atmete durch die Nase.

Alea guckte sich um. Die Sonne ging gerade zwischen schweren Wolken auf. Suchend wandte Alea den Kopf nach allen Seiten. Nichts als Wasser. Noch nicht einmal eine Insel irgendwo am Horizont. Wo war die *Crucis?* Verflucht! Wie hatte sie nur so unvorsichtig sein können?

Rasch tauchte sie wieder unter. Unter Wasser fand sie bestimmt leichter zum Schiff zurück als an der Oberfläche. Aber wie?

*Nachdenken, Alea. Denk nach!*

Da erinnerte sie sich daran, dass die kleinen Fische

feine, graue Wasserfäden hinter sich hergezogen hatten wie eine Spur. Nach allem, was sie bisher über das Wasser herausgefunden hatte, war es ziemlich nahe liegend, dass Lebewesen eine Spur darin zurückließen. Sie selbst auch?

Alea schärfte ihren Blick und schaute dorthin, wo sie zuvor entlanggeschwommen war. Im Wasser tummelten sich unzählige Farben und Formen, und jede schien ihr etwas erzählen zu wollen, doch sie musste etwas Bestimmtes finden. Zwischen lilafarbenen Flecken, dunkelblauen Strängen und brombeerfarbenen Bauschgebilden war es jedoch sehr schwer, irgendetwas auszumachen, das mit ihr zu tun hatte. Alea schüttelte entmutigt den Kopf. Sie war sicher, dass die Spur da war, sie konnte sie aber nicht herausfiltern.

»Ich muss die *Crucis* finden«, stieß sie ratlos hervor und drehte sich um die eigene Achse. Mit einem Mal war sie sauer auf sich selbst, weil sie sich noch nicht besser in den Wundern des Meeres zurechtfand.

Plötzlich hörte Alea eine Stimme. »Folge mir.«

Alea fuhr erschrocken herum. Hinter ihr schwamm etwas im Wasser. Etwas äußerst Sonderbares. »Was bist *du* denn?«, stieß sie ungläubig hervor.

Im Wasser schwamm ein … Wesen. Ein anderes Wort fiel Alea dazu nicht ein. Es war kein Fisch, kein Tier und auch kein Ding, denn es bewegte sich und schien überaus lebendig zu sein. Es sah ein bisschen aus wie eine Koralle – eine blassrosafarbene Koralle mit verästelten Zweigen, die jedoch wie die Arme eines Kraken durchs Wasser wedelten. Dieses Wesen war ein kleiner Baum! Ein Baum mit unzähligen Augen, denn die schwarzen Punkte auf den wedelnden Ästen waren nichts anderes als genau das, wie Alea nun mit einigem Unbehagen feststellte. Der Baum schaute sie an!

»Stell mir keine Fragen«, zirpte das Wesen mit sirrend hoher Stimme, die Alea regelrecht in den Ohren klingelte.

»Hab ich doch gar nicht«, murmelte Alea baff, obwohl sie darauf nicht hätte schwören können.

»Folge mir«, sagte das Wesen noch einmal.

»Wohin soll ich dir folgen?«, fragte Alea verdutzt.

»Stell mir keine Fragen«, klingelte es zurück.

»Ja, aber … wer bist du?«

Das Wesen schwieg. Wahrscheinlich, weil das ebenfalls eine Frage gewesen war.

Alea starrte das wedelnde Korallenkrakenbäumchen an, wobei sie gar nicht recht wusste, in welches der unzähligen Augen sie gucken sollte. Seine Form, seine helle Farbe und seine Astärmchen wirkten jedoch alles andere als bedrohlich. Eigentlich war dieses Etwas sogar ganz hübsch.

»Gut, ich folge dir«, sagte Alea.

Die Ärmchen des Wesens begannen, sich wie Rotorblätter zu drehen, dann stob es los wie ein kleiner Hubschrauber und düste durchs Wasser. Dabei blieb es dicht unter der Oberfläche, und Alea durchquerte mit ihm einige Wellentäler, bis es plötzlich abbremste und sich Alea wieder zuwandte. »Ich habe gefunden, was du gesucht hast«, sagte es mit sirrender Stimme. »Ich bin eine Finde-Finja. Ich finde.«

»Was? Du bist eine … was?«, fragte Alea, aber das Wesen hatte sich schon umgedreht und entfernte sich zusehends von ihr. Dann verschwand es zwischen zwei Wellenbergen und war fort.

Alea rieb sich verwundert die Augen. War das gerade wirklich geschehen?

Verwirrt tauchte sie aus dem Wasser auf und verschluckte sich beinahe. Die *Crucis* lag direkt vor ihr! Mit stolz gehissten Segeln pflügte das Schiff durch das Wasser und war dabei keine zehn Meter von ihr entfernt! Hatte diese Finja tatsächlich die *Crucis* für sie gefunden? Alea bekam vor Staunen kaum noch den Mund zu. Doch sie musste sich zusammenreißen. Es schien noch sehr früh am Morgen zu sein, und wie sie sehen konnte, stand Ben am Ruder, aber Tess und Sammy waren möglicherweise noch gar nicht wach. Vielleicht konnte sie sich an Bord schleichen, ohne irgendwelche Fragen dazu beantworten zu müssen, wo sie die halbe Nacht gewesen war und was sie dort gemacht hatte. Denn sie wusste beim besten Willen nicht, wie sie das auch nur ansatzweise hätte erklären sollen.

# Amsterdam

Alea wurde von einem Stupser in die Rippen geweckt. »Aufwachen, Schlafmütze! Es ist schon zehn Uhr.« Das war Tess' Stimme. »Wir frühstücken in zehn Minuten. Wir haben lange genug gewartet«, sagte Tess in gewohnt barschem Ton. Dann fügte sie hinzu: »Die Kekse sind übrigens alle.«

Die Kajütentür quietschte nachdrücklich.

Alea blieb noch einen Augenblick lang liegen, dann setzte sie sich mühsam auf. Am liebsten hätte sie bis zum Mittag geschlafen, aber sie hatte auch furchtbaren Hunger. Während sie nun ins Bad schlurfte und sich mit kaltem Wasser wusch und die Zähne putzte, wanderten ihre Gedanken wieder zur vergangenen Nacht. Das, was sie erlebt hatte, war derartig verrückt, dass sie es jetzt und hier, mit der Zahnbürste in der Hand, kaum glauben konnte.

Verrückt.

Am liebsten hätte Alea ihren Arzt angerufen und mit ihm gesprochen, aber wie hätte sie ihm beschreiben sollen, was passiert war? Da kam ihr eine Idee. Marianne! Marianne konnte sie alles anvertrauen – auch die verrücktesten Dinge!

Alea spuckte die Zahnpasta aus, holte ihr Handy und wählte die Nummer. Marianne ging sofort dran. »Ja?«

»Hallo, hier ist Alea.«

»Schatz! Wie schön, dass du dich meldest!«, sagte Marianne mit gepresster Stimme.

»Wie geht es dir?«

»Nicht so gut, um ehrlich zu sein. Ich bin ziemlich erschöpft.« Marianne schien Probleme zu haben, zu atmen, und Alea bekam ein schlechtes Gewissen, weil sie in den vergangenen Tagen so wenig an Marianne und so viel an sich selbst gedacht hatte – weil sie so glücklich gewesen war.

»Soll ich nach Hause kommen?«, fragte Alea betreten.

»Nein, Kind, das ist lieb, aber du kannst mir nicht helfen. Ich werde sehr gut versorgt.« Marianne hustete stöhnend. Sie schien Schmerzen zu haben. »Wie läuft es denn bei dir?«

Alea zögerte. Es ging Marianne nicht gut. Sie konnte ihr unmöglich von Fischschwärmen, Haien und Korallenkrakenbäumchen erzählen. »Gut«, sagte sie. »Es geht mir gut.«

»Passt dieser Ben auf dich auf?«

»Ja, Ben ist toll. So wie Kekse.«

»Wie bitte?«

»Hier sind alle sehr nett.«

»Achtest du gut aufs Wasser?«

»Ja, natürlich.« *Das Wasser achtet gut auf mich,* hätte Alea am liebsten gesagt, tat es aber nicht. Mariannes Atem ging schwer und geräuschvoll. Sie durfte ihre Pflegemutter nicht zu sehr anstrengen. »Ich fühle mich hier sehr wohl. Wir sind auch schon irgendwo auf dem IJsselmeer.«

»Das ist schön. Vielleicht bist du dann ja schon in Renesse, wenn du das nächste Mal anrufst.«

*Renesse. Ihre leibliche Mutter.* Daran hatte Alea ja seit Ewigkeiten überhaupt nicht mehr gedacht! »Das kann sein. Bis bald«, sagte sie und legte nachdenklich auf. Einen Augenblick lang starrte sie auf die bunt wogende See, dann zog sie sich ihren Lieblingstüllrock und ein kakifarbenes Herrenhemd an und ging nach oben an Deck. Die anderen hatten schon mit dem Frühstück angefangen.

»Schneewittchen! Die Pfannkuchen sind schon weg!«, begrüßte Sammy sie. »Aber Toast ist noch da.«

Alea setzte sich. »Guten Morgen.«

»Ist das dein Auftrittsoutfit?«, fragte Tess.

Alea guckte verwundert an sich hinab. Der Rock, das Hemd und die langen Ketten waren eigentlich ganz alltäglich für sie. »Nö, wieso?«

Sammy lachte.

Ben sagte: »Wir liegen vor Amsterdam, falls du es noch nicht bemerkt haben solltest.«

Alea schaute verdutzt auf. Tatsächlich hatte sie gar nicht bemerkt, dass die Segel eingeholt waren und das Schiff still auf dem Wasser lag.

»Wir sind hier vor Anker gegangen«, erklärte Ben. »Die Amsterdamer Häfen sind ziemlich teuer, und wenn man auf See ankert, anstatt an Land anzulegen, kann man eine Menge Geld sparen.«

Sammy warf ein: »Wir legen eigentlich nur in Häfen an, wenn wir unsere Batterie aufladen oder die Frischwassertanks auffüllen müssen. Aber das haben wir ja gerade erst in Hamburg gemacht.«

Alea zog den Schirm ihrer meerblauen Mütze tiefer ins Gesicht, um nicht geblendet zu werden, und betrachtete die Landzunge, die vor ihnen lag. »Das ist Amsterdam?«

Ben nickte. »Großstädte eignen sich am besten, um mit Straßenmusik Geld zu verdienen, deswegen machen wir hier einen Zwischenstopp. Das Amsterdamer Publikum ist zwar schwer zu knacken, aber mit dir zusammen wird es bestimmt leichter.«

»Oh, wir treten heute auf?«, fragte Alea.

Tess verdrehte die Augen. »Miss *Lange Leitung* hat es nun auch verstanden!«, sagte sie, doch dann lächelte sie versöhnlich. »Kannst du mir was zum Anziehen leihen?«

»Klar!« Alea freute sich. »Willst du auch einen Tüllrock?«

Ben schlug die Hände vors Gesicht. »Mein Gott, was

haben wir getan, Sammy? Wie konnten wir uns bloß Mädchen an Bord holen? Am Frühstückstisch wird jetzt über Tüllröcke geredet!«

Sammy gluckste. Dann fragte er: »Kannst du mir auch was leihen, Alea?«

Alea und Tess prusteten los, während sich Ben die wuscheligen Haare raufte.

»Kein Problem«, sagte Alea kichernd, und als sie fertig gegessen hatten, stürmte sie mit Tess und Sammy in ihre Kajüte und zeigte ihnen ihre Schätze. Alea hatte ihr Modebewusstsein aus der Not heraus entwickelt, etwas verbergen zu müssen, doch nun wurde ihr klar, dass sie es darüber hinaus auch einfach mochte, mit Kleidungsstücken zu experimentieren und einen ganz eigenen Stil zu haben.

»Der ist ja cool!« Sammy zog einen langen, feinen Seidenschal aus Aleas Tasche. »Darf ich den heute anziehen?«

»Ja, der passt super zu deinen roten Haaren.« Alea gab ihn Sammy gerne. »Dazu vielleicht den hier?« Sie hielt ihm einen Panamahut hin. Sammy war begeistert.

Tess entschied sich für einen kurzen Jeansrock. Alea empfahl ihr dazu ihre Fellstoffweste, die Tess zuerst zu warm fand. Aber als Alea ihr riet, darunter nur ein Tanktop anzuziehen, und ihr erklärte, dass die dunkle Haut ihrer nackten Arme bestimmt einen tollen Kontrast zu dem hellen Fellstoff bilden würde, war Tess überzeugt.

Alea zog sich noch ihre Lederhandschuhe und ihre schweren Boots an, die inzwischen getrocknet waren, dann waren sie startklar. Als sie wieder an Deck kamen, hielt Ben erstaunt inne. »Wie seht ihr denn aus?«

»Cool sehen wir aus. Bestoutfit!«, erwiderte Sammy und warf sich mit hochgereckter Nase den Seidenschal über die Schulter. »Ich wäre so weit.«

Alea lachte.

Ben musterte sie grinsend, dann drehte er sich um und ging zur Sitzecke am Heck. »Wir üben noch mal, bevor wir übersetzen.«

Und das taten sie. Sie probten die beiden Songs vom Tag zuvor und studierten sogar noch einen dritten ein, den Alea selbst vorschlug, weil sie ihn bereits spielen konnte. Tess lobte sie für ihre Songauswahl, und das freute Alea besonders.

Schließlich war es so weit. Sie ließen das Beiboot – die *Hercules* – zu Wasser und kletterten mit ihren Instrumenten die Außenleiter hinab. Noch vor zwei Tagen wäre Alea bei solch einer Aktion schlecht vor Angst geworden. Aber heute war alles anders, und sie stieg mit einem wagemutigen Schritt ins Boot.

Als alle drin saßen, warf Ben den Außenborder an und manövrierte sie geschickt über das offene Wasser bis ins Hafenbecken.

Da bemerkte Alea, dass Tess mit finsterer Miene zum Himmel schaute, an dem ein paar Möwen kreisten. Offenbar hatte auch eine Piratenprinzessin manchmal Angst. Sobald die Tiere abdrehten und fortflogen, hellte sich ihr Gesicht jedoch schlagartig auf.

Ben lenkte die *Hercules* durchs Hafenbecken, an vertäuten Schiffen vorbei und bis zu einer Metallleiter, die an der Kaimauer hinauf zum Hafen führte. Dort machten sie das Schlauchboot fest, kletterten einer nach dem anderen an Land und sahen sich um.

Ben atmete tief durch. »Ah, Holland riecht toll!«, sagte er und setzte sich mit seinem Gitarrenkoffer in Bewegung. Sammy folgte mit seiner alten Trommel und Tess mit ihrem Akkordeon. Alea schulterte ihre Tasche mit den in Zeitungspapier eingewickelten Weingläsern und machte, dass sie hinterherkam. An schiefen, schmalen Häusern und an unzähligen Grachten ging es vorüber und über malerische Brücken, bis Ben schließlich stehen blieb. »Hier ist ein guter Platz«, sagte er.

Sie standen in einer belebten Fußgängerzone, in der sich jede Menge Touristen tummelten. Während die anderen ihre Instrumente auspackten, wurde Alea mulmig zumute. Was, wenn sie sich vor all diesen Leuten verspielte?

»Ich helf dir mit den Gläsern«, sagte Ben und packte mit Alea die Weingläser aus, stellte sie auf einer Decke auf und befüllte sie mit Wasser aus zwei Plastikflaschen. Alea war vor Nervosität inzwischen richtig übel.

Ben musterte sie. »Wir spielen einen Song ohne dich,

ja? Bleib einfach hier sitzen, und gewöhn dich erst mal an das Gefühl.«

Alea nickte erleichtert und nahm hinter den Gläsern Platz.

Tess, Ben und Sammy stellten sich neben ihr auf, sprachen sich kurz ab und legten los. Sie spielten eine fetzige Rocknummer, die zahllose vorbeigehende Menschen dazu brachte, den Kopf zu wenden. Als Tess mit ihrer kräftig-kratzigen Powerröhre einsetzte, blieben die ersten Leute stehen. Alea beobachtete Tess. Sie warf sich in ihrem Minirock und der Fellstoffweste selbstbewusst in Pose, sang aus voller Brust und spielte gleichzeitig lässig ihr Akkordeon. Ihre langen Dreadlocks trug sie heute offen und wirkte dadurch umso mehr wie eine wilde Piratin. *Wenn ich das Ganze doch nur so cool nehmen könnte wie Tess!,* dachte Alea.

Im Refrain fielen Ben und Sammy mit ihren guten Stimmen ein, und ihr dreistimmiger Gesang machte den Auftritt perfekt. Die Menschen applaudierten und ließen unzählige Münzen in Bens offen stehenden Gitarrenkoffer springen.

Dann spielten die drei den nächsten Song und rockten ein zweites Mal richtig drauflos. Alea konnte nicht anders und klatschte mit, so wie viele der Umstehenden. Als auch dieser Song vorüber war, blickte Ben Alea fragend an. »Bist du so weit?«

Alea holte tief Luft. »Ja.«

Ben nickte den anderen zu, und das erste ihrer eingeübten Stücke begann. Alea spuckte sich auf die Fingerspitzen und wartete auf ihren Einsatz. Sie war so nervös, dass sie ihre Finger kaum spüren konnte. Doch dann dachte sie plötzlich daran, dass sie nicht mehr die alte Alea war. Sie war nicht mehr die Alea, die vor einer Million Dingen Angst hatte und sich immerzu verstecken wollte. Sie war … eine Abenteurerin.

Alea ließ den Atem entweichen, den sie unbewusst angehalten hatte, und fing an zu spielen. Ihre Fingerspitzen glitten sanft über die Glasränder und entlockten ihnen zart versonnene Klänge, die auch neben den anderen Instrumenten gut zu hören waren. Alea sah vorsichtig auf. In den Gesichtern der Leute spiegelten sich Verblüffung und Interesse. Einige holten sogar ihre Smartphones heraus und filmten sie.

Als das Lied vorüber war, erklang tosender Beifall. Es stand nun eine dicke Menschentraube um sie herum, und die Leute ließen einen regelrechten Begeisterungssturm über die Alpha Cru hinwegschwappen.

Sammy grinste Alea breit an. »Hab ich's nicht gesagt?«

Alea strahlte. Sie stand sogar auf und verbeugte sich mit überschwänglichen Knicksen nach allen Seiten. Als Ben das sah, lachte er, schien aber gleichzeitig erstaunt. Alea war nicht mehr das schüchterne Mädchen, das vor drei Tagen bei ihm angeheuert hatte, und das war anscheinend deutlich zu sehen.

Sie spielten nun noch die beiden anderen Lieder, die sie eingeübt hatten, und das Jubeln der Zuhörer wurde immer lauter. In Bens Gitarrenkoffer landeten neben den Silbermünzen nun auch Geldscheine, und Sammys Grinsen wurde breiter und breiter.

Nach der dritten gemeinsamen Nummer sagte Ben den Leuten, dass sie jetzt eine Pause machen würden. Die Zuhörermenge löste sich langsam auf, und einige der Leute riefen ihnen auf Holländisch oder Englisch etwas zu, das Alea nicht verstand. Ben bedankte sich jedoch mehrere Male, und Alea nahm an, dass es Komplimente waren.

»Wow!« Sammy zog den rappelvollen Gitarrenkoffer an eine Hauswand. »Ich guck mal, wie viel es ist«, murmelte er und machte sich daran, die Scheine und Münzen zu zählen.

Ben klopfte Alea auf die Schulter. »Das war spitze«, sagte er. »Du hast dich kein einziges Mal verspielt! Und die Leute sind völlig ausgetickt!«

Alea machte ein kleines, ausgelassenes Quietschgeräusch, das Tess zum Schmunzeln brachte.

Ben grinste überrascht, dann sagte er: »Ich muss jetzt kurz zum Postamt. Onkel Oskar hat geschrieben, dass er hier in Amsterdam Geld für uns deponiert hat. Das macht er regelmäßig – er schickt uns Bargeld in Großstädte, in denen wir vermutlich vorbeikommen. Das reicht zwar nie, um damit über die Runden zu kommen, aber es ist trotzdem eine große Hilfe.« Er warf einen Blick auf die Uhr. »Ich bin in einer halben Stunde wieder da«, sagte er und machte sich auf den Weg.

Tess wuchtete ihr Akkordeon an den Straßenrand und holte ihr Handy heraus. »Ich ruf mal meine Mutter an«, erklärte sie und entfernte sich ein paar Schritte.

»Dreihundertzweiundachtzig Euro! Bestbezahlung!«, rief Sammy und hängte ein übermütiges »Yeehaw!« an. »So viel haben wir noch nie verdient. Das ist der Hammer!« Er steckte das Geld ein und sprang auf. »Ich geh jetzt einkaufen. Bis später!« Und schon war er fort.

Alea schaute ihm verdutzt nach. Dann ließ sie sich an der Hauswand neben Tess' Akkordeon nieder.

Alea konnte ein paar Wörter von Tess' Telefonat aufschnappen, aber da sie kein Französisch sprach, verstand sie nichts. Sie stellte allerdings fest, dass Tess ein wenig verkrampft aussah.

Schließlich beendete Tess das Gespräch, steckte ihr Handy weg und trank ein paar große Schlucke aus einer Wasserflasche. Sobald ihre Lippen das Wasser berührten, war es, als ob im Inneren der Flasche ein Farbballon platzte, und mit einem Mal war alles braunschwarzrot.

Alea kräuselte verwundert die Stirn, konzentrierte sich und fragte das Wasser in Gedanken, was es zu erzählen hatte. *Lügen,* war das Wort, das sich sofort in Aleas Kopf formte.

Da kam Tess zu ihr, setzte sich neben sie, zog sich die Fellweste aus und nahm noch einen Schluck aus der Flasche. Die dunkle Farbe wurde noch intensiver.

Aleas Gedanken überschlugen sich. Sie hatte von vornherein das Gefühl gehabt, dass Tess etwas verbarg. Das Wasser bestätigte das nun. »Hast du mit deiner Mutter geredet?«

»Ja«, antwortete Tess knapp und trank noch einmal aus der Flasche. Zu der braunschwarzroten Farbe kamen nun hellere, beigefarbene Wolken. *Tess hat ein schlechtes Gewissen,* schoss es Alea durch den Kopf.

»Habt ihr ein gutes Verhältnis?«, hakte Alea nach.

»Ja. Super.«

Alea überlegte. Dies war ganz klar einer der Momente, in denen sie mutiger sein musste, als die alte Alea es gewesen wäre. »Glaub ich nicht«, sagte sie.

Tess blickte sie an. Sie hatte ihr Pokerface aufgesetzt, aber in ihren Augen blitzte eine winzig kleine Verunsicherung auf. »Wie meinst du das?«

»Du sahst beim Telefonieren total verkrampft aus«, sagte Alea.

Tess senkte den Blick und begann, an der Wasserflasche herumzuknibbeln. »Kann sein.«

»Was ist denn los?«

Tess schwieg. Zwischen ihren Augenbrauen bildete sich eine steile Falte, und ihr Mund verhärtete sich. Alea dachte schon, sie würde jeden Augenblick aufstehen und gehen, da sagte Tess: »Ich kann es sowieso nicht ewig verheimlichen, also …«

Überrascht hielt Alea die Luft an.

»Meine Eltern wissen nicht, wo ich bin«, erklärte Tess. »Sie haben keine Ahnung, dass ich jetzt auf einem Schiff lebe.«

»Aber was denken sie denn, wo du bist?«, fragte Alea verwundert.

Tess lachte bitter. »Ich hab dir doch erzählt, dass sie sich scheiden lassen wollen.« Fahrig knibbelte sie an der Flasche herum. »Es ist so … Mein Vater denkt, ich wäre bei meiner Mutter. Und meine Mutter denkt, ich wäre bei meinem Vater. Da sie nicht mehr miteinander reden, weiß keiner von beiden, dass ich in Wahrheit ganz woanders bin.«

Alea zog staunend die Stirn in Falten.

»Ich rufe beide regelmäßig an, sage ihnen aber, dass ich sie erst mal nicht mehr sehen möchte, um alles zu verarbeiten«, erklärte Tess. »Sie denken, ich wäre beim anderen gut aufgehoben, rufen aber nie dort an, um nachzufragen …«

Alea pfiff durch die Zähne. Das war also die Lüge gewesen, die das Wasser gespiegelt hatte.

»Weißt du, ich wollte einfach nur da raus«, sagte Tess und wirkte offener denn je. »Dieser ganze Scheidungsmist war echt frustrierend. Ich wollte … wie sagt man … einen anderen Wind um die Nase haben. Ich wollte frei sein. Und jetzt kann ich tun und lassen, was ich will. Zumindest einen Sommer lang.« Ihr Blick wurde nachdenklich. »Wir haben wahnsinniges Glück mit den Jungs. Wir hätten auch ganz woanders enden können.«

Alea nickte. Jeder wusste, wie gefährlich das Leben für Ausreißer sein konnte. Wer auf der Straße landete, konnte sehr leicht unter die Räder geraten. Aber auf der *Crucis* sah die Sache ganz anders aus. »Du solltest auch Ben und Sammy die Wahrheit sagen.«

Tess seufzte. »Das wollte ich schon so viele Male. Aber irgendwie hab ich es dann doch nie gemacht.«

Das kam Alea sehr bekannt vor.

»Was, wenn Ben mich rauswirft?«, fragte Tess.

»Das glaubst du doch nicht im Ernst?«, wandte Alea entschieden ein. »Er würde dich niemals einfach rauswerfen.«

»Ja, wahrscheinlich nicht«, räumte Tess ein. Mit Grübelmiene fügte sie hinzu: »Diese Bande kann nur funktionieren, wenn wir alle ehrlich miteinander sind, oder?«

Alea schluckte. Wenn sie in diesem Moment aus der Flasche getrunken hätte, wären garantiert auch *Schlechtes-Gewissen*-Wölkchen im Wasser erschienen. Sie stellte sich vor, wie sie den anderen Mitgliedern der Alpha Cru von den Dingen erzählte, die sie unter Wasser erlebt hatte, und verspürte … *Erleichterung*.

Da kam Ben zurück. »Hallo, Mädels!«, rief er und wedelte mit einem Briefumschlag durch die Luft. »Zweihundert Euro von Onkel Oskar!«

»*Bien*«, sagte Tess.

Da hörten sie Sammys Stimme. »Ihr werdet es nicht glauben! Guckt euch das an!« Sammy trug einen großen Karton vor der Brust. »Ich hab mir eine Cajón gekauft!«

»Eine was?«, fragte Alea.

»Eine Trommel«, klärte Tess sie auf.

Ben stemmte die Hände in die Seiten. »Samuel Draco! Hast du etwa unser gemeinsam verdientes Geld für dich allein ausgegeben?«

Sammy bröckelte das Grinsen aus dem Gesicht. »Schon, aber es ist ja für die Band! Das wird unseren Sound so was von verbessern!« Er stellte den Karton vor ihnen ab. »Durch die Cajón nehmen wir noch viel mehr Geld ein als bisher!«

»Wie teuer war sie?«, fragte Ben streng.

»Hundertfünfzig Euro«, antwortete Sammy kleinlaut. »Aber das ist auch eine richtig gute!« Er zog einen Kasten aus dem Karton. Alea erinnerte sich, dass sie so etwas schon einmal gesehen hatte: eine Trommel, auf die man sich setzen konnte und die aussah wie eine Stereobox. »Es sind ja noch zweihundertzweiunddreißig Euro übrig!«, verteidigte sich Sammy. »Das ist doch wahnsinnig viel!«

Ben schien gerade zu einer gnadenlosen Standpauke ansetzen zu wollen, da atmete Tess geräuschvoll ein. »Ich möchte euch etwas erzählen«, sagte sie.

Ben und Sammy blickten sie verblüfft an. »Was denn?«, fragte Sammy, der gewiss für jede Ablenkung dankbar war.

Tess richtete sich auf. »Ich habe Alea eben etwas anvertraut, und ich will, dass ihr es auch wisst.«

»Na, endlich«, murmelte Ben.

Tess schien sich zu sammeln, dann begann sie zu erzählen und verriet den Jungs alles, was sie zuvor Alea gesagt hatte. Sie schloss mit den Worten: »Ich bin also doch eine Ausreißerin.«

Ben seufzte. »Klar bist du das. Welche Eltern würden ihr Kind denn einfach so durch die Lande ziehen lassen?«

Tess wirkte mittlerweile etwas beschämt. »Ja, du hast recht, das war eine ziemlich lahme Story …« Fragend sah sie Ben an. »Warum hast du mich trotzdem aufgenommen?«

»Weil ich …«, Ben überlegte, »… dein Piratenherz erkannt habe.«

»Wohl gesprochen, Bruder!«, rief Sammy, aber Ben redete schon weiter. »Und weil ich dachte, dass du bei uns an Bord besser aufgehoben bist als allein in den Straßen von London.«

»Danke«, sagte Tess leise.

Ben lächelte. »Gerne.«

»Bestmoment! Bandenbestmoment!«, krähte Sammy und hielt seine Hand in die Mitte. Alle guckten ihn fragend an. »Wir legen alle die Hände übereinander und rufen irgendwas!«, erklärte Sammy strahlend. »Vielleicht *Jippi* oder so!«

Ben legte seine Hand auf Sammys.

Tess und Alea taten es ihm gleich.

Dann rief Ben: »Alpha Cru!«

Daraufhin riefen Sammy, Tess und Alea ebenfalls im Chor: »Alpha Cru!«

Ben sah einen nach dem anderen an. »Wir müssen zusammenhalten und uns gegenseitig vertrauen. Versprechen wir uns das?«

»Ja!«, antworteten alle wie aus einem Munde.

Ben lächelte, und sein Lächeln übertrug sich auf die anderen. Alea spürte die Hände von Tess, Ben und Sammy an ihrer und hatte erneut das Gefühl absoluter Verbundenheit. Doch es war sogar noch mehr als das. Sie fühlte sich in dieser Bande geborgen.

»Ich würde euch auch gern etwas –«, begann sie.

Da rief Sammy plötzlich: »Polizeistreife!«

Aufgescheucht sprangen alle auf. Alea wusste nicht, ob es hier verboten war, Straßenmusik zu machen, aber natürlich durften sie auf keinen Fall als eine Gruppe von Minderjährigen auffallen.

»Wir sehen uns in zwei Stunden an der Anlegestelle!«, raunte Ben ihnen zu, schnappte sich seine Gitarre und reihte sich in den Strom der vorüberziehenden Touristen ein.

»Bis später«, sagte Tess und lief mit ihrem Akkordeon in die entgegengesetzte Richtung.

Sammy hob den schweren Karton mit der Cajón hoch. Seine alte Trommel ließ er einfach stehen. »Vielleicht kann die noch jemand gebrauchen«, erklärte er. »Tschüss, Schneewittchen«, fügte er dann hinzu und wankte davon.

Alea machte sich daran, ihre Gläser auszuschütten und einzupacken, und kurz darauf hatte sich die Alpha Cru in alle Winde zerstreut.

# Der Gitarrenspieler

Zwei Stunden lang streifte Alea ziellos durch Amsterdam und genoss den Sommer und ihre Freiheit. Mal blieb sie stehen und schaute umher, mal ging sie irgendwo hinein und dann wieder hinaus, doch die meiste Zeit spazierte sie einfach nur herum. Sie hatte keine Angst. Nicht vor der großen Stadt, den vielen Menschen, nicht vor den drohenden Regenwolken, den Grachten oder den herumspritzenden Kindern am Brunnen – vor gar nichts. Sie fühlte sich wie ein Vogel, der lange im Käfig gefangen gewesen war und nun endlich seine Flügel ausbreiten und losfliegen durfte.

Es war bereits früher Abend. Nachdem Alea die Tasche mit ihren Weingläsern wieder unter dem Strauch hervorgeholt hatte, unter dem sie sie vor zwei Stunden versteckt hatte, machte sie sich auf den Weg zurück zum Hafen. Sie musste mehrere Leute fragen, bevor ihr jemand auf Deutsch erklären konnte, wo es langging, aber schließlich fand sie zum Treffpunkt. Die anderen warteten schon auf sie. Ihre Instrumente lagen in der *Hercules,* und Alea verstaute die Tasche mit ihren Gläsern nun ebenfalls dort, bevor sie die Sachen unter einer großen Plane versteckten, die das halbe Boot bedeckte.

Sammy und Ben stritten gerade darüber, ob sie mit dem eingenommenen Geld essen gehen sollten, und falls ja, wo. Sammy wollte in einem teuren Restaurant Muscheln essen, Ben wollte, wenn überhaupt, lieber Pommes und Burger ohne Schnickschnack.

Alea hörte sich die Diskussion eine Weile lang an, dann sagte sie: »Ich habe auf dem Weg hierhin ein nettes Restaurant gesehen.« Es war ihr aufgefallen, weil vor dem Eingang die Statue einer Meerjungfrau gestanden hatte.

Tess sagte achselzuckend: »Dann gehen wir halt dahin.«

Ben und Sammy hielten das für einen guten Kompromiss, und wenig später folgten alle Alea, die den Weg zu dem kleinen Lokal schnell wiederfand.

Als sie sich dem Restaurant näherten, das mitten in einer betriebsamen Einkaufsstraße lag, hörte Alea Gitarrenklänge. Ein Straßenmusikant musste unter der Meerjungfrauenstatue sitzen, aber sie konnte ihn von dieser Seite aus nicht sehen. Alea lauschte dem schönen Lied. »Der spielt gar nicht schlecht, oder?«

Ben guckte sie fragend an. »Wer?«

»Na, der!« Alea wies in die Richtung, aus der die Musik kam.

Ben runzelte die Stirn. Dann hellte sich sein Gesicht auf. »Ah, der!«

Sie umrundeten die Statue. Als sie sah, wer dort unter der Meerjungfrauenstatue saß, blieb Alea wie angewurzelt stehen. Ihr Herz begann plötzlich wild zu schlagen.

Es war ein Junge. Ein Junge mit einer schwarzen, zerkratzten Gitarre. Sein dunkles Haar fiel ihm tief in die Stirn, während er völlig versunken ein trauriges Lied spielte, das Alea Gänsehaut machte. Doch es war nicht wirklich das Lied, das die Gänsehaut verursachte.

Er war es.

Irgendetwas an ihm war besonders. Anders. Alea konnte es nicht benennen, sie konnte den Jungen nur mit offenem Mund anstarren. Er sah ziemlich … wild aus. Seine schwarze Biker-Lederjacke war alt und abgewetzt, und an der Schläfe hatte er eine Schramme.

Da hob er den Kopf. Sein Blick fand zwischen all den Menschen in der Einkaufsstraße ohne Umwege zu Alea. Er sah sie an, mit azurblauen Augen, die ihr direkt bis in die Seele zu schauen schienen.

Ein Beben ging durch Aleas Körper. Schwankend hielt sie sich an Sammy fest, der neben ihr stand.

»Der spielt phantastisch!«, murmelte Sammy und ging noch näher heran, ebenso wie Tess und Ben.

Alea folgte den anderen und versuchte währenddessen, ihre bebenden Glieder unter Kontrolle zu bekommen.

Der Junge spielte sein Stück zu Ende, doch Applaus erntete er nur von Alea, Tess, Ben und Sammy. Die anderen

Menschen in der Einkaufsstraße schienen ihn völlig zu ignorieren, dabei hatte er doch so gut gespielt!

Dem Jungen war anzusehen, dass er an Beifall nicht gewöhnt war. Alea bemerkte zudem, dass er nicht für Geld zu spielen schien, denn er hatte nirgendwo etwas zum Münzensammeln aufgestellt. Sammy warf ihm trotzdem einen Euro zu. Der Junge fing ihn jedoch nicht auf, er regte sich keinen Zentimeter, und so fiel die Münze klirrend zu Boden.

Da sprach Ben den Jungen auf Holländisch an. Es klang wie »*Je heppt meu chriitaar chrespeelt*«, also ging es wohl um die Musik.

Der Junge reagierte aber immer noch nicht. Er tat einfach so, als hätte Ben nichts gesagt, und stimmte nun mit undurchdringlicher Miene seine Gitarre.

Ben versuchte es noch einmal auf Englisch, dann auf Französisch. Der Junge blickte aber auch diesmal nicht auf.

Schließlich fragte Ben auf Deutsch: »Bist du weggelaufen? Ich seh doch an deinen Klamotten, dass du kein Zuhause hast.«

Nun schien der Junge genug zu haben. Ohne einen von ihnen anzusehen, stand er auf. Er war groß, schlank und hatte breite Schultern, und seine Jeans war an mehreren Stellen eingerissen. Wortlos hängte er sich die Gitarre über den Rücken und schien fortgehen zu wollen.

»Hey, ich hab dich was gefragt!«, rief Ben.

Da blieb der Junge stehen und seufzte. Er drehte sich um und blickte Ben mit seinen azurblauen Augen an. »Ich war gar nicht hier«, sagte er leise auf Deutsch.

Die Stimme des Jungen brachte Alea abermals zum Erbeben.

Nun wandte er sich Tess zu und schaute auch ihr tief in die Augen. »Ich war gar nicht hier«, wiederholte er, dann ging er zu Sammy und sagte dasselbe.

Schließlich trat er vor Alea, die inzwischen am ganzen Leib zitterte. Der Junge sah sie an. Das Blau seiner Augen war so intensiv und leuchtend, dass sie am liebsten geblinzelt hätte.

»Ich war nie hier«, sagte er mit sanfter Stimme und blickte Alea länger, sehr viel länger an als die anderen. Alea hatte das Gefühl, zu schmelzen – in seinen Blick hineinzuschmelzen. Ihr Herz schlug wie verrückt.

Die Augen des Jungen verengten sich, und er schüttelte den Kopf. Irgendetwas schien ihn zu überraschen. »Ich … war nie hier«, wiederholte er, stockend diesmal, und wandte sich mit leicht zusammengezogenen Brauen ab.

Die Gitarre über dem Rücken, ging er davon und mischte sich unter die Menschen in der Einkaufsstraße. Doch dann blieb er stehen und schaute zurück. Zu ihr.

Alea hob zaghaft die Hand, als wollte sie winken, aber dann stand sie einfach nur so da, mit erhobener Hand.

Der Junge schüttelte noch einmal den Kopf, dann drehte er sich um und tauchte in der Menge unter.

Alea starrte ihm mit hämmerndem Herzen nach.

»Gehen wir jetzt rein, oder was?«, hörte sie Sammys Stimme. »Ich hab einen Riesenhunger!«

Alea wandte sich zu den anderen um.

»Das Restaurant sieht gut aus«, sagte Ben. »Und Geld genug haben wir ja.«

Alea nickte in Zeitlupe und folgte ihnen hinein. Sie setzten sich, und Ben, Sammy und Tess lasen die Speisekarte.

Alea konnte kaum glauben, dass sie nicht über den Jungen sprachen. Wie er sie alle angesehen und was er gesagt hatte – das war doch wirklich ungewöhnlich gewesen! Die anderen bestellten jedoch ihr Essen, als wäre nichts geschehen. Alea murmelte abwesend »Ich nehme das Gleiche wie Tess« und wunderte sich. Sehr.

Die anderen sprachen nun darüber, dass sie noch mehr Stücke mit Alea einstudieren wollten, um so viele Songs wie möglich mit dem »Zaubereffekt« spielen zu können.

Da sagte Alea: »Der Junge konnte super spielen, oder?«

Ben hob die Brauen. »Welcher Junge?«

»Der Junge von eben. Der mit der Gitarre«, erwiderte Alea.

Die anderen sahen sie verständnislos an.

»Der Junge, der unter der Meerjungfrauenstatue gesessen hat!«, stieß Alea hervor. Irgendetwas war hier gerade verdammt seltsam.

Tess zuckte die Achseln. »Keine Ahnung, wen du meinst.«

Sammy grinste. »Sah er gut aus?«
»Ja!«, rief Alea aufgeregt. »Er sah sehr gut aus!«
Sammy grinste noch breiter, sodass seine Zahnlücke voll zur Geltung kam. »Ist doch super, wenn du Traumtypen siehst, die gar nicht da sind. Herzlichen Glückwunsch!«
Ben lachte, aber Alea sah Sammy entgeistert an.
*… die gar nicht da sind?*
… die gar nicht da sind.
Sie hatte sich diesen Jungen nur eingebildet!
Ihr wurde eiskalt. Sie war verrückt. Sie war wirklich und wahrhaftig verrückt!
Das Essen kam, aber Alea rührte es nicht an.
»Was ist denn mit dir los?«, fragte Tess zwischen zwei Bissen. »Du siehst aus wie ein Gespenst.«
Alea schluckte. »Zumindest sehe ich wohl welche …«, murmelte sie.
Ben legte die Gabel beiseite. »Also, was soll das denn für ein Junge bei der Statue gewesen sein? Beschreib ihn mal.«
Alea winkte jedoch ab und senkte den Blick. Es hatte keinen Zweck. Die anderen hatten den Jungen nicht gesehen. Sie musste sich sogar das Gespräch zwischen Ben und dem Jungen eingebildet haben.
Ihr Kopf fuhr hoch. Wie hätte sie sich ein Gespräch auf Holländisch, Englisch und Französisch ausdenken sollen, wenn sie diese Sprachen gar nicht sprach?
Sie sprang auf und warf dabei beinahe ihr Wasserglas

um. »Ich muss noch mal raus«, sagte sie gehetzt, rannte hinaus, eilte zu der Meerjungfrau und suchte den Boden ab.

Da war sie! Gleich neben der Stelle, wo der Junge gesessen hatte, lag die Euromünze, die Sammy ihm zugeworfen hatte. Alea griff hektisch danach. Die Münze würde doch nicht hier liegen, wenn sie sich alles nur eingebildet hätte!

»Was ist denn los?«, hörte sie Bens Stimme. Er war gerade mit Tess und Sammy aus dem Restaurant getreten.

Alea zeigte ihnen die Münze. »Seht ihr diesen Euro?«, fragte sie, und ihre Stimme überschlug sich fast. »Seht ihr ihn?«

»Klar sehen wir den«, murmelte Tess. »Wieso denn nicht?«

»Was ist mit der Münze?«, fragte Ben und schien sich langsam wirklich Sorgen um Alea zu machen.

»Sie lag auf dem Boden, genau hier!« Alea wies auf die Stelle. »Wisst ihr wirklich nicht, wie sie dahin gekommen ist?«

Die drei schauten sie ratlos an.

Alea ließ die Hände sinken. Was passierte hier bloß? Das konnte doch nicht sein! Sie spürte, wie Tränen in ihre Augen traten. Rasch wandte sie sich ab, damit die anderen es nicht bemerkten, und starrte verzweifelt in die Menge.

Da sah sie ihn.

Der Junge stand auf der gegenüberliegenden Seite der Einkaufsstraße neben einer Bäckerei und blickte zu ihr herüber.

Er war zurückgekommen.

»Da ist er!«, rief sie und wies auf ihn.

»Wer?«, fragte Tess in leicht genervtem Ton.

»Seht ihr den Jungen mit der Gitarre denn nicht?«, rief Alea. »Er steht neben dem Bäckerei-Eingang!«

»Da drüben ist ein Hund angebunden …«, murmelte Ben und schien sich sehr zu bemühen, neben dem Eingang etwas zu sehen. »Oh, warte … doch! Da steht einer mit Gitarre.«

Da bemerkte Alea, dass der Junge gerade wieder in der Menge untertauchte.

Es kam Leben in ihre Glieder. Sie musste ihm nach.

Wie der Blitz rannte sie los.

»Alea!«, schrie Ben, aber sie lief weiter. Sie musste den Jungen einholen. Er durfte nicht entwischen. Sie musste wissen, was hier vor sich ging.

Alea lief so schnell wie noch nie in ihrem Leben. Ihr Verstand konnte keine Erklärungen liefern, aber ihr Gefühl sagte ihr ganz deutlich, dass dieser Junge wichtig war, dass er bedeutend war – dass ihr Leben durch die Begegnung mit ihm in seinen Grundfesten erschüttert war und für immer verändert sein würde.

Nie wieder würde sie dieselbe sein.

Seinetwegen.

# Unter der Brücke

Alea verfolgte den Jungen. Er tauchte immer wieder zwischen den Menschen in der Einkaufsstraße unter und schien manchmal regelrecht zu verschwinden. Doch Alea war entschlossen, sich nicht abschütteln zu lassen. Den Blick fest auf seinen Rücken mit der Gitarre geheftet, drängelte sie sich forsch an unzähligen Leuten vorbei, sodass sie den Jungen nicht aus den Augen verlor. Durch mehrere Straßen rannte sie ihm nach, bis er mit einem federnden Sprung über einen Zaun hinwegsetzte, einen Abhang hinunterlief und unter einer Brücke verschwand.

Alea kletterte über den Zaun, blieb mit ihrem Tüllrock hängen und riss sich fluchend los. Sie durfte den Jungen keinesfalls verlieren! Hastig rannte sie den Abhang hinunter und folgte ihm unter die Brücke.

Dort hielt sie abrupt inne.

Der Junge stand direkt vor ihr!

Alea schnappte erschrocken nach Luft. Offenbar wollte er nicht weiter vor ihr flüchten.

Durchdringend sah er sie an, mit diesen azurblauen Augen, und sein Blick schien hundert Fragen zu stellen. Beinahe war es, als würden sie einander kennen, als wäre dieser Junge ihr vertraut – aber das war natürlich Unsinn. Er war so sonderbar wie nur irgendetwas, und genauso viele Fragen, wie in seinem Blick lagen, hatte sie an ihn!

»Wer bist du?«, fragte sie atemlos.

Der Junge antwortete nicht. Hinter seiner unbeweglichen Miene schien er jedoch mit sich zu kämpfen. Alea sah es in seinen Augen. Er war ebenso verwirrt wie sie!

»Die anderen erinnern sich nicht an dich«, sagte sie. »Obwohl sie mit dir geredet –«

»Wieso erinnerst *du* dich an mich?«, unterbrach der Junge sie. »Wieso konntest du mir folgen? Wie hast du das gemacht?«

»Ich bin dir einfach nachgelaufen. Obwohl du ganz schön schnell bist.«

»Ha!«, lachte der Junge, aber das Lachen blieb ihm im Hals stecken. Irgendetwas brachte ihn offenbar komplett aus dem Konzept. »So was ist mir noch nie passiert«, murmelte er und fuhr sich mit beiden Händen durch das dichte, dunkle Haar. Seine Körperhaltung hatte sich verändert. Er stand nun nicht mehr da wie ein Ninjakämpfer, der mit einem Angriff rechnete, sondern rieb sich erstaunt den Nacken.

»Ich bin Alea«, sagte Alea.

Der Junge zögerte. »Lennox.«

»Du bist aus Deutschland?«

»Ja, Lübeck«, murmelte er und schien sich zu fragen, ob er sich wirklich auf ein Gespräch mit ihr einlassen sollte. »Du bist anders«, sagte er dann aber. »Deine Augen …«

»… sind grün.«

Das entlockte ihm ein kleines Lächeln. Dann schüttelte er jedoch den Kopf. »Was ist mit dir?«

»Was ist mit *dir?*«, konterte sie sofort.

Lennox' Lächeln wurde breiter, und Alea entspannte sich ein wenig. »Ich bin ein komischer Vogel«, erklärte sie.

Da lachte Lennox. Er hatte ein schönes, offenes Lachen. »Willst du einen Tee?«, fragte er und machte eine einladende Geste in Richtung der Betonbrückenwand.

Alea zog die Augenbrauen hoch. »Hier?«

»Ja, hier wohne ich.« Lennox legte seine Gitarre ab. Dann ging er zu einem Busch und schob ein paar Zweige zur Seite. Eine Tasche und mehrere Tüten kamen zum Vorschein. Lennox kramte darin herum und kam zu Alea zurück. Er kniete sich neben sie, und erst jetzt bemerkte Alea, dass hier eine Feuerstelle war. Mit geübten Handgriffen entzündete Lennox ein Feuer, füllte einen alten Blechtopf mit Wasser aus einer Flasche und hängte ihn an einem Henkel über dem Feuer auf.

»Setz dich«, bat Lennox und schob Alea ein fleckiges Kissen hin.

»Du wohnst wirklich hier«, brachte sie verblüfft hervor und nahm auf dem Kissen Platz.

»Ja«, erwiderte Lennox, während er mit einem Stock das Feuer schürte.

Alea fühlte sich von der Einladung zum Tee derart überrumpelt, dass sie in brütendes Schweigen verfiel. Beim Brüten kamen allerdings nichts als Fragen heraus. »Bist du ganz allein hier?«

»Mhm«, machte Lennox.

Alea sah ihm dabei zu, wie er das heiße Wasser in zwei alte Becher füllte und Teebeutel hineinhängte. Anschließend reichte er ihr einen Becher und guckte dabei zu, wie sich sein Teewasser dunkel färbte.

Schade. In Tee konnte Alea offenbar nicht lesen.

»Wie lange wohnst du schon hier?«, wollte sie wissen.

Anstatt zu antworten, stellte Lennox fest: »Es scheint, als hätten wir beide einige Fragen.« Mit den Augen erforschte er ihr Gesicht, und in Alea kam unversehens eine weitere Frage auf, nämlich die, ob er sie wohl hübsch fand. Als sie sich bei diesem Gedanken ertappte, trank sie hastig einen Schluck Tee und schaute starr ins Feuer.

»Ich muss zugeben, dass ich wirklich neugierig bin«, sprach Lennox weiter, »aber du verrätst mir wahrscheinlich nur etwas über dich, wenn ich deine Fragen ebenfalls beantworte, oder?«

Alea nickte.

Lennox seufzte. »Also gut. Ich werde dir antworten, wenn du versprichst, mir auch zu antworten – und zwar ehrlich«, sagte er, obwohl ihm nicht ganz wohl bei der Vorstellung zu sein schien.

»In Ordnung«, stimmte sie zu.

»Gut.« Lennox nickte. »Fang an.«

Alea musste nicht lange überlegen. »Wieso können sich meine Freunde nicht an dich erinnern?«

Lennox verzog den Mund. »Ich ziehe meinen Joker.«

»Was für einen Joker?«

»Den, der diese spezielle Frage abwehrt.«

Alea schüttelte den Kopf. »Du kannst nicht einfach einen Joker erfinden!«

Es war wohl die Bestimmtheit in ihrem Ton, die Lennox nun schmunzeln ließ. »Okay, ist ja gut!« Er kaute auf seiner Unterlippe herum. Dann sagte er: »Vielleicht könnte man es so beschreiben: Ich bin wie ein Schatten. An einen Schatten erinnert man sich nicht.«

Alea runzelte die Stirn. »Das ist deine Antwort?«

»Das ist meine Antwort.«

»Das ist doch … Käse!«

»Es ist aber die Wahrheit!« Lennox lachte. »Jetzt bin ich mit Fragen dran.«

Alea stieß einen schweren Seufzer aus.

»Was ist an dir, das dich von anderen unterscheidet?«

»Das versuche ich selbst herauszufinden.«

»Das ist deine Antwort?«

Alea verschränkte die Arme. »Ja, und es ist die Wahrheit!«

Lennox grinste und stellte seinen Becher weg. »Das klappt irgendwie nicht. Wie wäre es, wenn wir uns erst mal erzählen, wer wir sind und wo wir herkommen?«

»Meinetwegen«, willigte Alea ein, denn sie wollte wirklich gern erfahren, wie Lennox unter dieser Brücke gelandet war.

Er blickte ins Feuer, als müsste er sich konzentrieren. »Wie du dir vielleicht schon denken kannst, habe ich kein richtiges Zuhause.«

»Bist du ein Ausreißer?«

»Nein, mein Vater hat mich vor die Tür gesetzt. Ich bin also kein Ausreißer, sondern eher ein … Vagabund.«

»Seit wann?«

»Seit Februar – oder März?« Er überlegte, machte dann aber eine wegwerfende Handbewegung. »Ein paar Monate.«

»Warum hat dein Vater dich rausgeschmissen?«

Lennox' Miene verdunkelte sich. »Weil ich ihm gesagt habe, was ich von ihm halte. Er war zwar so betrunken, dass er kaum stehen konnte, aber er hat mich trotzdem aus der Wohnung befördert und gesagt, dass ich nie mehr wiederkommen soll.« Er rieb sich über die Augen. »Ich bin dann später noch mal rein, um ein paar Sachen und meine Gitarre zu holen. Das hat er gar nicht gemerkt. Und dann bin ich einfach raus und … weg.«

Alea war sprachlos. Nach einer Pause wagte sie zu fragen: »Ist dein Vater Alkoholiker?«

»Ja, schon viele Jahre.« Lennox schaute mit leerem Blick auf die Gracht, die unter der Brücke hindurchfloss. »Und er hat mich fast mein ganzes Leben lang geschlagen.«

Alea schluckte. »Kommt die Schramme an der Schläfe daher?«

»Nein, die hab ich von einem Kampf mit einem anderen Straßenjungen.«

In Alea zog sich alles zusammen. Das, was Lennox da erzählte, klang wie aus einer fremden Welt. Obwohl Aleas leibliche Mutter sie weggegeben hatte, war sie in einem liebevollen Zuhause aufgewachsen. Und nun lebte sie auf einem tollen Schiff! Offenbar hatte sie einfach mehr Glück gehabt als Lennox. »Was ist mit deiner Mutter?«

Lennox schürte erneut das Feuer. »Die ist schon über zehn Jahre nicht mehr da. Ich hab keine Ahnung, wo sie ist oder wieso sie damals weggegangen ist. Mein Vater hat's mir nie verraten«, sagte er in frustriertem Tonfall.

Alea stellte ihren Becher ebenfalls beiseite. Was Lennox erzählte, war einfach zu heftig, als dass sie dabei Tee trinken konnte.

Lennox sprach mit leiser Stimme weiter, so offen, als würden sie sich schon seit Jahren kennen. »Weißt du, ich stell mir manchmal vor, dass ich meine Mutter wiederfinde.« Er lachte traurig. »Ich habe zwar keine Ahnung, wo ich suchen soll, aber sie muss ja irgendwo sein. In all den Städten, in denen ich war, hab ich irgendwie immer nach ihr Ausschau gehalten.«

Alea hätte Lennox am liebsten irgendwie getröstet, aber sie traute sich nicht, ihm ihre Hand auf den Arm zu legen, wie sie es bei Tess getan hatte. »Ich bin auch auf der Suche nach meiner Mutter.«

»Wirklich?«

»Ja, ich will nach Renesse. Da wurde sie zuletzt gesehen.«

»Du kennst sie nicht?«

»Nein, ich erinnere mich nicht an sie. Ich war noch ganz klein, als sie mich meiner Pflegemutter übergeben hat. Wir wissen nicht, warum sie mich nicht behalten wollte. Wir wissen eigentlich gar nichts.« Nun lag ein frustrierter Ton in ihrer eigenen Stimme. »Ich will nach Renesse, um etwas über sie herauszubekommen. Egal, was – irgendeinen Hinweis, irgendetwas!«

Lennox schien genau zu verstehen, was sie meinte. »Bist du mit deiner Pflegemutter unterwegs?«

Alea schluckte. »Nein, Marianne hatte vor ein paar Tagen einen Herzinfarkt. Es geht ihr sehr schlecht.«

»Und was ist mit deinem Pflegevater?«

»Den gibt es nicht. Marianne ist schon lange Witwe.«

Lennox zog die Augenbrauen zusammen. »Das heißt, du hast ein ernsthaftes Problem.«

Alea vergrub ihre Hände tief in den Taschen ihrer Seidenjacke.

»Wer waren die drei, mit denen du im Restaurant warst?«
»Das war die Alpha Cru.«
Fragend sah er sie an.
»Die Alpha Cru ist eine Bande.« Alea erwartete beinahe, dass Lennox lachen würde, aber das tat er nicht. »Ich habe sie an dem Tag kennengelernt, an dem Marianne den Herzinfarkt hatte«, erklärte sie. »Die Alpha Cru segelt auf einem Schiff umher, ganz ohne Erwachsene!«
Lennox' Augen verengten sich.
»Doch, wirklich! Ben ist achtzehn, deswegen ist es erlaubt.« Ob es wirklich erlaubt war, wusste Alea zwar nicht, aber eigentlich wollte sie das auch gar nicht genauer wissen. »Das Schiff heißt *Crucis,* und es gehört Ben und Sammy.«
Lennox hörte ihr mit sichtlich wachsendem Staunen zu. »Ihr segelt auf einem eigenen Schiff?«
»Ja! Ben und Sammy haben Tess und mich aufgenommen. Tess ist eine Ausreißerin, und Ben wollte nicht, dass ihr etwas Schlimmes passiert. Ben … hilft Leuten. Wahrscheinlich würde er dich auch aufnehmen, wenn er deine Geschichte hören würde.«
Lennox schaute sie überrascht an. Alea erwiderte seinen Blick. Ohne Worte fragten sie sich gegenseitig, was sie von dieser Möglichkeit hielten. Bei der Vorstellung, Lennox könnte ebenfalls auf der *Crucis* leben, bekam Alea ein ganz flatteriges Gefühl im Bauch.
Lennox sah fort. »Ich mag Wasser nicht«, sagte er. »Ich

schlafe nur unter einer Brücke, weil es sicherer ist. Aber das Meer ist nichts für mich.«

Alea lachte verwundert. »Ich mochte das Meer auch nicht. Bis ich verstanden habe, wie schön es ist.«

Lennox blickte sie wieder an. Seine azurblauen Augen versenkten sich in ihre, und abermals schienen sie sich ohne Worte zu verständigen. Sie wusste, er konnte ihr ansehen, wie stark der Wunsch in ihr war, dass er an Bord kam. Dabei verstand sie selbst nicht, wieso sie sich das wünschte – schließlich hatten sie einander gerade erst kennengelernt! Aber etwas an Lennox war für sie eigenartig vertraut, aufwühlend und beruhigend zugleich. Irgendetwas verband sie mit ihm. Sie empfand es so deutlich, dass sie sich kaum vorstellen konnte, dass er es nicht auch spürte, und die Bestätigung lag im Flackern seiner Augen. Er fühlte dasselbe wie sie. Und er wunderte sich ebenso sehr über seine Empfindungen wie sie sich über ihre.

»Komm zu uns aufs Schiff«, sagte Alea.

Lennox drehte nachdenklich den Schürstock in der Hand und schwieg.

»Sammy würde sich über ein zusätzliches Bandenmitglied riesig freuen«, sagte Alea und stellte fest, dass sie Lennox zu überreden versuchte. »Die anderen bestimmt auch. Weißt du, ich bin erst ein paar Tage bei ihnen, aber Sammy, Ben und Tess sind für mich schon jetzt wie eine Familie. Wir sind alle komische Vögel!«

Lennox schaute mit undurchdringlichem Gesichtsausdruck ins Feuer. In seinem Inneren schien jedoch ein Kampf zu toben.

»Bist du hier nicht manchmal schrecklich allein?«, fragte Alea. Unter der Brücke war nichts als nackter Beton.

Abrupt legte Lennox den Stock beiseite. »Meinst du denn wirklich, dieser Ben würde mich aufnehmen?«

»Ja! Das glaube ich ganz bestimmt! Er hat dich bei der Meerjungfrau doch schon gefragt, ob du kein Zuhause hast. Er wollte dir bestimmt helfen«, sagte sie. Dann runzelte sie die Stirn. »Es wäre natürlich schwierig für dich, an Bord zu wohnen, wenn die anderen dich immer vergessen würden, sobald du ihnen den Rücken zudrehst …« Da waren sie wieder bei der Frage, die ihr während der gesamten Unterhaltung im Hinterkopf herumgespukt hatte und auf die sie unbedingt irgendwann eine Antwort haben musste.

»Wenn ich nicht will, dass sie mich vergessen, tun sie es auch nicht«, sagte Lennox.

Alea brauchte einen Moment, um diesen Satz zu verarbeiten. Dann begriff sie, dass Lennox offenbar »Ja« gesagt hatte! Ruckartig setzte sie sich auf. »Du kommst also mit auf die *Crucis?*«

Lennox sah sich achselzuckend um. »Es gibt hier wirklich nicht so viel, das ich vermissen würde.«

»Also, ja!« Alea konnte nicht verhindern, dass ihre Freude ihr überdeutlich anzuhören war.

Lennox lächelte. »Es ist zwar irgendwie verrückt, aber ja.«

»*Verrückt* passt wirklich außerordentlich gut!«, rief Alea und stand auf.

Lennox erhob sich ebenfalls. »Ich pack schnell meine Sachen zusammen, und dann können wir gehen.«

»Okay«, sagte Alea und spürte ihr Herz pochen. Es schlug laut und schnell und schien vor Freude und Aufregung beinahe zu stolpern. Etwas Großes wartete auf sie, das spürte sie ganz deutlich. Und Lennox war ein Teil davon.

# Skorpion

Alea hatte Mühe, den Hafen wiederzufinden, aber Lennox kannte sich in Amsterdam so gut aus, dass sie die Anlegestelle des Beibootes bald erreichten. Die *Hercules* war allerdings fort. Die anderen mussten schon wieder zur *Crucis* übergesetzt haben.

Alea rief Ben auf dem Handy an und erklärte ihm, wo sie war und dass sie jemanden bei sich hatte. Ben war sehr kurz angebunden, aber er sagte, dass er sie abholen kommen würde.

»Er wird sich auch jetzt nicht an dich erinnern, oder?«, stellte Alea die Frage, die ihr im Kopf herumgegangen war, seit sie Lennox' Unterschlupf unter der Brücke verlassen hatten.

»Nein«, murmelte er.

»Wieso nicht?«, versuchte sie es noch einmal.

Er fuhr sich über den Nacken und schwieg.

Alea rückte grübelnd ihre Schirmmütze zurecht. Die unzähligen Fragen, die sie zu dieser Vergessenssache hatte, schienen wie kleine Nadeln in ihr Gehirn zu piken, aber ganz offensichtlich war der Zeitpunkt für die Antworten noch nicht gekommen.

Da sah Alea die *Hercules* auf sie zusteuern. Ben saß allein im Boot, und seine finstere Miene verhieß nichts Gutes. Er legte an und sprang wortlos ans Ufer.

»Ben, es tut mir leid, dass ich einfach weggelaufen bin«, begrüßte Alea ihn zerknirscht.

»Es sollte dir auch leidtun!« Ben verschränkte die Arme vor der Brust. »Wir haben dir ein Dutzend SMS geschickt! War dir nicht danach, darauf zu antworten?«

Schuldbewusst blickte Alea zu Boden.

»Und weswegen bist du überhaupt so plötzlich losgelaufen?«, fragte er. »Du warst ja völlig durcheinander!«

»Ich hatte etwas gesehen«, erklärte Alea vage.

Ben wies mit dem Kinn auf Lennox. »Ihn hier? Das ist der Typ vor der Bäckerei, oder? Ist er auch derjenige, den du bei der Meerjungfrau gesehen hattest?«

»Hm, ja.«

Mit einem Stirnrunzeln richtete Ben den Blick auf Lennox. »Und wer *bist* du?«

»Lennox«, stellte der sich vor und streckte Ben die Hand entgegen. »Freut mich, dich kennenzulernen.«

Ben zögerte, aber dann schüttelte er Lennox' Hand.

»Lennox ist ein Vagabund«, erklärte Alea. »Er hat kein Zuhause.«

»Das denke ich mir«, bemerkte Ben. »Du spielst Gitarre, Lennox?« Ihre Begegnung bei der Meerjungfrauenstatue schien komplett aus seinem Kopf verschwunden zu sein.

»Ja, schon ein paar Jahre.« Lennox klopfte auf den Hals der alten, zerkratzten Gitarre, die er wieder auf dem Rücken trug.

Ben verschränkte erneut die Arme. »Alea, willst du etwa, dass wir ihn auch aufnehmen?«

Alea nickte kleinlaut.

Ben musterte Lennox mit unverhohlenem Misstrauen, und Alea wunderte sich darüber. »Du hast Tess und mich doch auch aufgenommen!«

»Das war etwas anderes«, erklärte Ben.

»Warum?«

Ben lachte frustriert. »Im Vergleich zu ihm seid ihr beide Unschuldslämmer.«

Lennox und Ben starrten einander einen Augenblick lang an und schienen zu versuchen, sich gegenseitig einzuschätzen, dann trat Lennox einen Schritt zurück. »Ist schon gut. Ich komme schon klar«, murmelte er und wollte anscheinend verschwinden.

»Warte!«, rief Alea. »Ich will nicht, dass du gehst.« Es war ihr ein bisschen peinlich, wie vehement sie sich für Lennox einsetzte, aber sie tat es trotzdem. »Er ist in Ordnung«, sagte sie und warf Ben einen bittenden Blick zu. »Dafür lege ich meine Hand ins Feuer!«

Ben lachte rau. »Das kannst du doch gar nicht, Alea. Du hast ihn doch auch gerade erst kennengelernt, oder?«

»Bitte!«

Ben atmete geräuschvoll ein. »Lennox, dann sag mir doch mal, wie du bisher auf der Straße überlebt hast.«

Lennox hob die Achseln. »Ich glaube, das kannst du dir denken.«

Ben nickte. Alea hatte jedoch keine Ahnung, was die beiden damit andeuteten. Sie konnte sich zwar vorstellen, dass das Leben auf der Straße hart war, aber was Lennox genau durchgemacht hatte, wusste sie nicht.

»Ich habe mich irgendwie durchgeschlagen«, sagte Lennox. »Und du hast recht, Ben, ich bin kein Unschuldslamm.«

Ben stand noch immer mit verschränkten Armen da wie ein Bollwerk, das den Weg zur *Crucis* versperrte. »Warum willst du auf unser Schiff?«

Lennox blickte auf die See. »Ich muss verrückt sein, dass ich das will. Aber …« Sein Gesichtsausdruck spiegelte deutlich seine widerstreitenden Gefühle. »… Ich bin schon oft beklaut und angegriffen worden. Auf einem kleinen Schiff passiert einem das wahrscheinlich nicht so schnell.«

Ben sah ihn mit düsterem Gesichtsausdruck an.

Lennox sprach unbeirrt weiter. »Weißt du, ich würde gern mal wieder eine Nacht durchschlafen, ohne Angst haben zu müssen«, sagte er. Alea fragte sich, wie er es fertigbrachte, in dieser Situation derart offen zu sein. »Alea hat mir außerdem erzählt, dass ihr wie eine Familie seid, und … na ja …« Er zuckte mit den Schultern. »Es wäre schön, nicht mehr allein zu sein.«

Alea konnte sehen, dass Lennox' Worte Ben nicht kaltließen. Die Mauer, die er mit seinen verschränkten Armen bildete, sank ein klitzekleines Stück nach unten.

Lennox kratzte sich am Kinn. »Außerdem würde ich wahnsinnig gern mal wieder duschen und meine Klamotten waschen.«

Ben gelang es nicht, ein Grinsen zu unterdrücken, und da wusste Alea, dass sie gewonnen hatten. Ein riesengroßer Stein fiel ihr vom Herzen, und sie atmete hörbar auf.

Ben stemmte die Hände in die Seiten. »Meinetwegen. Wir können es ja mal ausprobieren. Aber erst mal nur für ein paar Tage. Und wenn du irgendeinen Mist abziehst, schmeiß ich dich achtkantig über Bord!«

Lennox lächelte. »Einverstanden«, sagte er und schlug mit Ben ein.

Alea stöhnte erleichtert. »Danke«, sagte sie zu Ben und nahm ihn in den Arm.

»Ich hab wirklich was gut bei dir«, flüsterte er ihr ins Ohr. »Das ist mindestens zwei Tonnen Kekse wert!«

Alea lachte. »Ich backe dir so viele Kekse, dass dir schlecht davon wird!«

Ben lachte auch und sagte zu Lennox: »Pack deine Sachen ins Boot.«

Lennox zögerte. Er betrachtete die *Hercules,* als wäre sie ein wilder Tiger.

Unwirsch fragte Ben: »Was ist?«

»Ich kann nicht schwimmen«, erwiderte Lennox.

Ben warf die Hände in die Luft. »Das gibt's doch nicht! Was habe ich mir da wieder eingebrockt!« Während er zeterte, sprang er ins Beiboot und streckte Lennox die Hand entgegen. Lennox nahm sie und kletterte mit verkrampftem Gesicht hinab.

Alea folgte mit einem kühnen Satz, der einer Katze würdig gewesen wäre, und Ben ließ den Außenborder an. Sie fuhren los, und Lennox hielt sich mit beiden Händen am Boot fest. Die Art, wie er auf das Wasser blickte, kam Alea sehr bekannt vor: Vor ein paar Tagen hatte sie ebenso geschaut. Damals, als sie noch dachte, das Wasser wäre ihr Feind.

Wenig später erreichten sie die *Crucis*. Es war bereits recht spät, und die Sonne ging gerade unter. Das Schiff sah im funkelnden Licht der letzten Sonnenstrahlen wie ein pompöses Gemälde aus.

»Wow«, entfuhr es Lennox.

»Was hast du denn gedacht? Dass wir auf einem Floß unterwegs sind?«, fragte Ben und machte die *Hercules* an der *Crucis* fest. Anschließend half er Lennox dabei, auf das Schiff zu klettern. Alea stieg rasch hinterher.

An Deck warteten Sammy und Tess auf sie. Tess hatte ihre abweisendste Miene aufgesetzt. Sammy schien jedoch weder sauer auf Alea zu sein noch etwas gegen den mit Tüten bepackten Straßenjungen zu haben, den sie mitbrachte. »Wer bist du denn?« Neugierig strahlte er Lennox an. »Bist du ein Vampir?«

»Wie bitte?«

Sammy ging einmal um ihn herum, um ihn von allen Seiten zu beäugen. »Du siehst echt gut aus! Stark! Wie ein Krieger. Hast du richtige Muckis?«

Lennox blickte Alea an, als wollte er sie fragen, was das denn für ein Irrer wäre.

»Und obwohl du so schmuddelig bist, riechst du erstaunlich gut«, bemerkte Sammy.

Das war Alea auch schon aufgefallen.

Lennox trat einen Schritt zurück, als hätte er Angst, dass Sammy ihn als Nächstes beschnüffeln würde.

»Der ist echt sexy, oder, Tess?«, fragte Sammy.

Tess zuckte die Achseln. »Mich beeindrucken Kerle wie der nicht«, erwiderte sie schroff.

Ben mischte sich ein. »Das ist Lennox. Alea hat darum gebeten, dass er ebenfalls an Bord leben darf.«

»Warum das denn?«, fragte Tess scharf.

Gleichzeitig rief Sammy »Wunderbärchen!« und strahlte Lennox ins Gesicht.

»Ist er der Gitarrenspieler, nach dem du vor dem Restaurant gesucht hast, Alea?« Tess sah sie forschend an. »Wieso warst du seinetwegen so aufgeregt?«

Ben trat neben Tess. »Ja, das wüsste ich auch gern.«

»Und was war mit der Euromünze?«, wollte Sammy wissen und reckte wissbegierig die Nase vor.

Alle drei schauten Alea fragend an, und Alea wurde heiß und kalt zugleich. Sie wollten Antworten. Wie sollte sie das nur erklären?

Lennox seufzte. Er warf Alea einen *Geht-wohl-nicht-anders*-Blick zu, dann richtete er sich an Ben und sagte: »Ihr erinnert euch nicht daran, was Alea über mich gesagt hat.«

»Hä?«, fragte Sammy, aber da hatte sich Lennox schon zu ihm umgedreht und sagte dasselbe auch zu ihm.

Tess, die gerade alarmiert einen Schritt zurücktrat, war nun an der Reihe. Lennox blickte sie mit seinen azurblauen Augen an und wiederholte seine Worte.

Alea stand mit offenem Mund daneben.

»Das ist bombe!«, rief Sammy im nächsten Augenblick und klatschte in die Hände. »Noch einer mehr an Bord!« Das Gespräch, das sie noch vor einer halben Minute geführt hatten, schien aus seinem Gedächtnis ausradiert worden zu sein. »Lennox, willst du auch unserer Bande beitreten?«

»Sammy!«, rief Ben, aber natürlich war es zwecklos.

Sammy schien von der Aussicht auf ein weiteres Cru-Mitglied völlig entflammt zu sein. »Lennox, interessierst du dich für Tüllröcke?«

»Äh … nein.«

»Ben!« Sammy zupfte seinen Bruder am Shirt. »So einen wolltest du doch, oder?«

Ben seufzte mit ergebener Miene. »Du kennst ihn noch keine fünf Minuten, Sammy.«

»Ach ja!«, rief Sammy. »Wir müssen uns erst tiefschürfend unterhalten, richtig?«

»Ja!«, sagte Tess entschieden. »Das ist dringend nötig.«

»Ja, ähm, okay«, erwiderte Lennox.

»Setzen wir uns am Heck zusammen«, schlug Ben vor. »Willst du was trinken, Lennox?«

»Ja, gerne einen Tee.«

Gemeinsam gingen sie zum Heck.

Tess, Sammy, Alea und Lennox setzten sich, während Ben in den Salon ging, um Tee zu kochen.

»Ich bin Samuel Draco«, erklärte Sammy und machte eine kleine Verbeugung. »Mein Bruder heißt Benjamin Libra. Schneewittchen heißt Alea Aquarius. Und das hier ist Tess Taurus.«

»Wo kommst du her, Lennox?«, fragte Tess gleich darauf in barschem Ton. *Barsch* war zwar ihre Spezialität, aber es war nicht zu überhören, dass ihr Lennox nicht ganz geheuer war. »Bist du von zu Hause weggelaufen?«

Lennox antwortete Tess daraufhin erstaunlich offen, was anscheinend *seine* Spezialität war. Wenn es nicht um die eine Sache ging, für die er sogar einen Schweigejoker zog, schien er kein Problem zu haben, sich anderen gegenüber zu öffnen. Er erzählte Tess nun, was er zuvor Alea erzählt hatte. Als Ben wiederkam und Tee für alle auf den Tisch stellte, berichtete Lennox von seinem Vater, von den Städten, durch die er in den vergangenen Monaten gewandert war, von kalten Nächten und vom Hunger.

Ben schob ihm daraufhin ein Stück Brot hin, das Lennox sofort zu essen begann.

»Du musst unbedingt ein Mitglied der Alpha Cru werden«, erklärte Sammy, der neben Lennox saß und sich nun so weit vorbeugte, dass seine Nase die von Lennox beinahe berührte. »Wir sind Abenteurer, und du bist ganz offensichtlich auch einer.«

»Abenteurer?«, wiederholte Lennox, während er sich ein wenig zurücklehnte. »Das klingt nach Spaß. Aber spaßig war mein Leben bisher nicht.«

»Dann wird es höchste Zeit, dass du mal ein bisschen Spaß hast!«, folgerte Sammy.

Lennox zog die linke Augenbraue in die Höhe.

»Außerdem spielst du Gitarre, oder?«, fragte Sammy und wandte sich an alle. »Bestimmt spielt er wie ein Gitarrengott, und wir werden im Geld schwimmen!«

Lennox' Augenbraue wanderte immer höher.

»Das wird der Hammer!« Sammys Phantasie schien von Lennox regelrecht beflügelt zu sein. »Ich kann es ganz deutlich fühlen!« Sammy griff sich ans Herz. »Lennox ist das fehlende Puzzlestück.« Mit blitzenden Augen blickte er in die Runde und senkte die Stimme. »Wir brauchen ihn. Und er braucht uns. Wir sind füreinander bestimmt!«

Lennox' Augenbraue verschwand in seinem Haaransatz.

Alea konnte sich indessen ein Grinsen nicht verkneifen. Ben schien es ähnlich zu gehen.

Sammy hielt es auf seinem Sitz nun nicht mehr aus und sprang auf. »Das ist Schicksal! Das alles! Komplett alles!« Er machte eine weit ausholende Handbewegung, die alles zu umfassen schien – das Meer, das Land, das Leben.

Lennox sah Hilfe suchend zu Alea.

Alea versuchte nun, in ein normales Gespräch zurückzufinden. Während Sammy die Arme langsam wieder herunternahm, sagte sie: »Wir machen auch Musik.«

»Wir sind eine Rockband«, fügte Tess hinzu.

»Was, echt?«, fragte Lennox überrascht. »Ihr seid alle Musiker?«

»Ich habe eine Cajón!«, rief Sammy und freute sich sichtlich über diesen Umstand.

»Ich singe«, erklärte Tess. Beim Thema Musik schien sie ein wenig aufzutauen. »Und ich spiele Akkordeon.«

Lennox pfiff anerkennend durch die Zähne. »Rocksongs mit einem Akkordeon? Das ist echt cool.«

Ein schmales Lächeln huschte über Tess' Gesicht, bevor sie sich unter Kontrolle bekam und wieder misstrauisch dreinschaute.

Währenddessen rief Sammy: »Es ist ein Rockordeon! Und Tess ist unsere Rockprinzessin, unsere Piratenrockprinzessin! Und ich bin verliebt in sie!«

Ben tätschelte ihm den Rücken. »Durchatmen, Sammy.«

Doch Sammy quietschte weiter. »Und Alea ist das schönste Mädchen auf der ganzen Welt! So schön wie

Schneewittchen. Und wie sie ihre Wassergläser spielt, ist einfach magisch!« Er hüpfte auf der Stelle. »Ich bin total verliebt in sie!«

Ben versuchte, Sammy zu beruhigen, doch der war außer Rand und Band. »Und Ben ist der Tollste von allen!«, rief er. »Ben ist ein Held, ein Rockstar, ein Bestbruder! Wir sind alle total verliebt in Ben!«, quietschte er und strahlte Lennox mit seinen leuchtenden, braunen Augen und seiner Zahnlücke an.

Für einen Moment sah Lennox so aus, als wollte er nun endgültig den Notarzt rufen, dann brach jedoch eine Lachsalve aus ihm heraus. Schallend lachte er, und die anderen fielen prompt ein. Selbst Tess grinste.

»Alea hat mir schon gesagt, dass ihr komische Vögel seid«, sagte Lennox und wischte sich eine Lachträne aus dem Augenwinkel. »Aber jetzt verstehe ich erst, was sie damit gemeint hat.«

Ben grinste. »Ja, wir sind komische Vögel …«

Alea fügte hinzu: »… und zwar gerne!«

Da brachen sie alle in noch lauteres Gelächter aus, und Sammy hielt sich prustend den Bauch.

Als sie sich wieder einigermaßen beruhigt hatten, sagte Ben zu Lennox: »Spiel doch mal was.«

»Gern«, erwiderte Lennox. »Aber nur, wenn ihr mir auch was vorspielt.« Er sah Alea an. »Du spielst auf Wassergläsern?«

Alea wurde rot. »Öh, ja, schon …«

»Rocken wir!«, rief Sammy, und Ben fächerte ihm mit der Hand Luft zu.

Alle standen auf, und wenige Minuten später saßen sie wieder am Heck – mit zwei Gitarren, einem Akkordeon, einer Cajón und einundzwanzig gefüllten Weingläsern.

»Alea zuerst«, sagte Sammy.

Alea hob abwehrend die Hände, doch alle, selbst Tess, drängten sie nun, zu spielen.

»Spiel noch mal das Weihnachtslied«, forderte Ben sie auf. »Heute ist Sommersonnenwende, da passt das doch perfekt gar nicht.«

Alea fügte sich in ihr Schicksal und konzentrierte sich. Schnell spuckte sie auf ihre Fingerspitzen, und als sie die Hände hob, um zu spielen, war sie froh, dass sie ihre Handschuhe auch weiterhin jeden Tag trug, obwohl Ben, Sammy und Tess bereits gesehen hatten, was sich darunter verbarg. Aber jetzt, in diesem Augenblick, in dem Lennox fasziniert auf ihre Hände blickte, war Alea froh, dass er die hässlichen Knubbel nicht sehen konnte. Sie spielte *Stille Nacht, heilige Nacht* mit viel Gefühl und träumerischen Klängen, und Lennox' Blick wurde immer weicher. Das Lied schien sein Innerstes zu erreichen, und als der letzte Ton verklang, war Alea ebenfalls ein wenig gerührt – von Lennox' Miene.

Bevor Lennox etwas sagen konnte, erklärte Sammy: »Es fühlt sich für mich immer so an, als ob du nicht die Gläser, sondern mein Herz spielst, Alea.«

Nun war sie wirklich gerührt. »Danke«, brachte sie leise hervor.

»Jetzt ihr alle zusammen«, bat Lennox.

Sammy klatschte begeistert in die Hände, als hätte er es kaum aushalten können, nicht selbst zu spielen. Dann legten sie los und rockten den ersten Song aus ihrem Repertoire. Als Tess zu singen anfing, beugte sich Lennox verblüfft vor. Er begann zu grinsen, und sein Grinsen wurde mit jeder Minute breiter.

Als sie geendet hatten, schüttelte er beeindruckt den Kopf. »Ihr seid der Hammer! Etwas richtig Besonderes. Das Akkordeon, deine Stimme, Tess, und Aleas Gläser! So eine Mischung habe ich noch nie gehört. Aber Ben und Sammy, ihr seid auch verdammt gut!«

»Das wissen wir!«, teilte Sammy ihm strahlend mit. »Wir werden Superstars! Ich schwöre!«

Lennox lachte und nahm nun seine zerkratzte, schwarze Gitarre zur Hand. »Ich versuche es auch mal«, sagte er und spielte die ersten Töne eines bekannten Rock-Riffs.

Tess' Augen funkelten interessiert auf.

Lennox spielte das schnelle Stück mit geschickten Fingern und brillanten Schnörkeln, die nicht nur auf Ben sichtlich Eindruck machten. Als Lennox fertig war, klatschten alle.

»Du spielst besser als ich. Viel besser!«, sagte Ben ohne Neid. Überlegend zog er die Stirn in Falten. »Zwei Gitarren wären ein bisschen viel für unsere Band, aber ich spiele auch ganz passabel Bass. Ich habe einen in meiner Kajüte.« Er lächelte. »Willst du unser Gitarrist sein?«

Sammy streckte die Faust in die Luft. »Es ist perfekt! Lennox muss ein Cru-Mitglied werden!«

Lennox warf Alea einen fragenden Blick zu.

»Bei mir ging es auch so schnell«, flüsterte sie ihm zu.

»Aber wo soll er schlafen?«, wandte Tess plötzlich ein. »Wir haben doch nur zwei Kajüten und vier Kojen.«

Ben hatte gleich eine Lösung parat. »Er kann auf dem Sofa im Salon schlafen. Falls das kein Problem für dich ist, Lennox?«

Lennox schüttelte den Kopf. »Nein, überhaupt nicht. Ein Sofa ist im Vergleich zu den Orten, wo ich in den letzten Monaten geschlafen habe, reiner Luxus.«

Sammy sprang wieder auf. »Also machen wir das Bandenritual?«

Ben nickte lächelnd. »Gut, hol das Buch.«

»Was für ein Buch?«, fragte Lennox.

»Das wirst du gleich sehen.«

Sammy flitzte los und war wenig später wieder da. In der Hand hielt er das alte Buch über Sternbilder. »Du musst mit geschlossenen Augen darin blättern und eine Seite aufschlagen. Und das ist dann dein Bandenname.«

Lennox nahm das Buch, betrachtete es einen Moment lang und schloss die Augen. Er begann zu blättern. Auf einmal waren alle ganz still, und in der Luft lag etwas Andächtiges. Ben legte sogar den Arm um Sammy und zog ihn an sich heran. Sammy war jedoch zu hibbelig, um bei Ben stehen zu bleiben. Aufgeregt wippte er auf den Zehenspitzen auf und ab, während Lennox blätterte.

»Hier«, sagte Lennox und schlug eine Seite auf. Sein Blick fiel auf die Schrift, und er neigte den Kopf zur Seite.

»Was ist es? Was ist dein Sternbild?«, fragte Sammy.

Lennox sah auf. »*Scorpio.*«

»Der Skorpion.« Sammy klatschte in die Hände. »Ein Bestname!«

Tess beugte sich vor. »Was steht denn noch da?«

»Alles auf Latein«, sagte Lennox mit Stirnrunzeln.

»Lass mal sehen.« Ben warf einen Blick auf den lateinischen Text und übersetzte: »Der Überlieferung nach wird der Skorpion als Beschützer oder Krieger gesehen. Einige griechische Götter sollen ihn als Waffe benutzt haben.«

»Ich sag doch, dass er ein Krieger ist!«, quiekte Sammy.

Ben lachte. »Damit hattest du dann wohl recht.«

Sammy begann zu tanzen. »Lennox Scorpio! Lennox Scorpio!«, sang er begeistert.

Während alle lachten, lief Alea ein ahnungsvoller Schauer über den Rücken.

# Der Gesang der Wale

Eine Weile später hatten sie Lennox das Schiff gezeigt und ihm ein paar grundlegende Dinge über das Segeln erklärt, er hatte geduscht und seine Sachen im Salon untergebracht. Ben war ihm gegenüber nun wesentlich aufgeschlossener, und selbst Tess schien ihre strikte Feindseligkeit abgelegt zu haben. »Ich behalte ihn trotzdem mal im Auge«, sagte sie allerdings zu Alea, als sie bereits in ihren Kojen lagen.

»Tu das«, antwortete Alea und lächelte dennoch aufgekratzt. Zu wissen, dass Lennox im Salon auf dem Sofa lag, war aufregend – so sehr, dass Alea nicht einschlafen konnte. Mehrere Stunden lang wälzte sie sich von einer Seite auf die andere, dann stand sie auf und zog sich eine Jeans an. Sie sagte sich, dass sie sich lediglich etwas zu trinken holen wollte …

Alea schlich aus der Kajüte. Sie wusste inzwischen, wie man die Tür öffnete, ohne dass sie quietschte. Auf Zehenspitzen huschte sie den schmalen Korridor entlang zum Salon und lugte vorsichtig hinein. Lennox lag auf dem linken Sofa und schien zu schlafen. Alea ging näher heran und erlaubte sich nun zum ersten Mal, ihn ungeniert zu betrachten. Sein dunkles Haar fiel ihm tief in die Stirn und verlieh ihm diesen leicht verwegenen Ausdruck, der Alea, ehrlich gesagt, ziemlich gut gefiel. Seine blasse Haut und seine fein gezeichneten, dunklen Augenbrauen bildeten einen Kontrast, der Lennox' auffallend schöne Augen erst richtig zur Geltung brachte. Zum Glück waren sie aber gerade geschlossen. Wenn Lennox Alea erwischte, wie sie an seinem Bett stand und ihn anstarrte, würde sie vor Scham im Boden versinken!

Schnell holte Alea sich etwas Kaltes zu trinken und kletterte die Stiege hinauf. Sie konnte sowieso nicht schlafen und wollte am liebsten einfach nur in aller Stille auf das Meer schauen. Als sie durch die Salontür trat, blieb sie kurz auf der Treppe stehen und ließ die frische Meeresluft durch ihre Lungen wirbeln. Die *Crucis* fuhr unter Motor und tuckerte friedlich vor sich hin. Offenbar waren sie noch immer im Nordseekanal und hatten das offene Meer noch nicht wieder erreicht. Kaum hatte Alea dies gedacht, wurde es plötzlich still. Ben musste gerade den Motor abgestellt haben. Im nächsten Moment hörte sie, wie er begann, ein Segel zu hissen, und Alea duckte sich instinktiv. Sie wollte am liebsten unentdeckt bleiben. Vorsichtig linste sie von der Treppe aus durch den schmalen Spalt unter der Reling und sah auf das Wasser. Nur hier und da blitzte ein Farbtupfer auf, aber die meisten seiner Farben verbarg das Meer auch in dieser Nacht.

Und dennoch rief es sie.

*Komm.*

Es war wie ein feines Kitzeln im Herzen, das den unwiderstehlichen Drang in Alea auslöste, sofort und auf der Stelle eintauchen zu wollen.

Geräuschlos huschte Alea an Deck. Ben hantierte noch immer mit dem Hauptsegel und wandte ihr den Rücken zu. Rasch lief sie zur Backbordseite des Schiffes, wo sich die Außenleiter befand, und kletterte die Sprossen hinab. Mit einem kleinen Satz sprang sie kopfüber ins Wasser und verwandelte sich augenblicklich. Grün schimmernde Haut, Kiemen, Schwimmhäute – alles war innerhalb von Sekunden da, ebenso wie das unbändige Klopfen ihres Herzens, das elektrisierende Glücksgefühle durch ihren Körper pumpte.

Alea schwamm los. Sie hatte nicht geplant, ins Wasser zu gehen, aber nun fragte sie sich, wie sie überhaupt hätte wegbleiben sollen. Nur hier unten konnte sie richtig – *wirklich* – atmen.

Pfeilschnell flitzte sie los und versuchte dabei, sich zu merken, wo sie entlangschwamm. Ben hatte ihr die Seezeichen der Schifffahrt genau erklärt, und genau diese dienten ihr nun auch zur Orientierung unter Wasser – Bojen, blinkende Tonnen und die Signale eines Leuchtturms, der sein Licht weit aufs Meer hinauswarf.

Alea lächelte. Über der Wasseroberfläche herrschte rabenschwarze Nacht, aber die Welt unter Wasser war für sie nun, da ihre Augen sich verändert hatten, so deutlich zu erkennen, als wäre es helllichter Tag. Die Farben waren einfach überwältigend – leuchtend, glitzernd, voller Geschichten. Doch Alea wollte einfach nur schwimmen und schoss wie eine Rakete durch die Geschichten hindurch. Wie am Tag zuvor stieß sie auf herumwirbelnden Müll – Verpackungen, Flaschen, Dosen –, durch den sie sich aber wie bei einem Hindernisparcours hindurchschlängelte. Es erstaunte sie selbst, wie geschickt sie unter Wasser war, und sie genoss die neuen Fähigkeiten ihres Körpers in vollen Zügen.

Da hörte Alea plötzlich ein Geräusch, das sie zusammenfahren ließ. Alarmiert hielt sie inne und lauschte. Das Geräusch erklang abermals, und nun hörte sie, dass es nicht nur ein Geräusch war. Es war Gesang.

Da machte etwas in Alea *klick!*, als würde nach langer Suche der richtige Schlüssel in einem Schloss gedreht. Sie bekam eine Gänsehaut und spürte eine tiefe Sehnsucht wie eine kolossale Welle durch jede ihrer Zellen schießen.

Atemlos schaute sie sich um. Wo kam der Gesang her?

Sie erstarrte. Dort drüben, zwischen bunten Farbenfeldern, näherten sich ihr mehrere Gestalten.

Wale.

Es waren Wale.

Orcas.

Alea bekam eine Gänsehaut. Sie waren riesengroß, richtige Giganten, doch überraschenderweise hatte Alea keine Angst.

Die Wale schwammen rasch auf sie zu, und rosafarbene Bläschen stoben um ihre massigen Leiber herum. Gleichzeitig stießen sie hohe, lange Töne hervor, die Alea regelrecht erzittern ließen. Sie konnte den Gesang körperlich spüren!

Da hatten die Wale sie erreicht. Sie schienen aufgeregt, nein, völlig außer sich zu sein! Singend umrundeten sie Alea und stießen sie immer wieder sanft an wie einen Freund, den man lange nicht gesehen und furchtbar vermisst hat. Das Gefühl schwappte zu Alea herüber. Plötzlich fühlte sie sich, als müsste sie vor Glück weinen.

Sie lachte und ließ ihre Fingerspitzen über die vorbeischwimmenden Tiere gleiten. Einer der Wale kam ganz nah zu ihr. Er hatte eine herzförmige Narbe auf der Stirn. Aus den rosafarbenen Bläschen, die um ihn herumwirbelten, konnte sie überfließende, tiefe Freude herauslesen.

Der riesige Wal stupste sie sanft an. Es schien eine Aufforderung zu sein. Er meinte doch wohl nicht etwa …

Er präsentierte ihr seinen Rücken mit der Rückenflosse. Alea griff danach und hielt sich fest. Und schon ging es los. Mit kräftigen Bewegungen schwamm der Wal drauflos, und die anderen Orcas folgten ihnen. Alea ließ sich von ihm ziehen. Sie war wie in einem Rausch. Ihr ganzer Körper prickelte.

Und dann schoss der Wal senkrecht in die Höhe, schnellte aus dem Wasser und flog im hohen Bogen über die Oberfläche.

Alea schrie vor Freude: »Ahhh!« Sie flog! Und sie sah die anderen Wale ebenfalls fliegen! Schwerelos segelten sie durch die Luft. Ihr Wal stieß eine hohe Fontäne aus seinem Blasloch aus, und Alea warf den Kopf in den Nacken, um sich von dem Wasser berieseln zu lassen. Dann tauchten sie mit einem harten Schlag wieder ins Meer ein. Doch Alea verspürte keinen Schmerz, sie empfand nur reine Freude und übersprudelndes Glück.

Da bemerkte sie eine Plastiktüte am Maul des Wals. Sie musste beim Eintauchen hängen geblieben sein und schien sich in seinen Zähnen verfangen zu haben. Der Wal schüttelte den Kopf hin und her, um sie loszuwerden, aber sie hatte sich fest verhakt.

Alea ließ die Rückenflosse los und schwamm zu seinem Kopf. »Halt still«, sagte sie mit ihrer gedämpften Unterwasserstimme. Der Wal schien zu wissen, dass sie ihm helfen wollte, fast so, als wäre es das Natürlichste auf der Welt.

Alea befreite ihn von der Plastiktüte und strich dem Wal vorsichtig über die glatte Haut. »Ich bin Alea«, sagte sie. Der Wal stieß ein paar Luftblasen hervor. Die rosabläulichen Farbtupfer, die gerade um ihn herumtanzten, verrieten ihr, dass er voller Zuneigung für sie war. Ebenso wie die anderen Wale.

Einer der anderen brachte nun einen hohen Ton hervor. Ein zweiter Wal wiederholte den Ton, dann folgte der Wal mit der herzförmigen Narbe und sah sie erwartungsvoll an. Was wollten ihr die Wale nur sagen?

Plötzlich hörte Alea wispernde Stimmen. »Ich sag dir, sie ist eine!« und »Aber das kann doch gar nicht sein!«

Alea fuhr herum, und ihr fielen beinahe die Augen aus dem Kopf. Hinter ihr schwammen drei kleine Wesen! Doch es waren keine Korallenkrakenbäumchen, keine Finde-Finjas, wie ihr beim letzten Mal eine begegnet war. Nein, diese Wesen hatten Köpfe und Arme und Beine wie Menschen! Sie waren so etwas wie Kobolde, handtellergroße Kobolde mit abstehendem Haar und riesigen Knollennasen. Ihre schuppige Haut hatte leuchtende Farben. Einer der Kobolde war knatschgrün, einer fliederfarben, der dritte himmelblau. Zusätzlich zu ihren kurzen Beinchen hatten sie lange Fischschwänze, die sich im Wasser schlängelten.

»Hmpf«, machte Alea. Sie war völlig baff. Die Wale reagierten allerdings kaum auf die Kobolde. In den Farben um sie herum war keinerlei Veränderung zu erkennen. Die Kobolde schienen für sie ein ganz normaler Anblick zu sein.

»Hmpf?«, wiederholte der himmelblaue Kobold. »Was soll denn *Hmpf* heißen?«

»*Hmpf* ist ganz schlecht!«, rief der fliederfarbene.

»Wir hauen besser ab!«, piepste der grüne. »Schnell!«

Die anderen beiden rissen mit etwas Verzögerung die Augen auf, als hätten sie erst jetzt begriffen, dass sie sich offenbar erschrecken mussten, und alle schwammen in Windeseile davon.

»Wartet!«, rief Alea ihnen noch nach, aber die Kobolde waren bereits über alle Berge.

Alea starrte ihnen perplex nach. War das der Moment, in dem sie sich abermals fragen musste, ob sie den Verstand verloren hatte?

Plötzlich wurden die Wale unruhig. Im nächsten Augenblick erklang das Horn einer Fähre an der Oberfläche.

Um die Orcas herum konnte Alea gelbe, zackenartige Furcht erkennen, aber auch den Wunsch, sie, Alea, nicht einfach zu verlassen.

»Schwimmt los!«, rief sie und wedelte mit den Armen. Sie wollte auf keinen Fall, dass den Walen etwas zustieß.

Die Wale schienen unentschlossen, doch dann drehten sie ab. Einer nach dem anderen schwamm los, nur der Wal mit der herzförmigen Narbe blieb noch. Als aber das Horn der Fähre erneut über die Oberfläche schallte, wandte auch er sich ab und schwamm fort.

Alea winkte ihnen wehmütig nach, während das Licht der Fähre über die Oberfläche blinkte und bis zu ihr vordrang. Da sah sie etwas Fliederfarbenes im Licht aufblitzen – ein neugieriges Gesichtchen mit Knollennase. Im nächsten Augenblick war es jedoch schon wieder verschwunden.

Alea griff sich verdattert an den Kopf und hätte am liebsten irgendjemanden gefragt, ob er sie mal kneifen könnte.

# Regennacht

Alea hatte den Rückweg zum Schiff anhand der Bojen und Tonnen rasch gefunden. Als sie aus dem Wasser stieg und die Außenleiter der *Crucis* hinaufkletterte, regnete es in Strömen. Goldblau tanzten die Wassertropfen vom Himmel, und Alea nahm sich einen kurzen Augenblick, um sich dem Regen entgegenzurecken. »Hallo, mein Freund«, flüsterte sie und genoss das kühle Wolkenwasser auf ihrer Haut. Dann schwang sie sich über die Reling …

… und erstarrte.

Lennox stand vor ihr. »Alea! Was hast du mitten in der Nacht im Wasser gemacht?«

Ihr Mund klappte auf. Hatte er sie etwa beobachtet? »Ich war … schwimmen«, brachte sie holprig hervor und warf einen Blick zum Deckshäuschen. »Wo ist Ben?«

»Ich hab ihn abgelöst.«

»Warum?«

»Ich hab ihm gesagt, dass ich sowieso nicht schlafen kann und gern mal das Steuer übernehmen würde«, antwortete Lennox. Er wirkte angespannt und war noch blasser als sonst. »Ben hatte nichts dagegen und hat sich hingelegt.«

Alea überlegte. »Ben liebt die Nachtwachen. Wie hast du ihn dazu gebracht, ins Bett zu gehen?«

Lennox verzog den Mund. »Ich kann sehr überzeugend sein, wenn ich will«, sagte er und rieb sich die Schläfen. »Ich wollte nicht …«

»Was?«

»Ich wollte nicht, dass er mitbekommt, wie du aus dem Wasser zurückkommst. Damit er nicht merkt … dass du dort warst!«, sagte er und wirkte dabei ein wenig verwirrt. »Ich hatte das Gefühl, dass ich dich davor schützen muss, entdeckt zu werden … was auch immer du im Wasser gemacht hast.«

Alea starrte ihn an. Was er da sagte, klang für irgendeinen tief verborgenen Teil in ihr absolut logisch. Doch für ihren Verstand ergab es keinen Sinn. »Du musst mich nicht beschützen!«, entgegnete sie heftig, aber noch während sie es aussprach, spürte sie, dass das nicht stimmte.

Lennox schien es auch zu fühlen. »Ich muss das tun.«

Alea schüttelte aufgewühlt den Kopf. »Und wieso hast du den Autopiloten angestellt? Wieso bist du nicht im Deckshäuschen?«

»Ich wollte lieber hier an der Reling stehen.« Die völlig durchnässte Kapuze seines Sweatshirts ließ darauf schließen, dass Lennox schon länger im Regen ausharrte.

»Du hast nach mir Ausschau gehalten, oder?«, fragte sie.

Lennox legte den Kopf schief. »Ich will wissen, wer du bist.«

Alea hielt seinem Blick stand, aber es schien beinahe unmöglich, vor diesen Augen irgendein Geheimnis zu bewahren. »Wer bist *du?*«, fragte sie zurück.

Lennox wandte sich ab und stützte sich auf die Reling. »Es hätte außerdem sein können, dass du Hilfe brauchst«, sagte er, statt ihr zu antworten. »Da wollte ich lieber das Meer genau im Auge behalten und konnte nicht im Deckshäus...«

Mitten im Wort brach er auf einmal ab und krümmte sich, als hätte er Schmerzen.

»Was ist los?«, fragte Alea erschrocken.

Lennox hielt sich den Kopf. »Verdammt«, stieß er zwischen zusammengebissenen Zähnen hervor und ging in die Knie.

Alea war sofort bei ihm. »Was tut dir weh? Was ist los?«

»Es ist der Regen«, würgte Lennox hervor. »Ich habe zu lange im Regen gestanden.«

»Was?«

»Ich gehe nie in den Regen.«

»Warum nicht?«

»Weil er mich krank macht.« Lennox hielt sich die Schläfen, als hätte er mörderische Kopfschmerzen.

»Was?!«

»Auf ein Schiff zu gehen, war völlig bescheuert! Wenn ich ins Meer falle, bin ich geliefert.«

Alea starrte ihn fassungslos an. Was hatte das zu bedeuten? Wurde Lennox etwa vom Wasser krank?

Lennox sprach wie im Selbstgespräch weiter. »Im Regen zu stehen, war genauso beknackt. Warum hab ich das gemacht?«

»Ja, warum?«

»Deinetwegen!«, rief er und schüttelte gequält den Kopf. »Deinetwegen bin ich auf diesem Schiff! Und nicht, weil ich mal durchschlafen oder nicht mehr beklaut werden wollte.« Er lachte kratzig. »Nein, nur deinetwegen! Irgendwas ist mit dir. Ich … weiß auch nicht.« Er stöhnte und schüttelte sich, als wollte er den Regen loswerden, der in Aleas Augen nun wie grellgelbe und feuerrote Pfeile auf seiner Haut glühte.

»Ich bringe dich rein«, sagte sie. »Komm.« Sie griff unter seinen Arm, und Lennox stützte sich auf sie. Mit einem Ruck bekam sie ihn hoch, und sie wankten zur Bordtür. Im Salon ließ sich Lennox schwer auf das Sofa fallen.

»Ich hole dir ein Handtuch«, sagte sie.

»Zieh dir erst mal was Trockenes an«, nuschelte er mit Blick auf ihr durchnässtes Nachthemd und ihre Jeans.

»Ich bin gleich wieder da.« Alea huschte ins Bad.

Neben dem Spülbecken fand sie ein Top und eine Jeans, die Tess liegen gelassen hatte. Alea entledigte sich ihrer pitschnassen Sachen, zog die trockenen von Tess an und rubbelte sich die Haare mit einem Handtuch ab. Dann lief sie mit einem weiteren Handtuch zurück in den Salon zu Lennox. Er saß mit zusammengepressten Lidern auf dem Sofa.

»Ich hab Sammy geweckt. Er ist jetzt oben am Ruder«, brachte er mühsam hervor. »Ich hab ihm gesagt, dass ich Kopfschmerzen hab.«

»Das sind nicht nur Kopfschmerzen«, sagte Alea und setzte sich neben ihn. »Was –«

Da zuckte Lennox zusammen und stöhnte auf. »Ah!« Mit einem gequälten Laut ließ er sich nach hinten fallen und hielt sich verzweifelt den Kopf.

»Lennox!«, rief sie, aber er schien sie kaum noch zu hören. Mit dem Handtuch wischte sie ihm hastig die Regenspuren aus dem Gesicht. Sein Sweatshirt war völlig durchnässt. Alea zögerte, aber dann zog sie ihm das Shirt aus. Zum Glück trug er darunter ein T-Shirt, das nur ein wenig feucht war.

Alea starrte Lennox hilflos an. Er nuschelte etwas Unverständliches und wand sich vor Schmerzen. Er schien gar nicht mehr richtig bei Bewusstsein zu sein.

Was sollte sie tun?

Da begann er plötzlich, am ganzen Körper zu zittern, als hätte er Schüttelfrost. Alea nahm seine rechte Hand in ihre. Die Hand hörte auf zu zittern.

Alea dachte nicht lange nach. Sie folgte einfach einem Impuls, legte sich neben Lennox und umarmte ihn. Obwohl sie so etwas noch nie getan hatte – und es bestimmt auch nicht getan hätte, wenn Lennox bei vollem Bewusstsein gewesen wäre –, zog sie ihn eng an sich und versuchte, ihn mit ihrem Körper zu wärmen. Als das zuerst nichts brachte, zog sie zusätzlich noch Lennox' Bettdecke über sie beide und hielt ihn dann wieder ganz fest.

Alea versuchte zu ignorieren, wie gut Lennox roch oder dass sie seinen Herzschlag spüren konnte. Schließlich ging es hier einzig und allein darum, ihm zu helfen.

Sie lag einfach nur da und hielt ihn umschlungen. Nach einiger Zeit ebbte sein Zittern tatsächlich ab, und sein Herz schlug ruhiger. Alea atmete erleichtert auf. Offenbar hatte sie es tatsächlich geschafft, seine Schmerzen zu lindern.

Sie hätte nun aufstehen und in ihr eigenes Bett gehen können – aber Alea blieb, wo sie war.

*Nur noch ein paar Minuten,* dachte sie und spürte Lennox' Herz ganz nah an ihrem schlagen. *Nur noch ein paar Minuten …*

Dann schlief sie ein.

Am nächsten Morgen erwachte Alea früh. Einen Moment lang lag sie lächelnd da und fragte sich, warum sie sich so gut fühlte. Dann fiel ihr siedend heiß ein, wo sie war, und sie schreckte hoch.

Mit klopfendem Herzen schaute sie sich um. Es war zehn vor sechs, kurz vor dem Wachwechsel. Tess und

Ben schienen noch in den Betten zu sein. Lennox schlief ebenfalls noch. War er zwischendurch wach gewesen? Hatte er gemerkt, dass sie neben ihm lag? Allein die Vorstellung ließ Aleas Wangen glühen.

Da bemerkte sie, dass Lennox ebenfalls glühte. Seine Wangen und seine Stirn waren so heiß, dass er Fieber haben musste. *Oh nein!,* dachte Alea bestürzt. Anscheinend war die Sache noch nicht überstanden. Sie musste Ben Bescheid sagen.

Schnell kletterte sie vom Sofa und weckte ihn.

»Ben, ich glaube, Lennox ist krank«, sagte Alea.

»Was? Wieso?«, murmelte Ben mit schläfrigen Augen.

»Ich glaube, er hat Fieber. Kannst du mal gucken kommen?«

»Ja, klar.« Ben stand auf und ging mit Alea in den Salon. Dort begegneten sie Tess, die gerade ihre Wache am Steuer antreten wollte. »Lennox sieht irgendwie nicht gut aus«, kommentierte sie im Vorbeischlurfen.

Ben setzte sich zu Lennox auf das Sofa und befühlte seine Stirn. »Ja, er hat Fieber«, stellte er fest und klopfte Lennox sachte gegen die Wange. »Hey, Scorpio! Aufwachen!«

Lennox zuckte zusammen und öffnete die Augen.

»Wie geht es dir?«, fragte Ben.

Lennox stöhnte und fuhr sich an die Schläfen.

»Hast du Kopfweh?«

»Mir tut alles weh«, brachte Lennox hervor.

»Was ist passiert?«, fragte Ben.

»Ich war im Regen.« Lennox versuchte, sich aufzusetzen, ließ sich aber wieder aufs Kissen zurücksinken. »Ich habe zu lange im Regen gestanden.«

»Wie meinst du das?«

Lennox rieb sich die Stirn. »Ich hab so etwas wie eine Wasserallergie.«

»Eine was?«, fragte Ben. »Von so was hab ich noch nie gehört.«

»Ich habe keine Ahnung, wie ich es sonst nennen soll«, sagte Lennox. »Ich weiß nur, dass ich von kaltem Wasser Wahnsinnsschmerzen bekomme.«

Alea hörte verwirrt zu. Das alles kam ihr schrecklich bekannt vor. Gleichzeitig passte es nicht richtig zusammen. Fieber? Schmerzen?

»Du musst zum Arzt«, entschied Ben. »Du kannst dich ja noch nicht mal richtig hinsetzen.«

Lennox schnitt eine Grimasse. »Ich bin nicht versichert.«

Ben seufzte. »Wir nehmen das Geld von Onkel Oskar.«

Wenig später legten sie an einem kleinen Hafen an. Ben und Sammy begleiteten Lennox zum Arzt, da sie – im Gegensatz zu Alea – Holländisch sprachen. Lennox war so schwach auf den Beinen, dass er von den beiden gestützt werden musste. Sein sonst blasses Gesicht war vom Fieber krebsrot, und Alea machte sich furchtbare Sorgen. Offenbar hatte Lennox nur ihretwegen im Regen gestanden – um sie aus irgendeinem Instinkt heraus zu beschützen. Und das, obgleich er wusste, welche Folgen der Regen für ihn haben würde!

»Fragt den Arzt bitte, ob Lennox vielleicht Kälteurtikaria hat!«, rief Alea Ben noch zu, als die Jungs von Bord gingen. Und obwohl Ben mit dem Wort anscheinend nichts anfangen konnte, versprach er, danach zu fragen.

Alea sah ihnen nach und fühlte die Last der Geschehnisse schwer auf ihren Schultern, denn letztendlich war das alles einzig und allein ihre Schuld.

# Hilfe aus dem Meer

Alea stand an der Reling und schaute auf die schillernde See. Die Sonne war mittlerweile wieder herausgekommen und setzte gleißende, farbenstrotzende Lichteffekte auf die Wellenkronen – ein Schauspiel, dessen Schönheit und Einzigartigkeit jedem Betrachter den Atem rauben musste, doch Alea war mit den Gedanken ganz woanders. Lennox ging es wirklich schlecht, und sie war schuld! Wie sonderbar es außerdem war, dass er ausgerechnet auf Wasser derartig reagierte. Und dann seine Fähigkeit, die Erinnerung anderer Menschen löschen zu können! Das war einfach unglaublich. Verrückt!

Alea schüttelte den Kopf. Nein, nicht verrückt. Sie zweifelte inzwischen stark daran, dass all diese eigenartigen Dinge allein ihrer Einbildung entsprungen waren. Denn selbst wenn ihre Kiemen und Schwimmhäute, die Finde-Finja oder die knollennasigen Kobolde gar nicht real waren – Lennox war es. Er und seine Fähigkeit waren nicht weniger unglaublich als alles, was sie unter Wasser erlebt hatte. Aber Lennox war aus Fleisch und Blut und bewies damit, dass es Dinge gab, die man niemals für möglich gehalten hätte.

Alea seufzte. Das alles verursachte einen Mordstumult in ihrem Kopf. Diese Unglaublichkeiten und … wie sie Lennox die ganze Nacht festgehalten hatte.

»Spielen wir ein bisschen?«, fragte Tess, die plötzlich neben Alea stand. Sie trug ihr Akkordeon vor der Brust und ein kleines Notenbuch in der Hand.

»Spiel du mir doch was vor«, bat Alea.

Sie setzten sich auf die Planken, und Tess spielte eine wunderschöne Ballade. Alea lehnte sich zurück und lauschte ihrer Stimme und den traurigen Klängen des Akkordeons. Tess' Dreadlocks wehten im Wind, und Alea dachte, wenn irgendjemand von ihnen jemals ein Superstar würde, dann Tess.

»Bist du verliebt in ihn?«, fragte Tess auf einmal und hörte auf zu spielen.

Alea spürte, dass sie schlagartig rot wurde. »Verliebt?«

»Er sieht gut aus.« Tess legte ihr Akkordeon zur Seite. »In Lennox könnte sich fast jedes Mädchen verlieben.«

Alea horchte auf. »Fast jedes?«

Tess zog die Nase kraus. »Ich nicht. Ich verliebe mich nicht in Jungs.« Sie schüttelte den Kopf. »Also: Was ist mit dir und Lennox?«

»Ich … weiß es nicht.«

»Komm schon, raus damit!«

Wie sollte sie das beschreiben? »Ich hatte vom ersten

Moment an so ein Gefühl für ihn«, versuchte Alea zu erklären, und Tess' aufmerksame Miene gab ihr den Mut, weiterzusprechen. »Es ist, als würden wir irgendwie zusammengehören … als hätten wir schon zusammengehört, bevor wir uns überhaupt kannten.«

»Hui, große Worte!« Tess schnalzte mit der Zunge. »Vielleicht hast du aber auch nur zu viele … wie sagt man … romantische Filme gesehen? So was kann man doch so schnell gar nicht wissen.«

Alea seufzte. »Und was, wenn doch?«

Tess zuckte die Achseln. »Das wäre echt krass.«

»Ja, das ist es, und es hat mich total überrumpelt.« Alea überlegte, dann fügte sie hinzu: »In den letzten Tagen sind sowieso schon so viele krasse Sachen passiert, dass ich bis obenhin voll war mit … krassen Sachen. Und dann kam *er* noch.«

Tess blickte sie fragend an. »Was für Sachen? Meinst du, dass du auf die *Crucis* gekommen bist?«

Alea schluckte. Da war er. Ein Moment, wie geschaffen dafür, sich endlich zu öffnen und jemandem anzuvertrauen. Tess – die Tess, die über ihren Schatten gesprungen war und ihr die Wahrheit über ihre Eltern erzählt hatte – saß vor ihr und schaute sie mit ehrlichem Interesse an. Die Möglichkeit, dass Tess eine wirklich gute Freundin, eine beste Freundin, werden könnte, lag wie eine Einladung in der Luft. Alea musste nur all ihren Mut zusammennehmen und ihr nun von ihren Unterwasserabenteuern erzählen. Und gleichgültig, wie Tess darauf reagieren würde – zumindest wäre es dann endlich heraus.

»In den letzten Tagen –«, begann Alea, doch da wurde sie unterbrochen.

»Wir sind wieder da!«, schallte Sammys Stimme vom Land herüber.

Tess und Alea sprangen auf.

Die Jungs waren vom Arzt zurück. Sammy und Ben stützten Lennox zwischen sich und steuerten wankend auf die Gangway der *Crucis* zu.

Alea sah ihnen zaghaft entgegen. Der Moment mit Tess war vorüber, und sie hatte ihn nicht nutzen können. Doch sie nahm sich fest vor, ihr Geheimnis bei der nächsten guten Gelegenheit zu offenbaren. Allein die Aussicht darauf, Tess einzuweihen, hatte sich unglaublich erleichternd angefühlt. Sobald ein geeigneter Moment kam, würde sich Alea ihr oder den anderen – oder am besten allen zusammen – anvertrauen. Sie wollte keine Geheimnisse mehr haben. Dafür hatte sie die anderen zu gern, und dafür war ihr Wunsch zu groß, ein echtes Cru-Mitglied zu sein.

Gerade war allerdings alles andere als ein guter Augenblick für eine Beichte.

Lennox konnte kaum laufen und hing schwer zwischen den beiden Brüdern. Offenbar war sein Fieber noch nicht gesunken, und sein Allgemeinzustand schien sich ebenfalls in keiner Weise verbessert zu haben.

Unruhig wartete Alea darauf, dass die drei über die

Gangway kamen, dann fragte sie: »Was hat der Arzt gesagt?«

»Er hat nichts gefunden«, antwortete Ben, während er Lennox gemeinsam mit Sammy zur Bordtür brachte.

Alea lief hinter ihnen her. Tess folgte ihnen ebenfalls. »Aber es geht ihm doch total schlecht!«, rief Alea.

»Der Arzt hat ihn wirklich gründlich untersucht«, antwortete Sammy. »Lennox hat wohl keinen Infekt und keine Entzündung, aber trotzdem Fieber. Das fand der Arzt auch merkwürdig.«

Sie stiegen in den Salon hinab, und die Jungs legten Lennox auf das Sofa. Lennox blickte Alea mit mattem Blick an. Seine sonst so klaren Augen waren trüb vom Fieber. »Wird schon wieder«, flüsterte er.

Alea lächelte gequält. »Habt ihr den Arzt nach Kälteurtikaria gefragt?«, wollte sie wissen.

Ben nickte. »Kälteurtikaria kann es nicht sein, weil es keine Hautveränderungen gibt. Wie bist du eigentlich darauf gekommen? Das scheint eine sehr seltene Krankheit zu sein.«

Alea starrte ihn an. Wie gerne wäre sie nun ehrlich zu ihm gewesen! Aber dies war eindeutig nicht der geeignete Moment, um alles auszupacken. »Ich habe mal etwas darüber gelesen …«

»Jedenfalls hat der Arzt Lennox eine Spritze gegeben und ihm ein Antibiotikum verschrieben«, sagte Ben. »Damit müsste es ihm bald besser gehen.«

Lennox schloss erschöpft die Augen. Gleich darauf schien er schon eingeschlafen zu sein.

Alea, Tess, Ben und Sammy standen da und betrachteten ihn mit ratlosen Gesichtern. Schließlich sagte Ben: »Wir lassen ihn einfach mal etwas schlafen. Wahrscheinlich ist alles wieder in Ordnung, wenn er aufwacht.«

Ben, Sammy und Tess gingen an Deck, um abzulegen und die Segel zu hissen. Alea blieb jedoch bei Lennox. Sie setzte sich auf das Sofa ihm gegenüber, und dort blieb sie sitzen. Stundenlang. Während die anderen auf Renesse zusteuerten, harrte Alea an Lennox' Seite aus. Sie fühlte sich für seinen Zustand verantwortlich, und sie überprüfte seine Temperatur mindestens alle zehn Minuten. Aber das Fieber wollte und wollte nicht sinken.

Gegen Abend sagte Tess, dass sie Lennox in ein Krankenhaus bringen müssten. Ben entgegnete jedoch, der Arzt hätte gesagt, dass es bis zum nächsten Morgen dauern konnte, bis das Antibiotikum wirkte. Und so entschieden sie, noch die Nacht abzuwarten.

Alle hatten einander schon eine gute Nacht gewünscht, und Ben war bereits für die Nachtwache im Deckshäuschen verschwunden, als Alea plötzlich eine Idee hatte. Rasch ging sie ins Bad und entledigte sich dort ihrer Handschuhe, ihres Rocks und ihrer Teddyweste, bis sie nur noch in Unterwäsche dastand. In Unterwäsche würde sie bestimmt besser schwimmen können.

Sie war den ganzen Tag nicht im Wasser gewesen, und

ihr Herz war hungrig – ihr ganzer Körper war hungrig und wollte ins Meer. Das war aber nicht der Grund, warum sie nun abermals an Ben vorbeischlich, obwohl sie doch eigentlich keine Geheimnisse mehr vor ihm haben wollte. Möglicherweise konnte sie Lennox helfen …

Als Ben sich zum Radio beugte, um den Sender zu wechseln, schwang sich Alea blitzschnell über die Reling und sprang ins Wasser. Sobald sie sich verwandelt hatte, schwamm sie ein gutes Stück von der *Crucis* fort. Ihre Idee war, eine Finde-Finja zu rufen und sie zu fragen, ob es so etwas wie Heiler im Meer gab. Wenn die Ärzte an Land Lennox nicht helfen konnten, dann gab es vielleicht ein Wesen im Meer, das helfen konnte. Alea hatte zwar keine Ahnung, welche Kreaturen überhaupt im Wasser existierten, aber allein diese Finde-Finja bewies doch, dass es hier übernatürliche Lebewesen gab, die verblüffende Fähigkeiten hatten.

Alea dachte nach. Wie rief man eine Finde-Finja? Einfach mit »Hallo«? Sie versuchte es. »Hallo? Hallo, Finde-Finja!« Sie kam sich ausgesprochen bescheuert vor, wie sie so in die Weiten des Meeres hineinrief. »Ich, äh, brauche dich!«

Dann wartete sie. Aber niemand kam.

»Verdammt, es gibt bestimmt irgendein Codewort oder so was …«, murmelte Alea.

»Ich bin da«, hörte sie plötzlich eine klingelnde Stimme.

Alea wandte sich um. Ein Korallenkrakenbäumchen mit

tausend Augen auf den verästelten Ärmchen schwamm neben ihr – eine Finde-Finja! Diese hier sah allerdings anders aus als die, der Alea vor zwei Tagen begegnet war. Diese Finja war türkisgrün und hatte gurkengrüne Sprenkel.

»Ich bin eine Finde-Finja«, klingelte das Bäumchen Alea zu. »Ich finde.«

»Das ist super«, sagte Alea. »Also, ich würde gerne wissen: Gibt es so etwas wie Heilwesen im Meer? Ein Freund von mir hat Fieber und –«

»Stell mir keine Fragen«, unterbrach die Finja sie.

»Ach ja«, stieß Alea hervor. »Das hatte ich vergessen.«

Die Finja schwieg und schien zu warten, während ihre Zweige wie die Arme eines Kraken durch das Wasser wedelten.

»Ich brauche etwas gegen … Wasserallergie«, versuchte Alea es zögernd mit dem Wort, das Lennox benutzt hatte. Was immer es war, das ihn quälte – irgendetwas hatte es ja mit Wasser zu tun.

Die Finja wedelte schweigend. Eine Minute verging, und Alea räusperte sich. »Ähem …«

»Folge mir«, sagte die Finja. Sie drehte sich um und schwamm mit beachtlicher Geschwindigkeit drauflos. Ihre Ärmchen benutzte sie wie Rotorblätter und preschte wie ein Hubschrauber durchs Wasser.

Alea beeilte sich, hinterherzukommen. Sie schossen durch die Unendlichkeit der See, und Aleas Blick war fest auf die Finja gerichtet. Doch plötzlich nahm sie aus den Augenwinkeln etwas wahr und drehte den Kopf. Im nächsten Moment klappte ihr der Unterkiefer herunter. Im Wasser schwamm ein Wesen, das Alea den Atem raubte. Es war ein Pferd – oder vielmehr eine Mischung aus Pferd und … Seepferdchen. Allerdings war es mindestens doppelt so groß wie Alea und hatte breite, glänzende Flossen, die an Flügel erinnerten und deren Schuppen fast wie Federn aussahen.

Das Seepferd schaute Alea mit weisen, dunklen Augen an. Alea hätte schwören können, dass es überrascht war, sogar erfreut, sie zu sehen, aber das war schwer zu sagen, denn die silbrig petrolfarbenen Wasserbläschen, die um das Seepferd herumstoben, sprachen lediglich von großem Erstaunen.

Alea konnte sich von dem Anblick des Wesens kaum losreißen, doch dann sah sie sich hektisch nach der Finde-Finja um. Das kleine Korallenkrakenbäumchen flitzte in rasantem Tempo voran, und wenn Alea sich nicht beeilte, würde sie es aus den Augen verlieren. Sie warf dem Seepferd einen bedauernden Blick zu. »Ich muss weiter«, sagte sie, ohne zu wissen, ob es sie verstand.

Das Pferd schien zu blinzeln, und Alea wäre allzu gern zu ihm hinübergeschwommen und hätte ebenso gern versucht, mit ihm zu reden. Das Seepferd war ganz eindeutig magisch und damit vielleicht in der Lage, ihr ein paar Fragen zu beantworten. Es war jedoch wichtiger, Lennox zu helfen.

Mit einer entschlossenen Bewegung riss Alea sich los und schwamm der Finja nach, die sie erst nach einem anstrengenden Spurt einholte.

Tiefer und tiefer ging es nun, bis Alea mit Erstaunen feststellte, dass sie den Meeresgrund erreicht hatten. So tief war sie bisher noch nie getaucht.

Die Finja schwamm voran und führte sie zu einer Stelle, an der ein dichter Teppich aus roten Wasserpflanzen begann. Während sie darüber hinwegschwammen, erkannte Alea, dass die roten Pflanzen in ordentliche Felder unterteilt zu sein schienen. Was hatte das zu bedeuten?

Da fiel es Alea wie Schuppen von den Augen.

Beete.

Das hier waren Unterwasserbeete.

Alea bekam eine gewaltige Gänsehaut, denn irgendjemand musste diese Beete angelegt haben! Kobolde? Die Finjas? Oder ganz andere Wesen, denen sie bisher noch nicht begegnet war?

Alea sah jedoch auch, dass die Beete völlig verwildert waren. Sie wirkten, als hätte sich schon lange niemand mehr um sie gekümmert.

Da hielt die Finja inne und wies auf die roten Pflanzen, über die sie nun schon eine ganze Zeit hinweggeschwommen waren. »Hier sind die kräftigsten«, klingelte sie. »Ich habe gefunden, was du gesucht hast.«

»Ja, aber was ist das?«, fragte Alea.

Die Finja hatte sich allerdings schon umgedreht, entfernte sich mit enormer Geschwindigkeit und war gleich darauf verschwunden.

Alea schwamm näher heran und berührte eine der roten Pflanzen, die sie ein wenig an Farn erinnerten. Das Wasser um die Pflanzen herum war strahlend hell, fast weiß, und ließ es so aussehen, als würde der Farn leuchten.

Alea strich mit den Fingern über die krausen Blätter und riss ein paar besonders kräftige Büschel ab. »Ich nehme einfach mal etwas davon mit«, sagte sie zu sich selbst und spürte eine gewisse Aufregung. Konnte dieser seltsame Rotfarn Lennox helfen?

Sie wollte nun unbedingt so schnell wie möglich zur *Crucis* zurück und schwamm unter Hochdruck los. Sie hatte sich den Weg gut gemerkt, orientierte sich abermals an verschiedenen Seezeichen und erreichte das Schiff wenig später. Atemlos kletterte sie die Außenleiter hoch. Leider betrachtete Ben gerade aufmerksam den sternenklaren Himmel. Sie konnte sich nicht vorbeischleichen. Sie musste warten.

Als Alea es nach einer Weile nicht mehr aushielt, schnappte sie sich das kleine Notenbuch, das Tess auf den Planken liegen gelassen hatte, und warf es in hohem Bogen Richtung Bug, wo es krachend auf den Boden fiel.

Ben stand verdutzt auf und ging nachsehen. Das war

ihre Chance! Alea duckte sich, rannte zur Bordtür und fühlte dabei das schlechte Gewissen wie eine Faust um ihr Herz. Sie wollte Ben nicht mehr anlügen oder ihn an der Nase herumführen. Das hier war das allerletzte Mal, das schwor sie sich.

Sie huschte in den Salon. Dort blieb sie stehen. War Lennox wach? Nein, er lag noch immer mit hochrotem Kopf auf dem Sofa und sah alles andere als gut aus. Beinahe wirkte er noch fiebriger als zuvor. Er schien regelrecht in Flammen zu stehen.

Alea lief schnell ins Bad und zog sich trockene Unterwäsche an, die sie wohlweislich schon am Nachmittag dort platziert hatte – schließlich war sie bisher jede Nacht schwimmen gewesen. Dann schlüpfte sie in ihren Rock, die Weste und die Handschuhe, ging in den Salon zurück und nahm wieder den Rotfarn zur Hand, den sie vom Meeresgrund mitgebracht hatte. Was sollte sie nur daraus machen? Eine Kompresse? Eine Salbe? Er sah saftig aus … lecker. »Ich koche einen Tee«, murmelte sie und machte sich daran, in der Küchennische einige Blätter des Rotfarns klein zu schneiden. In einem Topf ließ sie das Kraut so lange köcheln, bis sich das Wasser tiefrot gefärbt hatte, und goss den Sud in einen Becher.

Vorsichtig trug sie den Teebecher zum Sofa und setzte sich zu Lennox. Er sah furchtbar aus. Auf seiner Stirn hatten sich Schweißperlen gebildet, und obwohl sein Kopf glühte, waren seine Hände eiskalt.

»Lennox!«, flüsterte Alea und drückte seine Hand.

Er reagierte nicht.

»Bitte wach auf«, sagte sie und rüttelte ihn sachte an der Schulter.

Da fuhr Lennox hoch. »Nein!«, rief er. »Nicht!« Seine fiebrigen Augen irrten umher. »Schlag mich nicht!«

Alea starrte ihn entsetzt an. Offenbar träumte Lennox von seinem Vater. »Du bist hier in Sicherheit«, sagte sie beruhigend, aber Lennox schien sie nicht zu hören.

»Lass mich in Ruhe, bitte, nur heute«, stieß er mit leerem Blick hervor. »Nur heute.«

Alea hatte einen dicken Kloß im Hals, doch sie würgte ihn mit aller Macht hinunter. »Trink das«, sagte sie und hielt ihm den Becher hin.

Lennox rührte sich jedoch nicht.

Alea beugte sich vor und setzte den Becher an seine Lippen. »Trink«, wiederholte sie.

Und Lennox trank. Ein paar Schlucke nur, aber Alea war froh, dass sie es überhaupt geschafft hatte.

Lennox schüttelte den Kopf. »Ich muss hier weg«, nuschelte er. »Ich lass mich von dir nicht mehr fertigmachen.« Er schien tief in seinem Fieberalbtraum gefangen zu sein.

»Leg dich einfach wieder hin«, sagte Alea, stellte den Becher weg und drückte Lennox sanft auf das Kissen zurück.

Plötzlich schnellte Lennox' Hand vor und umfasste ihr Handgelenk wie eine Schraubzwinge. »Fass mich nicht an!«, zischte er, und sein leerer Fieberblick versenkte sich in ihre Augen.

Alea entfuhr ein kleiner Schmerzenslaut. Lennox' Griff war eisenhart. »Bitte«, flüsterte sie, und es war eher ein Wimmern. »Ich bin nicht dein Vater.«

Daraufhin veränderte sich etwas in Lennox' Augen. Auf einmal schien er aufzuwachen und sie zu erkennen. »Oh Gott, Alea!«, stieß er hervor, und seine Hand ließ sie los. »Hab ich dir wehgetan?«

Alea rieb sich das Gelenk. »Schon gut, ich –«

»Es … tut mir leid«, stammelte er. »Ich habe geträumt …« Seine Hand strich plötzlich zärtlich über ihr Haar. »Bist du wirklich in Ordnung?«

Alea erschauderte.

Lennox nahm ihre Hand, um sich das Gelenk anzusehen. »Verdammt, du bekommst bestimmt einen Bluterguss«, sagte er voller Reue, und seine Finger streichelten entschuldigend über ihre Haut.

Alea wagte kaum zu atmen.

Da zuckte Lennox zusammen. »Ahh!«, stöhnte er, krümmte sich und hielt sich mit beiden Händen den Kopf.

Hilflos legte Alea ihre Hände auf seine, als könnte sie ihm dadurch einen Teil seines Schmerzes abnehmen.

So saßen sie da und hielten gemeinsam seinen Kopf, während Lennox seine Schmerzenslaute zu unterdrücken versuchte.

»Es ist okay«, sagte sie bestürzt. Ihretwegen sollte er seine Schmerzen nicht verstecken.

Lennox stöhnte gequält und sank in sich zusammen. Sein Kopf lag nun auf Aleas Schoß.

Alea legte ihre Hände abermals auf seine. Sie wollte ihm irgendwie Halt geben.

Die Schmerzen mussten höllisch sein, so angespannt und bretthart, wie sein Körper dalag. Lennox' Atem ging abgehackt und schnell, und Alea hielt ihn einfach nur fest.

Nach einer Weile wurde Lennox ruhiger, sein Atem tiefer. Dann schlief er ein.

Alea konnte sich ein wenig entspannen. Sie hatte das Gefühl gehabt, Lennox' Qual am eigenen Leib zu spüren und sich vor Schmerzen selbst kaum bewegen zu können. Doch nun atmete sie auf und lehnte sich zurück.

Lennox' Kopf lag noch immer auf ihrem Schoß, aber sie wollte sich gar nicht von ihm befreien. Sie wollte einfach so sitzen bleiben.

Und das tat sie. Die ganze Nacht.

# Geheimnisse

Als Alea am nächsten Morgen erwachte, waren ihre Glieder steif und schmerzten. Die ganze Nacht hatte sie in der gleichen Haltung dagesessen und sich nicht bewegt.

Lennox schien tief und fest zu schlafen. Sein Kopf lag noch immer auf ihrem Schoß. Alea stellte fest, dass Lennox weitaus besser aussah als am Abend zuvor. Behutsam legte sie die Hand auf seine Stirn. Sie war nicht mehr heiß. Das Fieber schien gesunken zu sein! Alea atmete vor Erleichterung tief aus.

Sie schaute auf die Uhr. Es war erst kurz nach fünf.

Vorsichtig versuchte sie, ein wenig ihre Beine zu bewegen, die eingeschlafen waren.

Da zuckte Lennox, und im nächsten Moment setzte er sich ruckartig auf.

Mit großen Augen starrten sie einander an.

Wurde er rot? Tatsächlich! Lennox lief rot an.

»Ich, äh …«, stotterte Alea.

Lennox kratzte sich hektisch am Kinn. »Wir … sind … ähm …«

Offenbar schien er sich an die Geschehnisse der letzten Nacht zu erinnern. Alea hatte fast gehofft, dass das Fieber seine Erinnerung trüben würde. Aber Lennox' Gesichtsausdruck verriet, dass er genau wusste, was passiert war.

»Wie geht es deinem Handgelenk?«, fragte er.

Alea hob ihren Arm. Am rechten Handgelenk waren mehrere blaue Flecke.

»Mist, das tut mir leid.« Lennox biss sich schuldbewusst auf die Lippe. »Das wollte ich nicht. Ich habe … von meinem Vater geträumt.«

»Ich weiß.« Sie schob ihren Handschuh ein wenig hoch, um das Gelenk noch besser betrachten zu können. »Es ist nicht so schlimm. Das geht auch wieder weg.« Lennox blickte derart zerknirscht drein, dass er Alea leidtat. »Du bist ganz schön stark«, sagte sie.

Lennox lächelte schief. »Ich bin ein Krieger.« Er fuhr sich mit beiden Händen durch das dunkle Haar und schloss die Augen. »Es geht mir besser«, stellte er erstaunt fest. »Mein Fieber ist weg, oder?«

Alea griff nach dem Fieberthermometer, das auf dem Couchtisch lag, und steckte es ihm in den Mund. »Sechsunddreißig Komma acht«, sagte sie kurz darauf. »Das ist völlig normal.«

Lennox nickte erleichtert. »Ich frage mich, wieso es so schnell runtergegangen ist. Das Antibiotikum kann es nicht gewesen sein. Das hat noch nie gewirkt.«

»Noch nie? Du hast schon öfter ein Antibiotikum dagegen genommen?«

»Ja, schon ein paarmal.«

»Seit wann hast du denn Probleme mit Wasser?«, hakte Alea neugierig nach.

»Eigentlich schon immer. Seit ich denken kann.«

Würde er ihr etwas darüber erzählen? Mucksmäuschenstill saß Alea da und wartete.

»Ich erinnere mich noch an das erste Mal, als es ganz schlimm war.« Lennox schien tatsächlich darüber reden zu wollen! »Ich war damals noch ziemlich klein. Wir waren in der Lübecker Bucht, es war heiß, und ich bin mit meinem Vater im Meer baden gegangen. Noch am selben Tag fingen die Schmerzen an, und etwas später konnte ich vor Schwäche kaum noch laufen.« Er schnaufte. »Der Arzt hat mir damals ein Antibiotikum verschrieben, was aber nichts brachte. Ich war wochenlang krank.« Er klang gedankenverloren und traurig. »Mein Vater war damals noch anders, er hat sich um mich gekümmert. Aber dass mein Zustand etwas mit dem Wasser zu tun haben könnte, hat mir niemand geglaubt, weder mein Vater noch der Arzt. Deswegen habe ich diese Sache später immer für mich behalten und einfach gut aufgepasst, dass ich nicht in den Regen geriet oder am Strand dem Wasser zu nahe kam – was allerdings nicht immer geklappt hat. Ich habe später noch ein paarmal lange im Bett gelegen und mehrere Male Antibiotika genommen, ohne dass es etwas half.« Er schaute zum Couchtisch, auf dem der halb volle Becher mit dem roten Tee stand. »Ich frage mich, wieso es diesmal so schnell besser wurde.« Er warf Alea einen durchdringenden Blick zu.

»Ich habe dir letzte Nacht diesen Tee gemacht«, erklärte sie.

»Was ist das für Tee?«

»Rotfarn.«

»Noch nie gehört.«

»Den kennen nur wenige, glaube ich.«

Lennox nickte. »Muss ich mal nachschlagen.«

»Sag mal, Hautprobleme hattest du aber nie?«

»Nein.«

Alea rieb sich verwirrt die Arme. Das passte tatsächlich alles nicht zusammen.

»Kälteurtikaria kann es daher nicht sein«, sagte Lennox.

Alea schaute ihn überrascht an. Er hatte das Wort ausgesprochen, als wäre es ihm schon lange ein Begriff.

»Ich habe schon vor Jahren im Internet recherchiert, ob es so etwas wie eine Wasserallergie gibt, und bin dabei über Kälteurtikaria gestolpert. Ich habe aber gleich ausgeschlossen, dass es das sein könnte. Meine Symptome sind ganz anders. Wenn ich kaltes Wasser trinke, bekomme ich stechende Kopfschmerzen, aber mein Hals schwillt nicht zu.« Sein Blick richtete sich nach innen. »Einmal, vor ein paar Jahren, wurde beim Duschen das

Wasser plötzlich eiskalt, und ich konnte es nicht schnell genug abstellen. Danach habe ich mehrere Tage lang mit Schüttelfrost im Bett gelegen, aber meine Haut zeigte keine Veränderungen. Ich kann also keine Kälteurtikaria haben.« Er legte den Kopf schief. »Wieso kennst du diese Krankheit?«

Alea schluckte. »Weil ich jahrelang dachte, dass ich sie hätte.«

Lennox runzelte fragend die Stirn.

»Meine Mutter hatte Marianne damals gesagt, dass ich unbedingt den Umgang mit kaltem Wasser vermeiden sollte, weil ich sonst … sterben könnte.« Unsicher sah sie ihn an. Sie wusste, dass sie nun noch einen Schritt weiter gehen musste, aber es war alles andere als leicht. »Ich habe ein paar Stellen am Körper, die aussehen, als ob sie durch Wasserunfälle entstanden sind.«

Lennox stutzte. Dann sah er auf ihre Handschuhe.

Alea nickte. »Ja, hier.« Mit klopfendem Herzen streifte sie die Handschuhe ab, und ihre Wangen wurden vor Scham ganz heiß. Obwohl sie inzwischen wusste, was wirklich hinter den Knubbeln steckte, waren sie nun einmal einfach hässlich. Sie nun vor Lennox zu entblößen, fiel Alea weitaus schwerer, als sie Ben, Sammy oder Tess zu zeigen.

Nervös hielt sie ihre rechte Hand in die Höhe und spreizte die Finger.

Lennox schien sich jedoch nicht zu erschrecken. Er betrachtete ihre Fingerzwischenräume nur mit weichem Blick.

»Ich habe die auch hinter den Ohren.« Alea zog ihre langen, schwarzen Haare zurück und zeigte ihm die Stellen. »Und zwischen den Zehen.« Die wollte sie ihm aber nicht zeigen.

Lennox wirkte sehr nachdenklich. »Aber … wenn du gegen kaltes Wasser allergisch bist, wieso gehst du dann im Meer schwimmen?«

Natürlich. Das war die logische nächste Frage. »Ich –«

»Moment! Du hast gesagt, du hättest jahrelang *geglaubt*, daran zu leiden. Aber jetzt weißt du, dass das gar nicht stimmt?«

»Ja, ich habe herausgefunden, dass ich die Krankheit doch nicht habe.« Aleas Stimme zitterte ein wenig. »Weißt du, ich bin am zweiten Tag auf der *Crucis* über Bord gefallen.«

»Was?«

»Bei einem Sturm. Ich dachte, ich müsste sterben, einen allergischen Schock bekommen, aber das ist nicht passiert.« Sie brach ab. Ihre Stimme zitterte immer mehr und verriet, dass sich hinter ihren Worten etwas Großes verbarg.

»Was ist stattdessen passiert?«, fragte er, und seine Stimme schwankte ebenfalls ein bisschen.

Alea schloss die Augen. Egal, ob er sie für verrückt halten würde – sie hatte sich fest vorgenommen, den anderen ihr Geheimnis anzuvertrauen, wenn der richtige Moment gekommen war. Und dies hier war der richtige Moment. »Ich werde es dir verraten«, sagte sie leise, fast flüsternd und öffnete die Augen wieder. »Es klingt aber … total abgedreht.«

Lennox sah sie wachsam an. »Ich höre.«

»Also, als ich ins Wasser gefallen bin, haben sich meine Knubbel plötzlich verwandelt.«

»Verwandelt?«

Alea holte tief Luft. »Ja, die an den Händen und Füßen sind zu Schwimmhäuten geworden, und die hinter den Ohren zu Kiemen.« Sie sprach schnell und hastig, als könnte sie den Worten damit etwas von ihrem Gewicht nehmen.

Lennox starrte sie bewegungslos an.

»Und meine Haut hat so einen silbrig grünen Schimmer bekommen«, fügte sie hinzu. »Und dann habe ich festgestellt, dass ich schwimmen kann – richtig *gut* schwimmen kann. Wie ein Fisch.«

Lennox sah sie unverwandt an.

Alea sprach weiter. »Das klingt wie eine Geschichte aus einem Märchen, ich weiß. Aber es ist die Wahrheit.« Aufgeregt verknotete sie ihre Finger ineinander. »Bitte, sag doch was.«

Lennox erwachte aus seiner Erstarrung. Mit entgeisterter Miene rieb er sich den Nacken. »Gib mir einen Augenblick, ja?«

Alea wartete. Der Augenblick wurde länger und länger. Schließlich schaute er ihr wieder in die Augen. »Das klingt wirklich ziemlich verrückt, aber ich glaube dir.«

»Was?«, japste sie. »Wirklich?«

»Ja, irgendwie …« Er suchte nach Worten. »Irgendwie kann ich fühlen, dass es stimmt.«

Alea konnte es kaum fassen.

»Außerdem ergibt deine Geschichte Sinn.«

»Tut sie das?«

»Ja. Wieso wärst du sonst mitten in der Nacht zwei Stunden lang im Meer getaucht – ohne Sauerstoffflasche?«

So lange war ihr Ausflug mit den Walen Alea gar nicht vorgekommen. »Hast du die Nachtwache übernommen, um darüber Buch führen zu können, wie lange ich im Wasser bleibe?«

Lennox strich sich eine Strähne seines dunklen Haars aus der Stirn. »Ich hatte gehört, dass du an Deck gegangen warst, und bin dir nach. Dann hast du dich an Ben vorbeigeschlichen, und es war klar, dass du irgendwas machst, von dem er nichts mitbekommen sollte. Als du dann ins Wasser gesprungen bist, dachte ich, du wolltest nur kurz ein paar Runden schwimmen. Aber du bist getaucht – und nicht wieder hochgekommen.«

»Hättest du da nicht Alarm schlagen müssen? Es hätte ja auch sein können, dass ich ertrinke!«

Lennox schüttelte den Kopf. »Es war seltsam, aber ich hatte da schon so ein starkes Gefühl …«

»Was für ein Gefühl?«

»Dass es ganz normal ist, dass du so lange im Wasser bleibst.« Sein Blick wurde erneut starr. »Und dass ich dich davor beschützen muss, dabei entdeckt zu werden. Da war so ein Druck in mir. Ich *musste* dich beschützen.«

»Vor Ben?«

»Nein – ja.« Lennox zog eine Grimasse, als fände er das alles selbst verwirrend. »Ben ist ein feiner Kerl. Ich mag ihn. Aber du bist an ihm vorbeigeschlichen. Du wolltest nicht, dass er dich sieht. Und das musste ich irgendwie unterstützen.« Er fuhr sich über die Augen. »Ich weiß, das klingt total merkwürdig. Aber gegen dieses Gefühl konnte ich nichts machen. Deswegen habe ich Ben überredet, mich das Ruder übernehmen zu lassen.«

»Und warum bist du bei dem Regen nicht im Deckshäuschen geblieben? Wieso hast du draußen gestanden – obwohl du wusstest, dass das ganz und gar nicht gut für dich ist?«

»Für den Fall, dass du Hilfe brauchtest«, antwortete er leise.

Alea senkte beinahe beschämt den Blick. Die Vorstellung, dass Lennox für sie im Regen stehen geblieben war, obwohl es ihm solche Schmerzen bereitete, rührte sie. Andererseits war es kaum nachzuvollziehen. Doch irgendetwas in ihr war ganz und gar nicht überrascht von seinem Verhalten – als wäre es seine Aufgabe gewesen, auf sie aufzupassen.

Es entstand eine Pause, in der Alea ihren Gedanken nachhing. Schließlich nahm sie den Faden abermals auf. »Ziehst du wieder deinen Joker, wenn ich dich jetzt etwas Bestimmtes frage?«

Lennox seufzte. »Nein, ich glaube, darüber sind wir hinaus.«

Er hatte recht. Sie hatte ihm ihr Geheimnis anvertraut – was erstaunlich leicht gewesen war! –, und nun wollte Alea endlich erfahren, was *sein* Geheimnis war.

Sie musste jedoch gar nicht weiterfragen. Lennox begann von selbst zu reden. »Ich werde versuchen, es dir zu erklären«, sagte er, dann lachte er leise. »Es ist schon merkwürdig, dass ich dir das alles erzähle.« Er schüttelte den Kopf. »Über meine Wasserallergie habe ich seit Jahren mit niemandem gesprochen. Weißt du, ich bin eigentlich eher verschlossen.«

Alea hob die Brauen. »Wirklich? Du warst doch von Anfang an total offen – auch den anderen gegenüber!«

»Ja, das hat mich selbst verwundert. Irgendwie seid ihr alle … besondere Leute. Ich habe mich hier sofort wie zu Hause gefühlt, obwohl Ben anfangs so abweisend war. Ich glaube, ich würde sehr gern richtig dazugehören.«

Alea lächelte, dann verengten sich ihre Augen. »Versuchst du etwa, abzulenken?«

Lennox lachte. »Mist. Erwischt.«

»Jetzt aber raus damit!«, schimpfte sie, obwohl sie sich ein kleines Lachen ebenfalls nicht verkneifen konnte.

»Ich will nun endlich hören, wie du Leute zum Vergessen bringst!«

Für einen Augenblick presste Lennox die Lider zusammen und schien sich zu sammeln. »Eigentlich gibt es da gar nicht so viel zu erzählen«, sagte er dann, aber als Alea ihn streng ansah, sprach er weiter. »Ich habe, ehrlich gesagt, keine Ahnung, wie ich das mache oder was das genau ist.« Er überlegte. »Mein ganzes Leben lang haben Leute, die mich nur flüchtig sahen, mich kaum wahrgenommen – wie einen Schatten, der da ist, auf den aber niemand achtet.«

Alea nickte. »Als du in Amsterdam vor der Bäckerei standest, mussten Tess, Ben und Sammy zweimal hingucken, bevor sie dich entdeckt haben.«

Lennox lehnte sich zurück und stützte sich auf seine Hände. »Ja, normalerweise bemerkt mich keiner, wenn ich irgendwo sitze und Gitarre spiele. Ich werde einfach immer übersehen.« Er warf ihr einen Blick zu. »Von dir aber nicht.«

Alea schwieg. Sie hatte keine Ahnung, warum sie offenbar anders auf ihn reagierte als andere Leute.

»Bei der Meerjungfrauenstatue hast du Ben, Sammy und Tess auf mich aufmerksam gemacht«, sagte Lennox. »Das fand ich … ungewöhnlich. Als Ben anfing, mir diese Fragen zu stellen, habe ich mich aber lieber aus dem Staub gemacht.«

»Und bist wieder zurückgekommen!«

»Ja, ich wollte … dich noch mal sehen«, erklärte er und schien dabei verlegen zu werden. »Irgendetwas an dir war sonderbar.« Er setzte sich auf. »Du hast mich nicht übersehen, und außerdem hast du mich nicht vergessen, obwohl ich … dir das gesagt hatte.«

Einen Augenblick lang starrte Alea ihn nur an. »Normalerweise klappt das immer?«

»Ja.«

»Das ist unglaublich«, murmelte sie. »Aber wie machst du es, dass Menschen Dinge vergessen? Dass sie *dich* vergessen?«

Er hob die Schultern. Anscheinend hatte er das Rätsel selbst noch nicht gelöst. »Ich schaue den Leuten in die Augen und sage ihnen, was sie vergessen sollen. Und dann funktioniert es einfach.«

Alea wurde noch nachdenklicher. »Das verleiht dir große Macht«, sagte sie.

Lennox' Gesicht verfinsterte sich. »Ich weiß. Man könnte mich als Waffe benutzen.«

Alea runzelte die Brauen. Diese Formulierung hatte sie schon einmal gehört. Aber wo? Da fiel es ihr ein: Die Beschreibung des Skorpions im Sternbildbuch! Was hatte Ben gesagt? So etwas wie: *Der Skorpion wird als Beschützer oder Krieger gesehen, und einige griechische Götter sollen ihn als Waffe benutzt haben.*

»Das alles ist einfach unglaublich«, murmelte Alea, während ihr abermals ein Schauer über den Rücken lief, so wie damals, als Ben diese Stelle aus dem Lateinischen übersetzt hatte.

»So unglaublich wie Kiemen und Schwimmhäute?«, fragte Lennox.

Alea stieß einen Seufzer aus und sah grübelnd aus dem Bullauge auf die See.

»Vielleicht bist du ja die Einzige, bei der das mit dem Vergessen nicht funktioniert, weil du bist, was du bist«, sagte er.

Alea blickte ihn fragend an. »Was … bin ich denn?«

»Magisch«, antwortete Lennox.

# Windstille

»Na, du siehst ja wieder richtig gut aus!«, hörten sie plötzlich eine Stimme.

Alea und Lennox fuhren zusammen. Sammy war gerade in den Salon gekommen und hüpfte nun mit einem übermütigen Satz zu ihnen aufs Sofa. »Bist du wieder fit, Scorpio?«, fragte er und beugte sich über Lennox, um dessen Gesicht gründlich zu untersuchen.

»Alles okay«, bestätigte Lennox und lehnte sich immer weiter zurück, während Sammy ihn beäugte wie ein Forscher einen seltenen Schmetterling.

»Wunderbärchen!«, rief Sammy, klatschte in die Hände und ließ sich auf die Waden zurücksinken. »Gesund gefällst du mir am besten.«

»Ich mir auch«, bemerkte Lennox.

Sammy legte grinsend den Kopf schief. »Du hast bestimmt super Fussel im Bauchnabel.«

Lennox zog die Brauen zusammen. »Bitte, was?«

»Ich sammle Fussel«, sagte Sammy. »Und richtige Kerle haben die besten.«

Lennox starrte ihn verständnislos an.

Sammy schenkte ihm sein charmantestes Lächeln. »Darf ich mal in deinem Bauchnabel nachsehen?«

»Nein!«, entgegnete Lennox entschieden, während Alea losprustete.

»Ist ja gut! Vielleicht ein andermal«, sagte Sammy und machte eine beschwichtigende Handbewegung. »Wir können ja stattdessen alle zusammen kuscheln!«, rief er und schmiegte sich an Alea, die Sammy bereitwillig umarmte und ihren Kopf an seinen legte.

»Sammy ist sehr verschmust«, erklärte sie Lennox, der sich mit einer Mischung aus Kopfschütteln und Grinsen zurücklehnte.

»Kuschelst du etwa nicht mit?«, fragte Sammy.

»Ich, öhm … nein«, antwortete Lennox.

»Kann ich gut verstehen«, sagte Tess, die gerade hereingekommen war und angesichts des Anblicks, der sich ihr bot, erst einmal die Arme verschränkte und ihr *Ich-bin-kein-Knuddeltyp*-Gesicht aufsetzte.

Da kam Ben durch die Bordtür herein. »Alle wach?«, fragte er in die Runde.

»Nö«, murmelte Alea, die sich wirklich nicht ausgeschlafen fühlte.

Ben setzte sich neben Lennox auf den Rand des Sofas. »Geht es dir besser? Ist das Fieber weg?«

Lennox nickte. »Ja, ich fühle mich gut.«

»Das Antibiotikum hat anscheinend endlich gewirkt«,

murmelte Ben und nickte zufrieden. »Da bin ich echt froh.«

»Ich bin auch froh«, sagte Alea.

Ben warf ihr einen vielsagenden Blick zu. »Ich habe heute Nacht ein paarmal nach Lennox geschaut.«

Alea schoss eine Hitzewelle ins Gesicht. Ben musste gesehen haben, wie Lennox' Kopf auf ihrem Schoß gelegen hatte!

Lennox schien das ebenfalls peinlich zu sein. »Warum bewegt sich das Schiff eigentlich nicht?«, fragte er hastig.

Ben schnitt eine Grimasse. »Es geht kein Wind. Totale Flaute.«

»Oh, Mist!« Sammy presste Stirn und Nase gegen das Glas des Bullauges über dem Sofa. »Windstille ist eines der Dinge, die ich am allerwenigsten mag – auf der ganzen Welt und im Universum.«

»Sehe ich genauso«, pflichtete Ben ihm bei, und Alea begriff, dass solch eine Flaute für ein Segelschiff absoluten Stillstand bedeutete.

Tess zuckte die Achseln. »Dann kommen wir eben etwas langsamer voran«, brummte sie. »Ist doch nicht so tragisch. Vielleicht können wir endlich mal wieder in Ruhe angeln.«

Sammy strahlte zahnlückenbreit. »Gute Idee!«

»Schön«, sagte Ben. »Dann frühstücken wir doch alle zusammen, und ich lege mich danach ein bisschen aufs Ohr.« Normalerweise schlief derjenige, der die Nachtwache gehabt hatte, vormittags ein paar Stunden. »Können wir Kekse zum Frühstück haben?«, erkundigte er sich grinsend bei Alea.

»Klar, ich mach schnell welche!«, antwortete sie lachend und stand auf. Bevor sie aber in die Küchennische gehen konnte, klingelte ihr Handy.

»Es ist Marianne!«, rief sie, als sie den Namen auf dem Display sah, und ging schnell dran.

»Hallo, Schatz?«, begrüßte sie eine liebe Stimme.

»Marianne! Wie geht es dir?«

»Ach, es geht. Aber mach dir keine Sorgen, Kind.« Marianne klang erschöpft. »Seid ihr schon in Renesse?«

»Nein, noch nicht. Aber wir sind auf dem Weg.«

»Ich rufe an, weil ich mich an etwas erinnert habe.«

Aleas Rücken versteifte sich. »An was denn?«

»Mir ist der Name der Frau wieder eingefallen, die damals im Jugendamt von Renesse deinen Fall bearbeitet hat.« Marianne hustete. Ihr Atem ging schwer. »Grietje de Jong. So hieß sie. Sie hat damals eine Akte angelegt und eine Zeit lang Informationen über dich gesammelt. Soweit ich weiß, ist dabei nicht viel herausgekommen, aber für dich wäre es bestimmt am besten, bei Frau de Jong mit der Recherche anzufangen.«

»Das werde ich tun«, sagte Alea. »Super, dass du dich daran erinnert hast!«

»Ich will dir helfen, Schatz. Auch wenn ich nicht mehr viel tun kann«, erwiderte Marianne schwach.

»Ich hab dich so lieb«, flüsterte Alea.

»Ich dich auch«, antwortete Marianne. »Viel Glück!«, fügte sie noch hinzu, bevor sie auflegte.

»Was ist los?«, fragte Lennox.

Alea wandte sich um und sah, dass alle Cru-Mitglieder sie fragend anschauten.

»Marianne hat mir gesagt, dass im Jugendamt von Renesse eine Akte über mich existiert und dass eine Frau de Jong sie angelegt hat«, erwiderte sie und spürte, wie sich nun Aufregung in ihr breitmachte. »Mit einem Namen ist es bestimmt viel leichter, etwas herauszubekommen! Wie lange brauchen wir noch bis Renesse?« Sie wollte nun mehr denn je an diesen Ort, an dem ihre Geschichte begonnen hatte.

Ben seufzte. »Keine Ahnung. Es herrscht Windstille.«

»Verdammt!«, entfuhr es Alea. »Wann kommt der Wind zurück?«

Bens betretener Gesichtsausdruck wurde noch betretener. »Wenn ich das wüsste …«

Alea war die Enttäuschung wohl deutlich anzusehen, denn auf einmal sagte Sammy: »Dann werfen wir eben den Motor an!«

Lennox nickte sofort, Ben hingegen schwieg. Alea wusste, warum. Ben war stets darum bemüht, den Motorantrieb der *Crucis* so wenig wie möglich zu benutzen, um Geld zu sparen. Der Dieselkraftstoff war nämlich richtig teuer.

Alea wollte nicht von den anderen verlangen, für etwas Geld auszugeben, an dem nur ihr allein gelegen war. »Ist schon gut«, lenkte sie ein. »Es ist in Ordnung. Wir –«

»Oje«, unterbrach Ben sie, bevor sie weitersprechen konnte.

»Was?«, fragte sie.

»Mir ist gerade etwas eingefallen.«

»Was denn?«

»Es ist Freitag. Wenn du heute nicht mit der Frau im Jugendamt sprichst, musst du bis Montag warten.«

Alea entfuhr ein Winseln.

»Genau«, sagte Ben. »Lasst uns den Motor anwerfen.«

Hin und her gerissen folgte Alea den anderen an Deck. Ben marschierte schnurstracks zum Heck und ließ den Motor an. Mit tuckernden Geräuschen setzte sich die *Crucis* gleich darauf in Bewegung.

»Kann ich ans Steuer?«, fragte Lennox Ben, der nichts dagegen hatte.

Ben erklärte Lennox nun noch ein paar Details, während die anderen das Frühstück vorbereiteten.

Nach dem Essen ging Ben ins Bett, und da sie noch ein paar Stunden Fahrt vor sich hatten, schlugen Sammy und Tess Alea vor, ein wenig Englisch zu üben. Alea hatte im Englischunterricht nie richtig aufgepasst, und das bereute sie nun bitter. Unter normalen Umständen hätte sie das Angebot bestimmt angenommen, doch es gingen ihr viel zu viele Dinge durch den Kopf, um sich aufs Englischlernen zu konzentrieren – Lennox, Mariannes Zustand, das holländische Jugendamt. »Ich möchte am liebsten einfach nur irgendwo stehen und aufs Meer schauen«, erklärte sie den anderen, und Tess und Sammy schienen ihr anzusehen, dass sie gerade wirklich zu nichts anderem in der Lage war.

Ein paar Stunden vergingen, in denen Lennox die *Crucis* sicher gen Süden steuerte, in denen Tess mit ihrem MP3-Player in der Sonne lag, Sammy seine Fusselsammlung in mehrere kleine Schachteln einsortierte und Alea grübelnd am Bug stand. Als ihre Gedanken sich wieder einmal im Kreis zu drehen begannen, versuchte sie, einzelne Geschichten aus dem farbenüberfüllten Meer herauszufiltern – etwas, das sie ebenfalls dringend lernen musste! –, aber ihr aufgescheuchter Geist kam nicht zur Ruhe. Sie wandte sich um. Lennox saß entspannt im Deckshäuschen, und sie ging zu ihm hinüber. »Darf ich ein bisschen bei dir sitzen?«, fragte sie zaghaft. »Nur so, ohne was zu sagen?«

Lennox lächelte und schob Alea einen alten Schemel hin, auf dem sie Platz nahm. Und dann blickten sie gemeinsam auf die See und den wolkenlosen Himmel, und Alea beruhigte sich nach und nach. Lennox' Schweigen war wie Balsam für ihren überlasteten Verstand.

Am Mittag, als die Sonne heiß und stechend vom Himmel brannte, kam Ben mit einer Wassermelone an Deck. »Hat jemand Lust auf Melone?«

»Klar!« Tess und Sammy folgten ihm zur Sitzecke am Heck, wo Ben die Melone fachmännisch mit einem großen Messer in mehrere Teile spaltete. Alea und Lennox gesellten sich zu ihnen, nachdem Lennox den Autopiloten angeschaltet hatte.

Während alle gierig nach den Melonenstücken griffen, fragte Sammy: »Wie wäre es, wenn wir alle zusammen lachen würden?«

»Hahaha«, machte Tess tonlos.

»Nee, nicht hier«, entgegnete Sammy. »Vorn am Bug. Da schallt es schöner übers Wasser.«

Alea kicherte. Ben schüttelte den Kopf. Lennox grinste. Tess zuckte mit klitzekleinem Lächeln die Achseln.

Da hörten sie plötzlich ein seltsames Geräusch. Alea konnte zuerst nicht einordnen, woher es kam, doch Bens Reaktion ließ sie schnell begreifen, dass etwas ganz und gar nicht in Ordnung war: Ben sprang wie von der Tarantel gestochen auf, rannte zur Reling am Heck und schaute entsetzt nach unten.

Sammy war gleich neben ihm. »Da hat sich was in der Schiffsschraube verheddert!«, rief er, und der bestürzte Klang seiner Stimme ließ Alea zusammenzucken. »Die Schraube hakt!«, schrillte Sammy. »Das kann den ganzen Motor kaputt machen!«

Ben war schon dabei, den Motor abzustellen, aber irgendetwas stimmte nicht. »Verdammt!«, fluchte er. »Er lässt sich nicht ausmachen!«

Die rumpelnden Geräusche verstärkten sich, und inzwischen spürte man ein leichtes Rütteln des Schiffs.

»Mach sofort den Motor aus!«, gellte Sammy.

»Es geht nicht!«, gab Ben heftig zurück.

Auf einmal hörte das Rütteln auf.

Lennox blickte unsicher zu Ben. »Dreht sich die Schraube nicht mehr?«

»Anscheinend«, bestätigte Ben mit finsterster Miene. »Was auch immer da feststeckt – jetzt hat es die Schraube komplett lahmgelegt.«

Sammy schlug vor Aufregung auf die Reling. »Aber wenn der Motor trotzdem weiterläuft, wird er überhitzen!«

»Und dann?«, kiekste Alea. »Explodiert der Motor?«

Ben starrte ins Leere und schien angestrengt zu überlegen. Dann verhärtete sich sein Gesichtsausdruck.

»Was hast du vor?«, rief Sammy.

Statt einer Antwort lief Ben zum Tisch und griff sich das große Messer, mit dem er die Melonenstücke klein geschnitten hatte.

»Nein!«, schrie Sammy. »Du willst doch wohl nicht da reinspringen und die Schraube selbst frei machen?«

»Doch, genau das habe ich vor.« Ben schob Sammy, der sich ihm in den Weg stellte, zur Seite. »Was auch immer in der Schraube feststeckt – es muss da raus!«

»Aber dann wird die Schraube wieder anspringen! Sie wird dich zerschreddern!«

Alea brach der kalte Schweiß aus.

Tess schien vor Schreck wie erstarrt.

Ben lief mit dem Messer in der Hand zur Reling. »Wenn der Motor kaputtgeht, ist unser Leben auf See vorbei, Sammy. Einen neuen können wir uns nicht leisten.«

»Aber einen neuen Ben bekomme ich auch nicht, wenn dir was passiert!«, rief Sammy und lief ihm nach. »Du kannst da nicht reinspringen! Es ist zu gefährlich!«

»Ich passe auf mich auf.« Ben schob ihn abermals zur Seite. »Du sagst doch immer, dass wir Abenteurer sind.«

»Aber du sollst gar kein Abenteurer mehr sein!« Sammy weinte beinahe. »Ich will dich behalten!«

Doch Ben schien fest entschlossen. Rasch zog er sich die Schuhe aus, während Alea, Lennox und Tess nur mit offenen Mündern zuschauen konnten.

»Das kannst du nicht machen«, mischte sich nun auch Lennox ein. »Du kannst nicht an der Schraube herumhantieren, während der Motor läuft. Die Schraube könnte dir die Hände abhacken!«

Ben richtete sich auf. »Im Falle eines Notfalls hört ihr ausnahmslos auf mich!«, rief er mit Donnerstimme. »Und ich sage, dass ich das regle.« Damit schwang er sich über die Reling und sprang ins Wasser.

»Nein!«, brüllte Sammy. »Nein!«

Alea lief zu ihm und hielt ihn fest. Sammy riss sich jedoch los, und plötzlich – so plötzlich, dass Alea es noch nicht einmal kommen sah – sprang er seinem Bruder hinterher.

Alea blieb beinahe das Herz stehen. Sammy war Ben ins Wasser nachgesprungen!

»*Merde!*«, fluchte Tess. »Ich gehe auch rein«, sagte sie gleich darauf mit starrem Blick. »Ich werde nicht noch mal hilflos an der Reling hängen und andere ihren Hals riskieren lassen«, murmelte sie und ließ sich im nächsten Moment ebenfalls ins Wasser fallen. Sie ging wie eine wahre Piratenprinzessin über Bord, mit grimmig entschlossener Miene und einer Körperhaltung, die zu sagen schien: *Platz da!*

Alea starrte ihr entsetzt nach. Waren denn alle verrückt geworden? Entgeistert drehte sie sich zu Lennox um. »Ich muss auch rein.«

»Nein!« Lennox fasste sie bei den Schultern. »Das ist lebensgefährlich! Mit Kiemen oder ohne!«

»Aber … ich muss.«

Lennox sah sie verzweifelt an. »Wenn du da reinspringst, werde ich dir folgen.«

»Was? Nein! Du kannst doch gar nicht schwimmen!«

»Wenn du dich in Gefahr begibst«, sagte er, »ist es meine Aufgabe, dich zu beschützen. Egal, ob ich es kann oder nicht, ich muss es wenigstens versuchen.« Es klang, als kämen die Worte aus seinem tiefsten Inneren.

»Nein! Du bleibst hier!«, rief Alea, während sie hastig ihre Handschuhe, Schuhe und Strümpfe auszog. »Du würdest ertrinken – wenn du nicht vorher an einem allergischen Schock stirbst.« Sie sah ihn mit stählernem Blick an. »Du darfst mir auf keinen Fall folgen!« Damit wandte sie sich ab und vollführte einen Hechtsprung über die Reling.

Sobald sie untergetaucht war, erkannte sie die Situation unter Wasser: In der Schiffsschraube hatte sich eine meterlange Plastikverpackung verfangen, die sich mehrmals um die Achse der Schraube geschlungen und diese damit zum Stillstand gebracht hatte.

Ben war gerade dabei, die Verpackung Stück für Stück mit dem Messer aufzuschneiden, um sie zu lösen. Dabei versuchte er, Sammy von sich zu stoßen, der immer wieder nach ihm griff, um ihn von der Schraube wegzuziehen.

Alea stellten sich die Nackenhaare auf. Sollte sich die Schraube wieder in Gang setzen, würde sie beide Brüder schwer verletzen!

Wo war Tess? Alea blickte sich hektisch nach ihr um und bemerkte, dass Tess neben ihr schwamm – und sie mit weit aufgerissenen Augen anstarrte.

Da begriff Alea. Sie hatte sich verwandelt. Sie hatte

Schwimmhäute, Kiemen und grün schimmernde Haut. Und Tess sah sie zum ersten Mal als das, was sie war.

Tess wirkte wie versteinert. Wahrscheinlich zweifelte sie gerade an ihrem Verstand, so wie Alea selbst unzählige Male an ihrem eigenen gezweifelt hatte.

Dann schüttelte sich Tess und schwamm zur Oberfläche, um Luft zu holen. Gleich darauf tauchte sie jedoch wieder unter Wasser und kam erneut auf Alea zu. In ihrem Gesicht spiegelte sich deutlich, was sie empfinden musste: Verwirrung und Fassungslosigkeit.

Alea schaute sie entschuldigend an und machte eine *Es-tut-mir-leid*-Geste. Auf diese Weise hatte sie Tess ihr Geheimnis nicht offenbaren wollen.

Hastig sah Alea nun wieder zu den Brüdern. Sowohl Ben als auch Sammy waren gerade an die Oberfläche geschwommen, um Luft zu holen. Als sie nun wieder abtauchten, bemerkten sie Alea … und erstarrten. Wie vom Donner gerührt, sahen sie sie an. Ben hielt das Messer zwar noch in der Hand, aber es schien ihm vor Schreck fast zu entgleiten. Sammy schüttelte immer wieder ungläubig den Kopf, als könnte er dadurch eine Fata Morgana vertreiben.

Alea schluckte heftig. Es war raus. Ihr Geheimnis war raus, und das ganz anders als geplant. Doch nun konnte sie nicht mehr zurück. »Ich … bin anders«, brachte sie mit ihrer Unterwasserstimme hervor und hatte keine Ahnung, ob die anderen das verstehen konnten.

Im nächsten Moment spürte sie eine Erschütterung neben sich. Lennox! Er war ins Wasser gesprungen, obwohl er nicht schwimmen konnte und obwohl das Meerwasser ihm schwere Schmerzen zufügen würde!

»Nein! Was machst du denn?«, schrie Alea entsetzt, schwamm sofort zu ihm, zog ihn an die Oberfläche und tauchte mit ihm auf. »Bist du verrückt geworden?«

»Ich muss dich beschützen«, murmelte er und spuckte Wasser.

Alea stützte ihn unter den Armen, sodass er nicht untergehen konnte. »Du kannst mich hier nicht beschützen! Du musst selbst beschützt werden!«, rief sie aufgebracht. »Hast du schon Schmerzen? Du musst sofort raus aus dem Wasser!«

»Nein«, gab Lennox zurück. »Ich habe keine Schmerzen.«

»Was? Wieso nicht?« Wie lange dauerte es wohl, bis sie einsetzen würden?

»Bevor ich ins Wasser gesprungen bin, habe ich den Rest des Rotfarntees getrunken, der noch auf dem Couchtisch stand. Und er wirkt!« Lennox lachte rau. »Es hätte längst anfangen müssen, aber mir tut nichts weh!«

Alea war sprachlos.

Tess tauchte neben ihnen auf. Gleich darauf folgten Ben und Sammy. Alle drei starrten Alea mit großen Augen an.

»Alea …«, brachte Ben hervor. »Was …«

»Du bist eine Meerjungfrau!«, rief Sammy. »Du bist wirklich aus dem Märchen!«

Tess lachte heiser, aber gleich darauf wurde ihr Gesichtsausdruck bitterernst. »Ist das wahr?«

Alea blickte geknickt in die Runde der fragenden Gesichter, dann nickte sie. Sie wusste zwar nicht, ob das die richtige Bezeichnung war, aber ihr fiel keine bessere ein.

»Das gibt's doch gar nicht!«, murmelte Tess. »Wenn ich es nicht mit eigenen Augen gesehen hätte …«

Ben schien vor Verblüffung nichts sagen zu können. Er schüttelte nur wieder und wieder den Kopf.

»Ich habe es selbst erst vor ein paar Tagen herausgefunden«, erklärte Alea. »Ich werde euch alles erzählen. Das wollte ich sowieso! Aber jetzt müssen wir uns erst mal um die Schiffsschraube kümmern.«

Ben erwachte aus seiner Sprachlosigkeit. »Ja, der Müll muss da raus! Ich tauche wieder runter.«

Alea hielt ihn auf. »Nein, es ist zu gefährlich!«

»Und was sollen wir stattdessen machen?«, fragte Ben, und man hörte ihm seine Verzweiflung an.

Da sagte Alea: »Ich werde um Hilfe bitten.«

Ben schnaufte. »Wen denn?«

»Das Meer«, antwortete sie.

# Herren der Sandbank

Sammy, Tess, Ben und Lennox sahen Alea fragend an.

»Du willst Hilfe aus dem Meer holen?«, wiederholte Ben.

Doch Alea rief bereits mit lauter Stimme: »Finde-Finja, ich brauche dich!«

Sammy schnappte nach Luft. »Was rufst du denn da?«

»Was ist das für eine Sprache?«, stieß Ben verblüfft hervor.

Alea schaute sie verständnislos an. Sie hatte ganz normal geredet, oder nicht? Aber nein – das stimmte nicht … Nun begriff sie. Es war eine andere Sprache, in der sie die Finja gerufen hatte – eine Sprache, in der sich auch die Kobolde mit ihr unterhalten hatten. Wie sie aber diese Sprache hervorgebracht hatte, wusste sie nicht. Die Worte waren einfach so aus ihr herausgekommen.

»Das ist … Wassersprache«, stammelte sie.

»Was Magisches«, vermutete Sammy mit blitzenden Augen. »Viel besser als Englisch.«

Es verging diesmal kaum eine Minute, da tauchte eine Finja neben ihnen auf. Sie war orangefarben und hatte weiße Pünktchen. Ihre Krakenärmchen wedelten zuckend durch die Luft. Bestimmt war sie viel lieber unter Wasser als an der Oberfläche.

Tess klappte angesichts des vielarmigen, kleinen Wesens der Mund auf, und Lennox fuhr zusammen.

Alea warf ihm einen besorgten Blick zu. »Hast du Schmerzen?«

»Nein.« Lennox schüttelte den Kopf. »Es ist nur … dieses Ding – was auch immer das ist – darf nicht gesehen werden! *Ich* muss dafür sorgen, dass es nicht gesehen wird«, flüsterte er durcheinander, mehr zu sich selbst.

Da klingelte die Finja: »Ich bin hier. Was soll ich finden?«

»Bitte finde ein starkes Wesen, das eine Schiffsschraube festhalten kann«, gab Alea zur Antwort.

Die Finde-Finja schien über Aleas Auftrag zu brüten und wedelte dabei mit ihren tausendäugigen Ärmchen durchs Wasser. Dann klingelte sie: »Folge mir.«

Alea nickte. »Ich bin so schnell wie möglich wieder da. Wartet hier!«, sagte sie zu den anderen, während Ben unter Lennox' Arme griff, um ihn zu stützen.

Alea folgte der Finde-Finja und war froh, dass sie zehnmal schneller vorankamen als die *Crucis.* Sie schwammen den Weg, den das Schiff in der vergangenen Stunde entlanggefahren war, in kürzester Zeit zurück und erreichten bald eine Sandbank, die nur knapp unter der Meeresoberfläche verborgen lag. Das Wasser hier war warm und seicht.

Die Finja hielt inne und klingelte: »Hier leben starke Wesen. Um Hilfe bitten musst du sie selbst.«

»Danke«, sagte Alea.

»Ich bin eine Finde-Finja. Ich finde«, ließ das kleine Wesen sie wissen und düste davon.

Alea wandte sich der Sandbank zu. Plötzlich war ihr mehr als mulmig zumute. Wer lebte hier? Wesen, die stark genug waren, eine Schiffsschraube festzuhalten, waren vielleicht gar nicht ungefährlich ... Doch sie musste es versuchen.

Alea räusperte sich. »Äh, hallo? Ist da jemand?«, rief sie, und nun konnte sie selbst hören, dass sie es in einer fremden Sprache tat. Dennoch fühlte sich diese Sprache für sie so natürlich an wie ihre Muttersprache.

Plötzlich bewegte sich der Sand. Es war nur ein kurzes Aufzucken, aber Aleas Herz begann nun so schnell zu pochen, dass es wehtat.

Gleich darauf ruckte abermals etwas im Sand, direkt vor ihr, und weiter links und rechts ebenfalls. Die ganze Sandbank schien in Bewegung zu geraten! Sie erhob sich geradezu, als regte sich ein riesiges Seeungeheuer in ihren Tiefen. Alea entfuhr ein spitzer Schreckensschrei.

Da hörte sie eine hohe Stimme. »Stoppt mal!«

Eine andere Stimme: »Was? Wieso?«

»Das ist das Mädchen!«

»Wirklich? Uh, dann STOPP!«

Der Sand kam zur Ruhe.

Alea wagte kaum zu atmen.

Ein kleiner, fliederfarbener Kopf tauchte aus dem Sand auf. »Du!«, piepste der Kopf. »Dann haben wir uns doch nicht verguckt. Du bist das!« Es war ohne Frage einer der drei Wasserkobolde, die Alea vor zwei Tagen begegnet waren.

»Was machst du denn hier?«, fragte eine andere Stimme. Der himmelblaue Kobold!

Gleich darauf stemmten sich der fliederfarbene und der himmelblaue aus dem Sand. »Hast du uns gesucht?«

Alea konnte es kaum fassen. Hier lebte gar kein Seeungeheuer! Die beeindruckende Sandshow war aber offenbar dazu gedacht gewesen, genau diesen Eindruck zu erwecken.

»Wohnt ihr hier?«, fragte Alea aufgeregt, während immer mehr kleine, knallfarbige Köpfe mit Knollennasen aus dem Sand auftauchten. Es waren mindestens fünfzig, und alle hatten unterschiedliche Farben.

»Wir leben in der Sandbank«, bestätigte der knatschgrüne, den Alea auch schon einmal gesehen hatte. »Wir sind die Herren der Sandbank«, fügte er lässig hinzu.

Ein blassgelber Kobold schälte sich aus dem Sandversteck und musterte Alea mit klugen Augen. »Jemanden wie dich habe ich lange nicht gesehen.«

Alea bekam eine Gänsehaut. »Jemanden wie mich?«, flüsterte sie. »Was bin ich denn?« Ihr Herz schlug nun so heftig, dass sie dachte, alle müssten es hören.

»Ein Meermensch natürlich«, erwiderte der Kobold.

Alea hatte das Gefühl, als führe ihr eine sanfte Hand über den Rücken. Alles an ihr, jeder Millimeter, fing an zu kribbeln.

Der fliederfarbene schwamm noch näher. »Brauchst du unsere Hilfe?«

Das erinnerte Alea daran, dass sie keine Zeit hatte – keine Zeit, den Kobold zu fragen, was er über *Meermenschen* wusste. Wenn sie nicht so schnell wie möglich zur *Crucis* zurückkam, würde Ben gewiss noch einmal selbst versuchen, den Plastikmüll aus der Schiffsschraube zu entfernen.

»Ich brauche jemanden, der viel Kraft hat«, sagte Alea schnell.

»Haben wir«, behauptete der fliederfarbene.

»Wofür denn?«, fragte der himmelblaue wissbegierig.

Alea beschrieb den Kobolden rasch, was geschehen war. Gleichzeitig hegte sie jedoch Zweifel daran, dass die Kobolde ihr wirklich helfen konnten. Sie waren winzig!

»Wir werden mit zu deinem Schiff kommen«, sagte der blassgelbe. »Wir sind viele. Viele sind stark.«

Die anderen äußerten entschieden ihre Zustimmung.

Alea nickte. Zumindest versuchen mussten sie es. »Dann lasst uns schnell zum Schiff schwimmen«, sagte sie und flitzte los. Ein Blick zurück bestätigte ihr, dass die Kobolde ihr folgten. Mit ihren langen Fischschwänzen machten sie gehörig Tempo und überholten Alea rasch.

Es war ihr allerdings nur recht, dass die Kobolde schnell waren, denn sie hatte selbst noch viel mehr auf dem Kasten. Sie legte sich nun richtig ins Zeug und schoss wie ein Pfeil durchs Wasser. Schon von Weitem hörte sie das dumpfe Stottern des blockierten Motors – es war wohl noch nicht zu spät! Mit einem rasenden Spurt erreichte sie kurz darauf die *Crucis*. Alea hatte inzwischen einen Vorsprung vor den Kobolden, doch ein Stück hinter sich konnte sie den Schwarm heranbrausen hören.

Alea sah sich um. Das Bild, das sich ihr bot, war erschreckend. Ben hatte es offenbar nicht ausgehalten, zu warten, und war erneut dabei, die lange Plastikverpackung mit dem Messer zu bearbeiten. Sammy brüllte irgendwo an der Wasseroberfläche aus Leibeskräften.

Alea tauchte auf.

Sammy wurde von Tess festgehalten! Sie hatte ihn mit eisernem Griff umschlungen, sodass er nicht zu Ben schwimmen konnte.

Wo war Lennox? Alea entdeckte ihn an der Außenleiter. Er hielt sich daran fest, wollte aber offensichtlich nicht hinaufklettern. Er schien noch immer keine Schmerzen zu haben.

»Alea! Da bist du ja endlich!«, rief er erleichtert.

Tess schien ebenso froh zu sein. »Wo warst du? Ben ist wieder an der Schraube!«

Bevor Alea antworten konnte, begann das Wasser um sie herum zu blubbern.

»Was … ist das?«, fragte Sammy entgeistert.

Da tauchten die Kobolde auf. Wie buntes Popcorn ploppten sie einer nach dem anderen aus dem Wasser.

Sammy und Tess fielen beinahe die Augen aus dem Kopf, und vor Schreck ließ Tess Sammy los. Doch der war viel zu perplex, um zu Ben zu schwimmen.

Alea bemerkte, dass Lennox die kleinen Wesen ebenfalls mit gebanntem Gesichtsausdruck fixierte. Sein Ausdruck wirkte jedoch anders als der von Tess und Sammy – Lennox war nicht verblüfft, sondern alarmiert. Seine Augen verengten sich. »Nein!«, stieß er hervor, und sein Blick irrte zwischen Tess, Sammy und den Kobolden hin und her. »Magische Meerwesen dürfen von Landmenschen nicht gesehen werden.«

Alea stockte der Atem. Was hatte er da gerade gesagt?

Lennox schien wie in Trance. »Ich muss das verhindern«, entfuhr es ihm. »Sie müssen das sofort wieder vergessen!« Wie ferngesteuert, ließ er die Außenleiter los und schien zu Tess und Sammy zu wollen, worüber er wohl vergaß, dass er gar nicht schwimmen konnte. Die beiden bekamen davon offenbar nichts mit, denn sie starrten noch immer völlig baff auf die unzähligen Kobolde, die im Wasser herumzappelten.

Alea war mit einem einzigen Fußkick bei Lennox, und im nächsten Moment verpasste sie ihm eine schallende Ohrfeige. »Wach auf!«

Lennox schüttelte sich. »Was?«

Alea griff nach seinem Arm und zog ihn zurück zur Außenleiter. »Die Kobolde werden uns helfen«, sagte sie und sah Lennox dabei durchdringend an.

»Natürlich werden sie das«, erwiderte Lennox, noch immer halb hier und halb woanders.

»Halt dich fest«, sagte Alea und stieß sich wieder ab.

»Wir sind da!«, zwitscherten die Kobolde durcheinander. Der fliederfarbene schwamm auf Alea zu. »Was sollen wir machen?«

»Haltet die Schiffsschraube fest, während ich die Plastikverpackung löse«, erklärte sie mit fester Stimme.

»Was?«, fragte Sammy.

Sie wiederholte ihre Worte noch einmal auf Deutsch. Daran musste sie sich noch gewöhnen.

Tess klang seltsam schrill, als sie nun fragte: »*Du* willst das Zeug abschneiden?«

»Ja«, gab Alea klar und deutlich zurück.

In diesem Moment tauchte Ben neben ihnen auf. »Was sind das für Zwerge?« Verdattert wies er auf das Gewimmel. »Ich glaub, ich werd verrückt!«

»Das kann ich gut verstehen«, sagte Alea. Sie selbst war über dieses Stadium mittlerweile hinaus. »Gib mir das Messer.«

»Was?« Ben schüttelte den Kopf. »Willst du etwa …«

»Ich bin unter Wasser schneller als du. Und ich muss nicht zum Atmen auftauchen. Das ist sicherer.«

»Aber –«

»Ich mache das«, sagte Alea in einem Tonfall, der keinen Widerspruch duldete. Sie wusste selbst nicht, woher sie ihre Sicherheit nahm, aber sie spürte plötzlich eine große Stärke in sich, eine Stärke, die sie schon einmal gespürt hatte – vor ein paar Tagen, als sie Tess im Sturm gesagt hatte, sie müsste die Reling loslassen.

Ben schien es auch zu spüren. Verdutzt übergab er Alea das Messer.

»Wartet hier«, sagte sie und tauchte ab.

Die Kobolde folgten ihr, aber auch Ben, Sammy und Tess schwammen mit. Bestimmt wollten sie mit eigenen Augen sehen, was geschah.

»Haltet die Flügel der Schraube fest«, wies Alea die Kobolde an und zeigte ihnen, wo sie sich positionieren mussten. Die kleinen Kerle schwammen sogleich unter die Flügel und stemmten sich dagegen. Alea hoffte inständig, dass ihnen nichts passieren würde.

Unter größter Kraftanstrengung schnitt sie nun die festsitzende Plastikverpackung ab, Stück für Stück. Sie betete im Stillen, dass die Kobolde stark genug wären und die Schraube sich nicht bewegen würde.

Doch das tat sie.

Als Alea mehr als die Hälfte des Plastiks entfernt hatte, ging ein Ruck durch die Schraube. Die Kobolde ächzten. Jetzt ging es um Sekunden. Alea wusste nicht, wie lange die Kobolde noch aushalten würden, aber sie musste unbedingt die ganze Verpackung entfernen! Unter Hochdruck schnitt sie weiter und weiter, bis sie das letzte lange Stück herausziehen konnte.

»Alle Mann weg!«, schrie sie und schwamm rückwärts von der Schraube fort.

Blitzschnell zerstoben die Kobolde in alle Richtungen.

Im nächsten Augenblick begann die Schraube, sich wieder zu drehen, und hackte mit schweren Umdrehungen durchs Wasser. Das Schiff setzte sich in Bewegung.

»Wir haben es geschafft!«, rief Alea.

Die Kobolde brachen in Jubel aus.

Ben und Sammy, die immer wieder zu Alea hinuntergetaucht waren, schienen ebenfalls unendlich erleichtert zu sein.

Aber nun mussten sie so schnell wie möglich zurück an Bord, denn die *Crucis* entfernte sich von ihnen!

Alea wandte sich noch einmal kurz den Kobolden zu, während Ben und Sammy losschwammen. »Ihr habt uns gerettet«, sagte sie und hätte heulen können vor Dankbarkeit.

Der fliederfarbene jauchzte: »Ja! Das stimmt!«, und unzählige der anderen kleinen Kerle fielen ein.

»Du musst zu deinem Schiff«, sagte der blassgelbe, der neben dem fliederfarbenen schwamm.

»Ja, das muss ich«, erwiderte Alea. Sie wusste nicht, ob Lennox oder Tess es geschafft hatten, rechtzeitig zurück an Bord zu klettern, oder ob die *Crucis* ihnen gerade steuerlos davonfuhr.

»Ein anderes Schiff nähert sich«, rief der blassgelbe da. »Wir dürfen nicht gesehen werden!«

»Oh.« Alea konnte es kaum glauben. Hier, direkt vor ihrer Nase, waren Wesen, die ihr Antworten geben konnten – aber sie hatte keine Zeit, und die Kobolde drehten ihrerseits schon ab. »Wo sind andere wie ich?«, fragte sie hastig. Nur diese eine Frage mussten sie ihr beantworten!

Der blassgelbe sah sie traurig an. »Sie sind fort«, erwiderte er, drehte sich um und jagte mit den anderen Kobolden davon.

# Der Stachel des Skorpions

Alea kletterte rasch die Außenleiter hinauf und stellte erleichtert fest, dass Tess am Steuer stand. Die *Crucis* war außer Gefahr! Sie hatten es geschafft!

Als Alea pitschnass über die Reling stieg, trat Tess aus dem Deckshäuschen. Sie hatte den Motor abgestellt, der sich nun wohl wieder bedienen ließ. Ihre Augen waren wie winzige Schlitze, so stechend war ihr Blick. Sie sagte jedoch nichts, sondern sah sie einfach nur an – fragend, bohrend.

Lennox lehnte an der Reling, mit nassem T-Shirt und nasser Jeans. Er sah sehr nachdenklich aus. Körperlich ging es ihm aber offenbar gut.

Da kamen Sammy und Ben an Bord geklettert und stiegen tropfnass über die Reling.

»Ich kann gar nicht glauben, dass das gerade wirklich passiert ist!«, rief Sammy und lief auf Alea zu. »Hab ich das alles nur geträumt? Du hattest leuchtende Katzenaugen!« Seine Stimme überschlug sich vor Aufregung. »Haben uns wirklich *Zwerge* den Hintern gerettet?«

»*Alea* hat uns den Hintern gerettet«, stellte Ben richtig, kam ebenfalls zu ihnen herüber und baute sich mit verschränkten Armen vor Alea auf. »Ich finde, du bist uns trotzdem eine Erklärung schuldig.«

»Das finde ich auch«, schnaubte Tess.

Alea nickte. »Ja, ich werde euch alles erzählen.«

Kaum hatte sie das ausgesprochen, gab Lennox ein Knurren von sich.

Sammy ließ seine Fingerspitzen über Aleas Arm gleiten. »Du warst grün! Unter Wasser warst du silbrig grün«, sagte er fasziniert. »Geht das Grüne weg, sobald du aus dem Wasser raus bist? Und die Schwimmhäute auch?«

»Es scheint so zu sein«, bestätigte Alea.

»Wie viele Geheimnisse hast du eigentlich?«, wollte Ben mit verdrossenem Gesichtsausdruck wissen. »Was verheimlichst du noch alles?«

Da knurrte Lennox abermals.

»Was ist los?«, fuhr Ben ihn irritiert an.

Plötzlich sprang Lennox mit einem katzenhaften Sprung zu Ben und baute sich vor ihm auf. »Keine Fragen mehr!«, rief er. »Hör auf, Alea auszufragen!«

Sammy schnappte erschrocken nach Luft, und Tess' Augen weiteten sich.

Ben wich erschrocken zurück. »Ganz ruhig, Scorpio. Was ist denn in dich gefahren?«

»Keine Fragen mehr!«, wiederholte Lennox mit grollender Stimme und drohendem Blick. Er knurrte mehr, als dass er sprach, und er stand da, als wollte er Ben angreifen.

Ben hatte die Arme zum Schutz erhoben. »Bist du noch ganz bei dir, Scorpio?«

Das fragte sich Alea auch. »Gebt mir einen kurzen Moment mit ihm, ja?«, sagte sie und zog Lennox zur Seite, sodass die anderen sie nicht hören konnten. »Hör auf damit!«, flüsterte sie. »Du musst sofort damit aufhören!«

Lennox' Körperspannung löste sich. Er ließ die Schultern sinken und blickte Alea gequält an. »Du darfst den anderen nichts über dich erzählen!«

Alea schüttelte den Kopf. »Das will ich aber.«

»Sie sind Landmenschen!«, stieß Lennox hervor und fasste sich an den Kopf, als könnte er selbst nicht verstehen, was er redete.

»Sie?«, fragte Alea verwirrt. »Was bist *du* denn?«

Lennox ging jedoch nicht darauf ein. »Sie dürfen nichts erfahren.«

Alea sah ihn durchdringend an. »Sie sind unsere Freunde. Du musst damit aufhören.«

Lennox knirschte mit den Zähnen. »Womit?«

»Mit dem … Schutzprogramm.« Alea hatte keine Ahnung, was in Lennox vor sich ging. Sie wusste nur eines: Er schien Dinge zu wissen, ohne dass ihm das bewusst war. Genau wie sie.

Lennox fuhr sich verzweifelt durch das dunkle, feuchte Haar. »Verflucht, was ist nur mit mir?«

»Was immer es ist, du musst es unter Kontrolle bekommen«, sagte Alea. »Es gehört nicht auf die *Crucis.* Ben, Sammy und Tess sind unsere Freunde, und wir können ihnen hundertprozentig vertrauen. *Du* musst ihnen vertrauen. Kannst du das?«

Lennox atmete geräuschvoll durch. »Ich will es ja. Ich hab die drei wirklich gern, ganz im Ernst!«

»Dann reiß dich zusammen«, sagte Alea.

Lennox straffte die Schultern, dann nickte er. »Ich werde es versuchen.«

Alea stieß erleichtert die Luft aus. »Danke.«

Sie gingen zu den anderen zurück.

»Tut mir leid«, sagte Lennox reumütig zu Ben. »Ich bin ausgetickt.«

Ben schaute ihn düster an. »Ich habe dir gesagt, dass ich dich achtkantig über Bord schmeiße, wenn du irgendeinen Mist abziehst.«

»Ich weiß, und dazu hättest du jedes Recht, aber …«

»Was aber?«

Lennox verzog den Mund. »Es wird nicht wieder vorkommen.«

»Ach, tatsächlich nicht?«, schnaubte Ben. »Kannst du mir vielleicht mal erklären, wieso wir Alea keine Fragen stellen durften? Was sollte denn dieser Auftritt?«

Lennox blickte verlegen zu Boden. »Es ist … Ich habe ständig das Gefühl, Alea beschützen zu müssen«, sagte er wahrheitsgemäß. »Ich weiß nicht, woher das kommt.

Aber gerade eben konnte ich deswegen gar nicht mehr klar denken.«

Tess verdrehte die Augen.

Sammy nickte, als würde das für ihn absolut Sinn ergeben.

Ben starrte Lennox finster an.

Alea mischte sich nun ein. »Ich werde euch erzählen, wie bei mir alles anfing«, erklärte sie. »Das wollte ich schon lange.«

Ben seufzte. »Ach ja? Schon seit du uns von deiner Hautkrankheit erzählt hast und meintest, du wärst froh, dass dein Geheimnis jetzt raus wäre?«

»Es tut mir leid, dass ich nicht eher mit euch darüber gesprochen habe, wirklich, aber ich habe selbst erst vor ein paar Tagen herausgefunden, dass ich … anders bin.«

»So was kann einem doch nicht jahrelang verborgen bleiben«, wandte Tess kühl ein.

»Doch«, widersprach Alea. »Wenn man in seinem ganzen Leben noch nie im Meer war, dann schon.« Dann begann sie zu erzählen – von ihrer »Krankheit«, an der sie gar nicht wirklich litt, die sie aber ihr ganzes bisheriges Leben davon abgehalten hatte, herauszufinden, was wirklich hinter den Knubbeln steckte. Sie erzählte von ihrer ersten Verwandlung unter Wasser, von Finde-Finjas, winzigen Kobolden und geflügelten Seepferden, von ihrem Flug mit dem Wal und von ihrer Fähigkeit, Gefühle aus dem Wasser herauslesen zu können.

Die drei hörten ihr gebannt zu, und Lennox schien sie nun wirklich nicht mehr vom Erzählen abhalten zu wollen, was eine große Erleichterung für Alea war.

»Ich habe die ganze Zeit gedacht, ich wäre … nicht ganz dicht«, schloss sie schließlich ab.

Ben rieb sich angestrengt die Wangen. »Vielleicht sind wir ja alle nicht ganz dicht.«

»Quatsch!«, entgegnete Sammy. »Warum soll es so was denn nicht geben?« Tess und Ben warfen ihm vielsagende Blicke zu, aber Sammy blieb dabei. »Ich finde das gar nicht verrückt, ich finde das bombe!« Strahlend schaute er in die Runde. »Das Ganze ist ein wunderbäriges Abenteuer für Abenteurer! Wir haben eine echte Meerjungfrau an Bord!«

»Ich finde *Meermädchen* schöner«, warf Alea leise ein, wurde aber von Tess übertönt, die skeptisch fragte: »Aber Meerjungfrauen haben doch Fischschwänze, oder nicht?«

Sammy schüttelte energisch den Kopf. »Meerjungfrauen sehen in Wahrheit gar nicht aus wie im Märchen, sondern wie Alea«, sagte er, als wüsste er das ganz genau.

»Aber wie kann es so was denn geben?«, rief Ben aufgeregt. »Das ist doch unmöglich!«

»Wer weiß«, sagte Tess. »Vielleicht war ja schon Aleas Mutter eine Meerjungfrau.«

Aleas Kopf fuhr hoch. Auf einmal war ihr ganz heiß. »Meine Mutter?«

»Ja!«, rief Sammy. »Bestimmt war sie das! Alea, deine

Mutter hat dich doch am Strand übergeben. Sie kam garantiert gerade aus dem Meer.«

»Sie …«, murmelte Alea, sprach aber nicht weiter. In ihrem Kopf tobte plötzlich ein Gedankenfeuerwerk.

»Na klar!« Sammy blickte Ben an. »Siehst du! So was wird sicher vererbt! Ganz normal.«

Lennox schien tief in Gedanken versunken. »Aber wenn deine Mutter auch eine Meerjungfrau war … wieso hat sie dich dann weggegeben?«, fragte er. »Wieso bringt sie dich zu Landmenschen? Und wieso erzählt sie diese Geschichte mit der Kälteurtikaria?«

»Na, um Alea vom Wasser fernzuhalten«, antwortete Ben an Aleas Stelle. »Das liegt doch auf der Hand. Warum sollte man sonst so etwas erfinden?«

»Das stimmt«, sagte Lennox grübelnd und wandte sich wieder Alea zu. »Anscheinend wollte deine Mutter unter allen Umständen verhindern, dass du herausfindest, wer du bist. Und da du das nur im Wasser herausfinden konntest – nur im kalten Wasser, wie es aussieht –, hat sie etwas erfunden, das dich einen großen Bogen um kaltes Wasser machen ließ. Das war ziemlich clever.«

»Ja, aber Meerwesen gehören doch ins Meer, oder nicht?«, fragte Alea, die sich nicht vorstellen konnte, was ihre Mutter damit bezweckt haben mochte. Wenn sie *überhaupt* ein Meermensch gewesen war. »Warum wollte sie so dringend verhindern, dass ich etwas über mein wahres Wesen erfahre?«

Die anderen schauten ebenfalls sehr ratlos drein.

»Ich muss wirklich dringend ins Jugendamt von Renesse und mit dieser Frau de Jong sprechen oder wenigstens meine Akte einsehen«, sagte Alea frustriert.

Ben stand auf. »Wie gut, dass Renesse gleich da drüben liegt.«

Alea sprang auf die Füße. »Was?« Sie befanden sich vor einer lang gezogenen Landzunge. »Das ist Renesse?«

Ben nickte. »Ja, wir sind schon da. Ich wollte allerdings erst ein paar Fragen von dir beantwortet bekommen, bevor ich dir das verrate.«

»Habe ich denn alles gesagt, was du wissen wolltest?«, erkundigte sich Alea kleinlaut und fragte damit sehr viel mehr, als ihre Worte ausdrückten.

Ben lächelte. »Es ist in Ordnung, Alea. Ich verstehe jetzt, warum du so viele Geheimnisse hattest. Du musstest das wohl erst mal selbst verarbeiten.«

Alea seufzte tief auf und guckte Tess fragend an.

Tess erhob sich ebenfalls. »Ich bin dir auch nicht mehr böse«, brummte sie. »Aber ganz ehrlich – du bist echt ein Freak.«

»Ein komischer Vogel«, verbesserte Alea. »Und zwar …«

»… gerne!«, riefen Ben, Sammy und Tess gemeinsam im Chor, während Lennox es mitzuflüstern schien.

# Möwenfestung

Alea sprang aus dem Beiboot und versank mit den Füßen im weichen Sand. Sie hatten mit der *Hercules* übergesetzt und zogen das Beiboot nun alle gemeinsam so weit den Strand hinauf, dass es im Schutz einer Düne nicht von den stetig heranbrausenden Wellen erfasst werden konnte.

»Waren wir schon mal in Renesse, Ben?«, fragte Sammy, während er in einen Apfel biss.

»Wir waren schon überall, Samuel Draco«, gab Ben zur Antwort. Während sie über den Strand liefen, bekam Tess eine SMS und begann sogleich, darauf zu antworten.

»Und?«, fragte Ben im Gehen. »Erzählst du deinem Vater gerade, dass du mit deiner Mutter shoppen bist?«

Tess blieb stehen und warf ihm einen bitterbösen Blick zu. »Meinst du, mir macht es Spaß, ihn anzulügen?«, schnappte sie. Offenbar hatte Ben ins Schwarze getroffen.

»Nein, das glaube ich nicht«, gab Ben ruhig zurück und blieb ebenfalls stehen. »Aber ich finde es nicht in Ordnung, dass du deine Eltern immer weiter anlügst.«

Tess steckte ihr Handy mit einer wütenden Bewegung in die Jackentasche. »Wenn ich ihnen die Wahrheit sage, ist alles vorbei! Dann muss ich nach Hause.«

»Nein!«, rief Sammy und verschluckte sich fast an seinem Apfel. »Du musst bleiben!«

Ben setzte sich wortlos wieder in Bewegung.

Tess stapfte sichtlich sauer neben ihm her. Doch Alea hätte schwören können, dass Tess vor allem ein schlechtes Gewissen hatte. Diese ganze Sache musste ihr schwer auf dem Herzen liegen.

Nachdem sie eine Weile schweigend durch den Sand geschlurft waren, griff Tess plötzlich nach Aleas Arm und versteckte sich dann schnell hinter ihrem Rücken. »Was ist?«, fragte Alea verwundert.

»Da!«, krächzte Tess.

Nun sah Alea es auch. Eine Möwe befand sich im direkten Landeanflug auf sie. Sie hatte sie schon fast erreicht.

»Ah!«, schrie Tess und duckte sich.

Ben hob die Arme. »Weg!«, rief er und verscheuchte die Möwe, die ein paar Meter neben ihnen im Sand landete. Offenbar fand sie Sammys Apfel interessant.

Tess' Finger krallten sich um Aleas Arm. Möwen schienen ihr tatsächlich eine Heidenangst zu machen.

»Tess«, sagte Alea. »Heute Mittag bist du, ohne zu zögern, ins Wasser gesprungen, um deinen Freunden beizustehen. Du bist eine unerschrockene Piratenprinzessin! Und jetzt hast du Angst vor dem Vogel da drüben?«

»Das ist nicht witzig!«, würgte Tess hervor. »Ich bin als Kind von einer Möwe angegriffen worden. Die hätte mir fast ein Auge ausgehackt.«

»Oh«, machte Alea und hätte ihre Worte am liebsten zurückgenommen. Immer mehr Möwen kamen nun herangeflogen, bis ein gutes Dutzend um sie herumhüpfte. Selbst als Sammy seinen angeknabberten Apfel in die Dünen warf, blieben ein paar von ihnen zurück und schienen abwarten zu wollen, ob es hier nicht doch noch Futter für sie geben würde.

Tess blickte sich angespannt um. »Die haben uns eingekreist!«, kiekste sie.

Das brachte Alea auf eine Idee. »Wir nehmen dich in die Mitte«, erklärte sie, zog Ben neben sich und platzierte ihn so, dass er eine weitere Seite von Tess absicherte.

»Super Idee!«, rief Sammy und stellte sich neben seinen Bruder. Lennox trat in die verbleibende Lücke, und schließlich hatten sie Tess von allen Seiten abgeschirmt. Ben zog sogar seine Jacke aus und hielt sie über Tess' Kopf – als Schutz gegen eventuelle Angriffe aus der Luft.

Sie hatten eine Möwenfestung gebaut!

Tess lachte, doch Alea bemerkte, dass in ihren Augen Tränen glitzerten.

Die Möwenfestung mit Tess in der Mitte wankte nun über den Strand, an den Möwen und einer Handvoll verdutzter Urlauber vorbei bis zur Straße. Dort war die Luft rein und keine Vögel mehr in Sicht.

»*Merci*«, sagte Tess und rang sichtlich um Fassung. »Meine Nerven liegen wohl ziemlich blank«, versuchte sie zu erklären. »Die ganzen Lügen … fallen mir nicht leicht. Ich weiß nicht, wie lange ich das noch aushalte.«

Bevor Tess ihre übliche Coolness zurückerlangen konnte, nahm Alea sie in den Arm. Diesmal zuckte Tess nicht zurück, sondern hielt Alea lange und innig fest. Es war ein ganz besonderer Moment, in dem Tess offener und weicher war denn je und in dem Alea spüren konnte, dass Tess endlich wirklich ihr Herz öffnete.

Da flüsterte Tess ihr etwas ins Ohr. »Egal, ob du silbrig grün bist oder lila«, wisperte sie. »Ich bin verdammt froh, dass du meine Freundin bist.«

Sammy krähte: »Bandenbestmoment!« Im nächsten Augenblick umarmte er die beiden Mädchen und kuschelte sich eng an sie. Ben gesellte sich dazu und umarmte mit seinen langen Armen alle drei. »Diesmal kann Tess nicht entwischen«, sagte er lachend, und Tess lachte mit.

Lennox stand etwas irritiert daneben.

Da rief Ben: »Du auch, Scorpio! Die Alpha Cru hat *fünf* Mitglieder.«

Aleas Herz machte einen Sprung. Offenbar hatte Ben sich entschieden, Lennox noch eine Chance zu geben! Es war fast, als böte er ihm aufs Neue einen Platz in der Bande an, und das, obwohl sich Lennox bisher komplett unberechenbar verhalten hatte.

»Na, komm schon, du komischer Krieger«, sagte nun auch Tess, und Alea dachte, sie hörte nicht richtig. Ein solches Friedensangebot von Tess war beinahe ein kleines Wunder. Doch Tess hatte noch immer Tränen in den Augen und erschien Alea so empfindsam wie nie zuvor.

Lennox zögerte, aber dann trat er an sie heran und legte seine Arme behutsam um alle, die er umfassen konnte.

Sammy grinste. »Weißt du eigentlich, Scorpio, dass ich ein bisschen verliebt in dich bin?«

Da lachte Alea laut heraus. Sammy, Ben und Tess fielen in ihr Gelächter ein, und schließlich lachte auch Lennox. Sie lachten hemmungslos, bis sie beinahe weinten, und ganz automatisch legten sie ihre Hände übereinander.

»Alpha Cru!«, tönte es über die Dünen, und ihr Ruf war stärker und unbeugsamer als je zuvor, denn nun war er fünfstimmig.

# Renesse

Nachdem sie ein Erinnerungs-Selfie geschossen hatten, das Ben umgehend an Onkel Oskar schickte, sagte Lennox: »Es ist schon ziemlich spät. Wir müssen zum Jugendamt, bevor es schließt.«

Das schmetterte Alea aus ihrer Seifenblase zurück auf den Boden der Realität.

Das Jugendamt. Frau de Jong. Die Akte.

»Gehen wir«, sagte Lennox.

Wenig später erreichten sie das Amt. In einer halben Stunde würde es schließen. Sie hatten es gerade noch rechtzeitig geschafft.

Da sie nicht zu fünft reingehen konnten, betrat Alea nun gemeinsam mit Lennox das schmale Gebäude. Ihre Kehle war wie ausgetrocknet. Wahrscheinlich waren ihre Hoffnungen völlig überzogen, aber vielleicht würde sie ihrer Vergangenheit einen Schritt näher kommen!

Das Amt bestand lediglich aus einem einzigen kleinen Büro, in dem zwei ältere Damen hinter Schreibtischen saßen.

Eine von ihnen musterte Alea über ihren Brillenrand hinweg und fragte etwas, das wie »*Kan ik ü helpen?*« klang.

Alea trat vor. »Sprechen Sie Deutsch?«

Die andere Dame antwortete ihr. »Ich spreche Deutsch.«

Lennox stupste Alea an und wies mit dem Kinn auf das Namensschild der Dame. *Grietje de Jong.*

Aleas Herz setzte einen Schlag lang aus.

»Was kann ich für dich tun?«, fragte die Dame.

Alea stutzte. Ganz offenbar hatte Frau de Jong Lennox übersehen. »Wir sind einen weiten Weg hierhergekommen«, antwortete sie und deutete bei »wir« auf Lennox.

Die Frau zuckte zusammen und schien Lennox erst jetzt zu bemerken. »Oh, äh, *dag.*«

»Ich möchte etwas über meine Herkunft herausfinden«, erklärte Alea aufgeregt. »Ich wurde vor elf Jahren durch Sie vermittelt.« Unter ihren Handschuhen waren ihre Hände schweißnass.

»Ah«, gab Frau de Jong zurück. »Wie heißt du denn?«

Alea nannte ihren Namen. Daraufhin fuhren Frau de Jongs Augenbrauen in die Höhe, und sie wechselte einen bedeutungsvollen Blick mit ihrer Kollegin. Sie zeigte Alea gegenüber jedoch keine weitere Reaktion, sondern sagte nur: »Wie wäre es, wenn ihr euch setzt, und ich hole deine Unterlagen?« Sie deutete auf zwei Stühle vor ihrem Schreibtisch.

Alea und Lennox nahmen Platz.

Frau de Jong öffnete indessen einen Aktenschrank, zog einen Ordner heraus und blätterte darin. »Nehmt euch ruhig etwas zu trinken«, sagte sie zu Alea und zeigte auf eine Wasserkaraffe und Gläser, die auf einem Beistelltisch standen.

Alea rührte sich jedoch nicht. Was tat Frau de Jong denn da? Es sah beinahe so aus, als blätterte sie durch die Seiten des Ordners und nähme mehrere heraus. Genau konnte Alea es jedoch nicht erkennen, denn Frau de Jong hatte sich so hingestellt, dass ihr Rücken verdeckte, was ihre Hände taten. Hin und wieder erhaschte Alea dennoch einen Blick. Jetzt legte die Frau wieder einige Blätter zur Seite!

»Was macht sie da?«, flüsterte Alea Lennox zu. »Sind das Seiten, die ich nicht sehen soll?«

Lennox' Miene war düster. »Es scheint fast so.«

Da kam Frau de Jong zurück. »Ich habe gerade mal geschaut«, sagte sie freundlich und setzte sich ihnen gegenüber. »Viel kann ich dir leider nicht sagen. Aber ich erinnere mich an deinen Fall. Ich habe damals auch schon hier gearbeitet und versucht, etwas über deine Eltern in Erfahrung zu bringen. Leider ohne Erfolg. Mit vielen Leuten im Ort habe ich persönlich gesprochen, doch niemand schien deine Mutter gekannt oder gesehen zu haben.«

»Sie wissen nicht, wo meine Mutter hergekommen sein könnte?« Alea konnte ihre Enttäuschung kaum verbergen.

»Leider nein«, antwortete Frau de Jong und schenkte sich ein Glas Wasser ein. »Es ist sehr ungewöhnlich, dass eine Mutter ihr Kind einer völlig Fremden übergibt. Aber so, wie deine spätere Pflegemutter sie uns beschrieben hat, muss deine Mutter absolut verzweifelt gewesen sein.« Sie seufzte, und es schien, als täte es ihr aufrichtig leid. »Deine Pflegemutter durfte die Pflege für dich nur aufgrund der besonderen Sachlage übernehmen. Unter normalen Umständen hätte sie die nötigen Kriterien nicht erfüllt.«

Alea kaute auf ihrer Unterlippe herum. Das wusste sie alles schon. Marianne war eigentlich zu alt gewesen. Gab es wirklich keine neuen Informationen? »An welchem Strand ist das denn damals passiert?«, fragte sie.

»Am Südstrand«, antwortete Frau de Jong und schob Alea den Ordner hin.

Alea blätterte darin herum, schob ihn dann aber zu Lennox weiter. »Ich kann leider kein Holländisch«, erklärte sie.

»Ah.« Frau de Jong nickte und beobachtete Lennox, der sich nun die Unterlagen ansah. »Weißt du, wir haben damals überall im Ort Flugblätter verteilt und Steckbriefe mit der Beschreibung deiner Mutter aufgehängt«, fuhr sie schließlich fort und trank von ihrem Wasser. »Es wurden sogar mehrere Aufrufe im Radio gesendet, in denen man die Leute bat, sich mit Hinweisen bei uns zu melden. Aber es gab keine Reaktionen … also … zumindest gab es keine Informationen über deinen konkreten Fall.«

Alea starrte mit großen Augen auf das Wasser in Frau de Jongs Glas. Darin waberten braunschwarzrote Farbblasen, die ihr wie Leuchtreklamen entgegenschrien: *Lügen!*

Alea war wie vor den Kopf geschlagen. Warum log diese Frau sie an? Was verbarg sie vor ihr?

Frau de Jong erhob sich. »Es tut mir leid, dass ich dir nicht weiterhelfen kann. Ich wünsche dir alles Gute.« Sie hielt ihr die Hand hin.

Alea stand ebenfalls auf. Sie nahm die Hand jedoch nicht. »Was verheimlichen Sie mir?«, fragte sie erstickt.

»Wie bitte?«

»Was steht auf den Seiten, die Sie zur Seite gelegt haben?«

Frau de Jongs Augen bohrten sich in ihre. »Das darf ich dir nicht sagen. Das geht dich nichts an.«

Da stand Lennox auf. Mit ein paar schnellen Schritten war er beim Aktenschrank, griff nach dem obersten der Blätter, die Frau de Jong zur Seite gelegt hatte, und las, was darauf stand.

Frau de Jong schien es nicht zu bemerken. Doch dann folgte sie Aleas Blick zum Aktenschrank. »Leg das wieder hin!«, herrschte sie Lennox an. »Sofort!«

Lennox dachte jedoch gar nicht daran, sondern las angestrengt weiter.

Nun erhob sich auch die andere Dame und sagte in scharfem Tonfall etwas auf Holländisch zu ihm.

Lennox reagierte noch immer nicht. Mit zusammengezogenen Brauen las er, was auf der Seite geschrieben stand, und nahm sich nun sogar eine zweite.

Frau de Jong schlug die Hände über dem Kopf zusammen und lief zu Lennox. Mit einer resoluten Bewegung zerrte sie ihn am Arm. »Lass das!«, blaffte sie und riss ihm die Seiten aus der Hand.

Währenddessen griff ihre Kollegin zum Telefon und begann, eine Nummer zu wählen. Dabei murmelte sie aufgeregt etwas, das wie »*Ik bell nü de polizi*« klang.

Alea sprang auf. »Lennox!«, rief sie.

Lennox blickte Frau de Jong in die Augen und sagte: »Ich war gar nicht hier. Sie erinnern sich nicht an mich.«

Frau de Jong nickte wie unter Hypnose und begann gleich darauf, die Akten zu ordnen.

Lennox ging zu der anderen Dame, die ihn mit dem Telefonhörer in der Hand und offen stehendem Mund anstarrte. »Ich war gar nicht hier. Sie erinnern sich nicht an mich«, wiederholte er.

Die Dame setzte sich und nahm ihren Kugelschreiber, als wäre nichts gewesen.

Alea starrte Lennox mit klopfendem Herzen an.

»Draußen«, sagte er knapp.

Frau de Jong schaute auf. »*Vaarwel*«, rief sie und winkte Alea freundlich zu.

Alea winkte zurück und machte, dass sie aus dem Amt kam. Lennox war gleich hinter ihr.

Tess, Ben und Sammy saßen auf der Treppe vor dem Haus und standen auf, als die beiden herauskamen.

»Und?«, fragte Sammy neugierig.

»Frau de Jong war da, aber sie hat mir nichts Interessantes erzählen können«, antwortete Alea. Dann blickte sie Lennox an. »Lennox hat sich allerdings an einen Aktenschrank herangeschlichen und in Unterlagen geschaut, die Frau de Jong mir offenbar nicht zeigen wollte.«

Ben pfiff durch die Zähne. »So etwas machst du, Scorpio?«

»Cool«, fand Sammy.

»Was stand auf diesen Blättern?«, wollte Alea nun wissen.

»Es war ein Dokument, das deinen Fall mit einem anderen in Verbindung bringt«, antwortete Lennox mit steiler Falte zwischen den Brauen.

»Mit einem anderen Fall?« Plötzlich bekam Alea ein ganz kribbeliges Gefühl im Bauch.

»Das erklärt, warum Frau de Jong dir die Unterlagen nicht zeigen wollte«, sagte Ben. »Die Informationen über diesen anderen Fall sind bestimmt vertraulich«, fügte er hinzu und sah Lennox mit einer Mischung aus leichtem Unbehagen und Anerkennung an.

»Was stand denn da?«, fragte Alea Lennox aufgewühlt.

»Anscheinend wurde damals am selben Tag ein zweites

Kind an eine völlig fremde Frau übergeben«, erwiderte Lennox.

Alea schnappte nach Luft. »Was?«

»Es gab damals eine zweite Urlauberin, die auf dieselbe Weise von einer Fremden angesprochen wurde. Diese Fremde bat sie, ihr Kind großzuziehen, weil sie selbst es nicht konnte«, sprach Lennox weiter. »Die Umstände scheinen genau wie bei dir gewesen zu sein. Offenbar wurde auch in diesem Fall nie geklärt, wer die unbekannte Frau war und woher sie kam.«

»Was für ein Kind?«, fragte Alea, und ihr versagte fast die Stimme. »Ein Junge oder ein Mädchen?«

»Das weiß ich nicht. Ich konnte nur zwei Seiten lesen«, entgegnete Lennox und sah Alea bedeutungsvoll an.

In Aleas Kopf drehte sich alles. »Am selben Tag? Auf dieselbe Weise?«

»Das ist wirklich eigenartig«, warf Ben ein.

»*Scht*«, machte Lennox, zog sie von der Treppe hinunter und drängte sie hinter die Hausecke. Alea lugte um die Ecke. Frau de Jong und die andere Dame verließen gerade das Amt und schlossen die Tür hinter sich ab.

Alea sah ihnen missmutig dabei zu. Sie hatte endlich Renesse erreicht, hatte mit Frau de Jong gesprochen – aber anstatt einen Schritt weitergekommen zu sein, fand sie alles noch verwirrender als zuvor. Wer war das andere Kind? Hatte es möglicherweise etwas mit ihr gemeinsam? Welchen Grund konnte es haben, dass zwei Mütter ihre kleinen Kinder wildfremden Menschen in die Arme drückten?

Sie musste Antworten auf diese Fragen bekommen, gleichgültig wie.

# Nachricht aus einer anderen Welt

»Und was machen wir jetzt?«, fragte Sammy. »Können wir noch woanders irgendwas herausfinden?«

Alea schüttelte den Kopf. »Zumindest in einem Punkt stimmt Frau de Jongs Aussage mit Mariannes überein: Damals wurde wohl tatsächlich alles getan, um meine Mutter zu finden«, sagte sie leise und dachte an die Steckbriefe, die Flugblätter und die Radioaufrufe. »Wenn das vor elf Jahren nichts gebracht hat, wird uns auch heute keiner etwas Neues erzählen können.«

»Sie hat dir gesagt, an welchem Strand das damals passiert ist«, warf Lennox ein.

Alea nickte. »Ja, das stimmt. Am Südstrand.«

»Na, dann gucken wir uns den Südstrand doch mal an«, schlug Ben vor.

Da niemand eine bessere Idee hatte, machten sie sich auf den Weg. Ben fragte in einem Laden, wo sie langmussten, und wenig später erreichten sie den Südstrand. Er war ebenso schön wie der, an dem sie mit der *Hercules* angekommen waren. Ben ließ sich in den feinen Sand fallen, und Tess, Sammy, Alea und Lennox setzten sich daneben.

Alea atmete tief durch und ließ den Blick über die hohen Dünen, den schier unendlichen Strand und das in allen Regenbogenfarben ans Ufer rollende Meer schweifen. Dies war der Ort. Irgendwo hier war es geschehen. Irgendwo hier hatte ihre Mutter gestanden und sich einen Menschen ausgesucht, dem sie ihre Tochter anvertrauen konnte. Doch die Geschichte war in alle Winde verstreut. Auch das Wasser konnte nichts mehr davon erzählen.

Da entdeckte Alea etwas am Ende des Strandes. Dort lag irgendetwas. Etwas Großes, Schwarzes, das sie aber nicht richtig erkennen konnte, da es teilweise von Strandkörben verdeckt wurde.

»Was ist das?«, fragte sie und deutete auf die Stelle.

Ben schirmte seine Augen gegen die Sonne ab. »Da ist was angeschwemmt worden«, sagte er. »Ein Wagen der Küstenwache steht daneben.« Er hatte recht. Zwischen den Strandkörben stand ein Auto.

Alea erhob sich. Drei Männer waren zu sehen. Offenbar untersuchten sie das große, unförmige Etwas, das mindestens fünf Meter lang sein musste. »Was kann das denn sein?«, murmelte sie. »Ein Boot?«

»Lasst uns doch mal rübergehen«, sagte Sammy. »Strandgut ist immer spannend.«

Sammy, Tess, Ben, Lennox und Alea stapften los. Während sie sich dem angeschwemmten Etwas näherten, überkam Alea ein beunruhigendes Gefühl. Es begann als dumpfes Ziehen in ihrem Bauch und wurde mit jedem ihrer Schritte stärker. Irgendetwas stimmte nicht. Irgendetwas war ganz und gar nicht in Ordnung.

Alea ging schneller, und schließlich rannte sie fast, denn die dunkle Ahnung wurde beinahe unerträglich.

Dann erkannte sie es.

Es war, als rammte ihr jemand einen Dolch in die Brust.

Im Sand lag ein Wal.

Ein Orca.

»Oh Gott«, stieß sie hervor.

Auf der Stirn des toten Wals konnte sie klar und deutlich eine herzförmige Narbe erkennen.

»Nein!«, brach es aus ihr heraus, und sie ging in die Knie.

Lennox war sofort bei ihr. »Was ist los?«

»Das ist der Wal«, flüsterte sie erstickt, und es zerriss ihr fast das Herz. »Mein Wal.«

Die anderen sahen sie mit betroffenen Gesichtern an.

Alea schlug die Hände vors Gesicht und wurde von einer Flut von Schuldgefühlen übermannt. Etwas in ihrem Inneren sagte ihr unmissverständlich, dass es ihre Aufgabe gewesen wäre, den Tod des Wals zu verhindern.

Sie sprang auf die Füße und begann wieder zu rennen. Die anderen folgten ihr. Heiße Tränen rannen ihre Wangen hinab, als sie neben dem Wal zum Stehen kam.

Die toten Augen des Orcas blickten sie an. Sein Blick ging ihr durch Mark und Bein.

Einer der Männer, die das Tier untersuchten, sagte nun etwas auf Holländisch. Ben antwortete.

»Wir sollen weitergehen«, übersetzte er und fasste Alea am Arm.

Alea ließ sich ein Stück von ihm mitziehen, aber hinter einem Strandkorb blieb sie stehen. Sie konnte doch nicht einfach fortgehen! Tränenblind ließ sie sich in den Sand fallen.

Tess, Ben, Sammy und Lennox versteckten sich ebenfalls hinter dem Korb, und Sammy musterte sie beklommen. »Tut mir leid«, sagte er.

Alea konnte jedoch nicht antworten. Stattdessen entfuhr ihrer Kehle ein Schluchzen. Sie fühlte sich schuldig. Sie hätte es nicht erklären können, doch sie spürte die Schuld ganz deutlich.

Lennox kniete sich neben sie und schien seine Hand auf ihre Schulter legen zu wollen. Als aber Tess ihren Arm um Alea legte, zog er seine Hand zurück.

»Was reden die Männer denn?«, fragte Tess.

Sammy und Ben spähten nun um die Ecke des Korbs und lauschten.

»Zwei Männer sind von der Küstenwache«, erklärte Ben den anderen leise. »Der andere ist ein Veterinär.«

»Anscheinend hat der Wal zu viel Plastikmüll geschluckt«, fügte Sammy flüsternd hinzu.

»Was?« Alea erzitterte innerlich.

»Sie unterhalten sich gerade darüber, dass es schon öfter solche Fälle gegeben hat«, sagte Ben. »Das wundert mich allerdings nicht.«

»Nee«, pflichtete Sammy ihm bei. »Es gibt richtige Müllteppiche in den Ozeanen. Da sind wir auch schon dran vorbeigekommen.«

»Oh, jetzt öffnen sie gerade den Bauch des Wals«, sagte Ben. »Wahrscheinlich wollen sie Proben entnehmen.«

Sammy und Ben hingen hinter der einen Ecke des Strandkorbs, und Lennox und Tess spähten nun um die andere. Alea blieb, wo sie war. Sie wollte um keinen Preis sehen, wie der Bauch ihres Wals geöffnet wurde.

Plötzlich schnappte Lennox nach Luft. »Was ist das?«

»Was meinst du?«, fragte Ben.

»Die Kugel da!«

»Oh, war die im Bauch des Wals?«

»Das musst du dir ansehen!«, raunte Lennox Alea zu.

Etwas in seiner Stimme ließ sie aufstehen und neben ihn treten. Vorsichtig schaute sie um die Ecke. Ihr wurde übel. Auf dem Sand lag jede Menge glibberiges Zeug, halb verdauter Fisch und erschreckend viel Müll – leere Flaschen, Verpackungen und magenweiches Papier. Und dazwischen …

Alea kniff die Augen zusammen.

… dazwischen lag eine kleine, schillernde Glaskugel im Sand.

Alea schärfte ihren Blick.

In der Kugel … war irgendetwas.

Sie riss die Augen auf. »Da steht etwas drin!«

»Meinst du wirklich?«, fragte Ben.

Alea war sich sicher. »Doch, da steht etwas!«

»Ich hole sie«, sagte Lennox und lief los.

»Was macht er denn?«, rief Sammy entgeistert. »Die werden ihn entdecken, und dann scheuchen sie uns weg!«

»Ich glaube nicht, dass das passieren wird«, murmelte Alea und beobachtete, wie Lennox sich im Schutz des riesigen Walkörpers anschlich. Sobald er die Kugel aufgehoben hatte, kam er zum Strandkorb zurück.

»Sind die blind?«, wunderte sich Ben. »Sie hätten dich doch sehen müssen!«

»Glück gehabt«, erwiderte Lennox jedoch nur und zeigte ihnen die Kugel.

Alea beugte sich darüber. Es war eine Schneekugel, eine, wie man sie oft in Souvenirläden sah – eine halbrunde Glaskugel, in der es durch Schütteln schneite.

Doch in dieser Kugel schneite es nicht. Stattdessen fielen blitzende Regentropfen wie Silvesterkonfetti herab. Die Regentropfen landeten auf einer Miniaturlandschaft – einem einsamen See und grünen Hügeln.

»Dreh sie mal um«, bat Alea.

Lennox drehte die Kugel, was noch mehr Regen über die wiesengrünen Hügel im Inneren brachte.

Da erstarrte Alea.

Auf der Unterseite der Seelandschaft stand tatsächlich etwas geschrieben.

»Was ist los?«, fragte Tess. »Du bist kalkweiß!«

»Die Schrift!«, stieß Alea atemlos hervor.

Tess runzelte die Stirn. »Welche Schrift?«

Alea blickte Tess irritiert an. »Die Nachricht!«

»Was für eine Nachricht?«, wollte nun auch Ben wissen.

»Die, die da steht!« Alea zeigte auf die Kugel.

Sammy ging mit der Nase ganz nah heran. »Da steht nichts.«

Alea wurden die Knie weich.

Die anderen konnten die Nachricht nicht lesen.

Lennox sah mit bohrendem Blick auf die Kugel. »Doch, da steht was«, sagte er leise.

Alea griff vor Aufregung nach seiner Jacke. »Du kannst das sehen?«

Lennox schaute so angestrengt hin, als wäre die Schrift winzig klein, dabei sprang sie Alea regelrecht ins Auge und leuchtete sogar!

»Es ist ganz blass, wie ein Hauch, aber …« In Lennox' Augen flackerte es. »Oh.« Sein Blick suchte Aleas. Ohne Worte sagten und fragten sie tausend Dinge gleichzeitig.

»Was zum Geier steht denn da?«, rief Sammy.

Alea schluckte. Dann las sie vor:

*Ihr, die ihr dies lesen könnt, kommt nach Loch Ness.*

Tess, Ben und Sammy blickten Alea überrascht an.

»Das ist heftig«, brachte Sammy hervor. »Das steht da echt?«

Lennox rieb sich den Nacken. »Der Wal muss die Kugel verschluckt haben. Sie kommt vielleicht von weit her.«

»Aus Schottland?«, fragte Tess. »Loch Ness liegt doch in Schottland, oder?«

»In welcher Sprache ist das geschrieben?«, wollte Ben wissen.

Lennox legte die Stirn in Falten. »Keine Ahnung«, murmelte er. »Es ist … also, ich weiß nicht.«

»Es muss Wassersprache sein«, sagte Alea. »Wasserschrift.«

Sprachlose Stille breitete sich aus.

Tess durchbrach sie. »Und wieso zum Teufel kannst du das lesen?«, fragte sie Lennox. »Konntest du etwa auch verstehen, was Alea zu den Kobolden gesagt hat?«

Lennox schien gleichzeitig den Kopf zu schütteln und zu nicken. »Ich, nein … also … vielleicht ein bisschen.«

Alea war nicht völlig überrascht. Das alles ergab Sinn … irgendwie.

Tess schnaufte lautstark. »Dann seid ihr also beide …«

Sie schwiegen.

»Das müssen wir herausfinden«, sagte Lennox und sah Alea fragend an.

»Ja, das müssen wir«, erwiderte sie. »Wir müssen nach Loch Ness.«

Auf Bens Gesicht zeigte sich plötzlich ein Lächeln. »Wie gut, dass wir ein Segelschiff haben.« Sein Lächeln verbreiterte sich zu einem Grinsen. »Wisst ihr, Schottland ist mein absolutes Lieblingsland. Und im Juni ist es dort am schönsten!«

Sammy lachte. »Segeln wir nach Schottland!«

»Ja, segeln wir«, sagte Alea und schaute zu Lennox.

Lennox nickte.

Alea schaute zu Tess.

Tess nickte.

Als die Küstenwache sie entdeckte und vom Strand verscheuchte, rannten sie mit dem Wind davon – Benjamin Libra, Samuel Draco, Tess Taurus, Lennox Scorpio und Alea Aquarius – und sie ahnten, dass das, was vor ihnen lag, das größte Abenteuer von allen sein würde.

# Danke

Ich danke meiner unvergleichlichen Lektorin Simone Hennig, die meine Bücher mit Professionalität, Leidenschaft, Herz und Verstand lektoriert, die auch bei winzigsten Textdetails den Überblick behält, die meine Vision für die *Alea-Aquarius*-Serie nicht nur teilt, sondern aktiv mitentwickelt hat, und die ich glücklicherweise meine Freundin nennen darf. Danke, Mo!

Ich danke Doris Janhsen für ihren engagierten Einsatz, für tolle Ideen und für den Enthusiasmus und die Herzlichkeit, mit der sie an diese Serie herangegangen ist.

Ich danke Johanna Maresch für unzählige unentbehrliche Informationen zur Seefahrt, ohne die ich dieses Buch niemals hätte schreiben können.

Ich danke Natascha Reimann für die holländischen Sätze – in Lautschrift!

Ich danke den Testlesern, die *Alea Aquarius* vorab auf Herz und Nieren geprüft und wertvolle Anregungen für Verbesserungen gegeben haben.

Ich danke dem Oetinger-Team für die Begeisterung und die große Unterstützung, mit der ich willkommen geheißen wurde. Nun ist unser »Baby« fertig, und wir können es auf die große, weite See hinauslassen. Ahoi!

Tanya

Fortsetzung folgt!
Mehr Informationen zur Serie unter
**www.alea-aquarius.de**